나남창작선 113

카페
만우절

양선희 장편소설

나남
nanam

양 선 희

초등학교 시절부터 소설을 썼다. 그 시절 소설 쓰는 일은 쉬웠다.
그러나 청년기에 이르러서는 쓰는 소설마다 끝을 맺지 못했다.
재능과 경험과 성찰의 부족에서 오는 한계를 뼈저리게 절감했다.
소설을 접었다.

일간지 기자가 되었다.
그렇게 소설을 잊고 10여 년이 지난 뒤 문득 다시 소설을 집어 들었다.
드디어 끝을 맺을 수 있었다. 이때부터 미친 듯 10여 년간 습작을 했다.
그리고 나이 마흔 일곱에 〈흘러간 지주〉로 〈문예운동〉을 통해 등단했다.
〈아빠의 연인〉, 〈롱아일랜드시티〉, 〈유령의 시장〉 등 몇 편의 단편을 발표했고,
나관중《삼국지》의 편작소설《余流 삼국지》(2013, 메디치미디어)를 출간했다.

첫 창작 장편소설《카페 만우절》을 세상에 내보낸다.
이제 시작이다. 부지런히 작품을 쓸 작정이다.

나남창작선 113

카페
만우절

2013년 10월 30일 발행
2013년 10월 30일   1쇄

지은이 양선희
발행자 趙相浩
발행처 (주) 나남
주소 413-120 경기도 파주시 회동길 193
전화 (031) 955-4601 (代)
FAX (031) 955-4555
등록 제 1-71호(1979.5.12)
홈페이지 http://www.nanam.net
전자우편 post@nanam.net

ISBN 978-89-300-0613-2
ISBN 978-89-300-0572-2 (세트)

책값은 뒤표지에 있습니다.

나남창작선 113

양선희 장편소설

카페
만우절

나남
nanam

들어가는 말

죽음

사람은 천년을 살 것처럼 살 준비만 하다 백 년도 못 살고 죽는다. 죽음을 준비하는 사람도 꿈꾸는 사람도 없다. 죽음은 늘 재앙이나 천재지변처럼 다가온다. 그러나 죽음은 우리의 삶만큼이나 자연스러운 삶의 과정이며, 늘 우리 주변에 존재한다. 그래서 죽음은 어쩌면 우리에겐 준비되지 않은 또 다른 삶의 영역인지도 모른다.

삶의 한 단면으로써 죽음에 대해 생각했다. 아름다운 시인 윤세린의 자살과 그녀의 딸이자 희곡작가인 민은아로 이어지는 죽음을 통해 한 사람의 죽음이 그의 생의 마감으로 끝나는 게 아니라 살아남은 사람들의 삶 속에 섞여 얼마나 지속적으로 영향을 미치는지를 쫓아가 보았다.

민은아와의 만남은 우연이었다. 나는 다른 소설 작업 중에 그녀를 알게 됐다. 민은아는 그 소설 주인공들의 삶에 끊임없이 영향을 미쳤고, 그들의 삶에 질곡을 만들어냈다. 그래서 민은아의 삶과 죽음의 궤적을 추적하지 않을 수 없었다. 《카페 만우절》을 끝내고 나서야 한 사람의 인생은 단지 죽음만으로 소멸되지 않는다는 것을 깨달았다.

말 (言)

내게 말은 곧 직업이다. 내가 목격한 팩트, 나의 사상과 지식은 모두 말로 옮겨야 비로소 밥벌이가 된다. 말은 내게 목수의 연장과 같은, 내 삶을 지탱하는 가장 중요한 도구다. 그래서 나는 늘 말에 대해 긴장하고, 그걸 어떻게 다루어야 하는지를 연구한다. 말은 내 인생 최대의 과제다.

그러나 이 시대, 말은 가장 흔하고 천하게 취급당한다. 요즘은 말을 실어 나르는 매체들의 발달로 누구나 말을 유통한다. 한데 이로써 뜻했든 뜻하지 않았든 세상은 소화되지 않고 배설하듯 쏟아내는 수많은 말들로 더럽혀지고 있다.

민은아는 세상의 루머와 말들로 더럽혀진 사람이다. 사람들은 모두 그녀를 아는 듯이 군다. 그리고 단편적인 팩트를 엮어 그녀의 삶을 자신들의 혀로 간단하게 재단한다. 그러나 그 말 중 진실은 1%도 없다. 말은 과연 진실을 전달하는 도구일까?

나는 말에 대해 의문을 제기하고 싶었다.

죽음과 말. 이 시대에 더 이상 귀하게 대접받지 못하는, 그러나 누구나의 삶에도 가장 진지한 고뇌를 던지는 이 두 개의 화두를 잡고 나는 《카페 만우절》을 시작한다.

2013년 10월 첫날
순화동에서

나남창작선 113

카페
만우절

차 례

오비추어리

연극 〈파랑〉의 작가 민은아 타계
요절한 어머니 윤세린 시인 이은 비극

연극 〈파랑〉의 희곡작가 민은아 씨가 1일 타계했다. 33세. 지난해 말 척추암 판정을 받고 투병생활에 들어간 지 5개월 만이다. 그는 2008년 말 척추암이 발병해 수술을 받고 일시적으로 완쾌되는 듯했으나 병이 재발했다. 고 민 작가는 제일여대 졸업반이던 2002년에 희곡 〈귀신이 사는 집〉으로 〈아시아일보〉 신춘문예를 통해 등단하며 주목을 받았다. 그의 희곡인 〈파랑〉은 대한민국 연극대상을 받으며 연극계에 파란을 일으키기도 했다. 2008년부터 대학로 무대에서 오픈 런 공연을 시작한 〈파랑〉은 지금까지 5년 동안 대중적인 사랑을 받고 있다.

대학시절, 잠시 연극배우로도 활동했던 그는 근래엔 유례없는 스타 희곡작가로 주목받았다. 그가 이렇게 스타작가로 이름을 날린 데는 그의 타고난 천재적 재능과 함께 요절한 천재 여류시인 윤세린의 딸이라는 후광도 작용했다. 윤 시인은 서른한 살에 프랑스 파리에서 센 강에 투신자살해 생을 마감한 비극적 인물. 이 때문에 윤 시인에 이어 딸인 민 작가도 젊은 나이에 타계하자 문단 관계자들과 지인들은 '대를 이은 비극'에 더 큰 충격을 받은 모습이다.

윤 시인의 친구인 소설가 강수련 씨는 "은아가 '윤 시인에 대해선 한 번도 생각해본 적이 없다'며 엄마에 대해 늘 부정하려 했는데, 이젠 하늘나라에서 서로 화해했으면 좋겠다"고 말했다.

고 민 작가의 장례식은 3일 치러질 예정이다. 빈소는 한국대학병원. 유족으로는 결혼한 지 반년이 채 안 된 남편 유정하(전 한국대학병원 의사) 씨가 있다.

한승애 기자

보도자료

수신: 각 사 연극담당 기자님
송신: 극단 '수풀'

〈파랑〉의 민은아 작가 4월 1일 지병으로 사망

연극 〈파랑〉의 작가 민은아 씨가 4월 1일 밤 11시경 지병으로 타계했습니다. 민 작가는 2002년 희곡 〈귀신이 사는 집〉으로 등단했습니다. 이어 나온 작품인 〈파랑〉으로 이 시대 가장 주목받는 희곡작가로 명성을 쌓았습니다. 특히 〈파랑〉은 극단 '수풀'이 무대에 올려 2007년 대한민국 연극대상 희곡상을 수상했고, 2008년부터 오픈 런 하여 대학로 무지개극장을 거쳐 현재는 장충동 예극장에서 공연하고 있습니다. 〈파랑〉은 '소리를 찾는 사람들'이라는 독특한 소재로 다양한 악기와 사물, 자연의 소리가 종합되고 실험

되는 매우 창의적인 작품으로 주목받아 왔습니다. 특히 민 작가는 이 작품에 등장하는 다양하고도 폭넓은 세상의 소리를 발굴해 희곡작가인 동시에 '소리의 천재'로 불리기도 했습니다. 이 작품에서 작가는 가장 아름다운 소리는 '서로 소통을 위해 하는 사람들의 말'이라는 메시지를 던지며, 이 시대에 '말'에 대한 화두를 던지기도 했습니다.

희곡작가로 활발하게 활동하던 2008년 말 척추암이 발병해 수술을 받기도 했습니다. 그러다 지난해 척추암이 발병하고 다른 기관으로 전이되면서 다시 투병생활에 들어갔습니다. 가족으로는 지난해 10월 결혼한 남편 유정하 전 한국대학병원 의사가 있습니다. 발인 3일. 장지는 경기도 성남시 추모공원.

민은아 작가 약력

1979년: 윤세린 시인과 민중기 변호사 사이에서 출생
1984년: 윤세린 시인 사망
1998년: 제일여대 입학 및 연극 〈인형의 집〉으로 연극배우 데뷔
2002년: 희곡 〈귀신이 사는 집〉으로 등단, 제일여대 국문과 졸업
2007년: 연극 〈파랑〉으로 대한민국 연극대상 희곡상 수상
2008년: 첫 발병, 연극 〈파랑〉 무지개극장서 오픈 런
2012년: 타계

부서 사람들과 함께 점심을 먹으면서 '만우절 기사'에 대한 얘기를 했다. 만우절을 기념해 영국과 프랑스 신문이 냈던 만우절 기사의 황당함이 소재였다. 거기에다 다른 나라 신문들이 만우절이면 내보내는 '독자들을 속이는 기사'의 황당함과 유머를 우리는 왜 도입할 수 없는가 라는 얘기도 곁들여졌다. 신문기자가 된 이후 만우절 다음날이면 늘 점심을 먹으면서 이 소재를 놓고 얘기했던 것 같다. 이 캘린더성 담론은, 편집국에 돌아왔을 즈음엔 밥과 섞여 모두 소화돼 흔적도 없어진 터였다.

그리고 열어본 e-메일함엔 극단 '수풀'에서 보낸 민은아의 부음 보도자료가 와 있었다. 그 메일을 열어보며 나는 서늘해졌다. 주변에선 늘 누군가 죽고 있는데도 여전히 익숙해지지 않는 죽음이라는 세계를 대면해야 하는 어색함 때문이었으리라. 거기에다 1년 넘게 소식을 끊고 지냈으면서도, 이즈음 왠지 그녀가 죽을 것 같다고 문득문득 생각했던 나의 신통함과 만우절을 골라 길을 떠난 그녀의 신통함이 경이롭기도 해서다.

"내가 살고 있는 날들이 만우절이라고 생각하며 살아요. 만우절이 나를 속이는 거죠."

그녀는 대학로에 있는 카페 만우절에 가면 늘이라고 해도 좋을 만큼 만날 수 있었다. 언젠가 나는 그녀에게 물었다. 왜 이 카페에만 있느냐고. 그랬더니 한 대답이 이랬다.

부장에게 민은아의 부음을 전했다. 부장은
'쯧쯧~' 하고 혀를 찼다. 그녀의 죽음은 이미 예고
됐던 것이기에 그가 느끼는 충격은 그 정도였나
보다. 부장은 지면 회의에 들어가며, "민은아의
오비추어리를 준비하라"고 했다.

'사람면 톱 정도는 들어가겠지.'

나는 톱기사용으로 1,600자 정도 쓸 만큼의 자료를 찾고, 지인들
을 대상으로 취재하고 있었다. 그러나 회의에서 나온 부장은 "사람
면에 800자만 써. 오늘 그 면이 좀 복잡하대"라고 했다. 나는 그 말
에 자료 찾는 일을 중단하고 그냥 쓴다.

스타급 작가, 한때 시대의 문화 아이콘으로 떠올랐던 그녀를 다
루는 양으로는 적다는 생각이 들었다. 그러나 영상이 지배하는 이
시대에 연극은 연극이다. 연극의 스타작가라 하더라도 TV에 나오
는 대중스타들과는 비중이 다르다. 또 그녀와 그녀의 엄마 윤세린
시인의 이야기는 누구나 다 아는 얘기. 그러니 지면이 좁다는데 군
이 고집을 부릴 일도 아니다. 나는 오비추어리를 스트레이트 기사
쓰듯이 드라이하게 풀어 나갔다.

기사를 출고한 뒤 사진 자료실에 민은아의 사진을 보내달라고 했
다. 사진 자료실에선 '민은아 요청용'이라는 사진을 사진 단말기에
올려놓았다. 긴 머리로 한쪽 뺨을 가리고 옆을 보는 이 사진은 실제
로 그녀에 관한 기사를 쓸 때 자주 썼던 것이었다. 이렇게 그녀는
늘 자기 얼굴을 반만 드러내고 싶어 했다.

나는 사진 자료실에 "다른 사진을 보내라"고 요청했다. 몇 장 더 올라온 사진을 보니, 다른 것들도 모자를 눌러 썼거나 머리카락으로 얼굴을 가리고 아래를 보는 등 얼굴의 반 정도는 가린 것들이었다. 정면을 응시하는 사진이 주류인 신문 인터뷰 기사에서도 그녀는 이렇게 뭔가로 얼굴을 가려 결국은 반 정도만 드러냈었다.

나는 연극판에 뛰어든 민은아를 국내 언론사 기자들 중에선 가장 먼저 만난 사람이었다. 그녀가 첫 연극무대에 섰을 때였다. 10여 년 전 얘기다. 나는 그때 '연극무대에 선 윤세린 시인의 딸'을 취재하기 위해 그녀를 만났다.

그녀는 나를 보곤 약간 겁을 먹은 듯했다. 그리고 얘기하는 내내 손으로 입을 가렸다. 그녀는 내가 '윤세린'이라는 이름만 거론하면 입을 다물었다. 그리고 "제 기사가 나가게 된다면 제 이름 외에 다른 사람 이름은 쓰지 말아주세요"라고 했다.

그때 그녀는 답답했다. 무대에선 꽤 박력 있었던 그녀가 대화에는 영 소질이 없는 듯했다. 전혀 마음을 열지 않았다. 이 때문에 인터뷰는 무척이나 힘들었다. 그래서 나는 이렇게 말했다.

"글쎄! 신인 연극배우는 무척 많은데, 그중에 왜 민은아 씨를 인터뷰하려고 할까요. 윤세린 시인의 얘기를 빼면 민은아 씨는 그냥 수많은 신인 여배우 중의 하나일 뿐이죠. 신문에 나기 어려운 …."

이 말에 그녀는 고개를 푹 숙였다.

"그렇다면 저도 드릴 말씀이 없네요."

그러더니 사진 찍는 것도 마다하고 자리를 떠났다. 내내 예의를 차리느라 무척이나 위선적이었던 그녀는 이렇게 순간적으로 당돌해졌다.

그렇다고 이것으로 그녀와의 인연이 끝난 건 아니었다. 그녀와는 그 이후에도 기자와 취재원으로, 그리고 뜻하지 않은 부닥침으로 줄곧 연이 이어졌다. 그녀도 연극판을 떠나지 않았고, 나도 지난 10여 년간 좀 들락날락 하긴 했지만 질기게도 연극을 담당했기 때문이다. 어쨌든 그녀는 매년 조금씩 더 자신의 존재감을 키워나가더니 '문화계의 키워드'로 부상했다. 그래서 나는 그녀를 계속 취재할 수밖에 없었다.

4년 전, 그녀가 척추암 진단을 받기 직전에 나는 그녀와 함께 있었다. 그날은 〈파랑〉의 오픈 런 무대가 생겨 연습에 들어가는 날이었다. 나는 오픈 런을 하는 〈파랑〉을 취재하기 위해 그 리허설장에 갔었다. 리허설 직전, 그녀의 안색이 창백했었다. 민은아는 "리허설이 끝난 뒤 어디서 저녁식사라도 하면서 얘기하자"고 했다. 리허설이 시작됐다.

'쿵, 콰광~ 쿵광, 쿵, 꽈라랑~'

강렬한 드럼 소리의 사이로 '아아아~'하는 비명이 울렸다. 드럼 소리는 멋었다. 드럼 소리에 맞춰 점점 도수를 올려가던 무대 조명도 어중간한 상태에서 멈췄다. 극장 안은 순간 조용해졌다. 나는 고개를 돌려 그런 괴이한 소리가 난 쪽을 쳐다봤다. 누군가 극장 안의 메인 조명을 켰다. 극장 사람들의 시선은 일제히 민은아에게 쏠려 있었다.

그녀의 표정은 일그러져 있었다. 식은땀까지 흘리고 있었다. 무척이나 아파보였다.

"은아 씨! 무슨 일이야?"

연기감독인 신상호가 허리를 굽혀 그녀를 살펴보며 물었다.

"죄송해요. 북소리에 어깨가 울려서 참을 수가 없었어요. 요즘 계속 목하고 어깨가 아프더니 … ."

그때 배우와 스태프들은 "너무 피곤했나봐", "연습 끝나면 안마라도 받아보지" 하며 한마디씩 보탰다. 그녀는 그들에게 웃어 보이려고 애썼지만 표정은 기괴하기만 했다.

그녀는 비척비척 일어났다.

"제가 있으면 방해가 될 것 같아요. 오늘은 그냥 갈게요."

민은아는 가방을 챙기다 다시 '아악' 하고 비명을 올렸다. 배우 유정현이 뛰어와 그녀를 부축했다. 그러더니 종이와 펜을 찾아 연락처 하나를 적어주면서 "아주 용한 지압사니 꼭 들르라"고 했다. 그녀는 그 종이를 받아들고, 극장을 빠져나갔다. 나는 그녀의 뒤를 쫓아 나갔다. 어쨌든 그녀의 멘트 한두 마디는 기사에 실어야 했기 때문에 애기할 요량이었다. 그녀는 나를 보더니 "이제 막 음악하고 소리가 정돈돼 가는 참이었는데 …" 하며 아쉬운 표정을 지었다.

"괜찮아요?"

내 말에 그녀는 묘한 표정을 지었다.

"한 기자님, 사실은 괜찮지 않아요. 북채가 허공으로 솟았다 북을 향해 내리꽂혔죠. 그런데 이내 들리는 건 북의 울음이 아니라 내 안에서 솟구쳐 올라오는 신음소리네요. 북채가 북이 아닌 내 어깨를 공략하는 걸로 나는 착각했어요. 참 이상하죠. 이 기분 나쁜 통증의 정체는 뭘까요?"

나는 그때 '이 여자는 또 자다가 봉창 두드리는 소릴 하네' 하고 생각했다. 나는 그렇게 가끔씩 연극 대사하듯 하는 민은아의 말투가 어색하고 싫었다. 또 그 무렵은, 아니 나는 늘 그랬지만 민은아와는 일정한 거리를 유지하려고 했었다. 우연찮게 민은아의 문제에 얽혀들면서 몹시 기분이 상했던 기억들이 있어서다. 그녀에게 택시를 잡아주고 보냈다. 어깨가 아프다는 넋두리를 기사에 쓸 수도 없는 일. 온통 어깨 통증에 신경이 쏠려 있는 그녀를 붙잡고 무슨 이야기를 했겠나.

얼마나 지났을까. 어쨌든 얼마쯤 지나고 민은아의 소식이 들렸다. 그녀가 척추암에 걸렸다는 것이었다. 또 〈파랑〉의 공연장엔 그녀를 위한 모금함이 설치됐다고도 했다. 그 얘기를 듣는 순간 나는 이 장면을 떠올렸다. 그리고 이상하게도 이 광경은 내 머릿속에 영화의 한 장면처럼 각인돼 버튼만 누르면 '화라락~' 하고 펼쳐졌다. 나는 민은아의 발병 소식을 짧은 기사로 썼었다. 그 후 무대에 올려진 〈파랑〉은 공전의 히트를 기록하며 히트 연극의 반열에 올랐다.

웰 다잉

'한국의 버지니아 울프 윤세린 시인의 딸'
희곡작가 민은아를 부르는 수식어다. 19세에 연극배우로, 22세에 희곡작가로 세상에 자기 이름을 알린 그이지만 이 비극적인 수식어를 피해가진 못했다. 세상은 그녀를 언제나 파리에서 투신자살한 윤 시인의 이름과 결부해 바라보았다. 5살에 엄마를 잃고, 고등학교 시절부터는 아버지 집을 떠났던 고독한 소녀. 그의 삶은 그 자체로 비극적 요소를 두루 갖추고 있었다. 그리고 1일, 그는 33세의 한창 나이에 삶을 마감했다.

그를 죽음에 이르게 한 것은 척추암이라는 섬뜩한 병이었다. 4년 전, 척추암으로 한 차례 수술을 받았던 그는 지난해 말, 병이 재발했다는 판정을 받고 불과 5개월 만에 세상을 떠난 것이다. 그런데 그가 죽음에 이르는 과정은 그의 삶만큼이나 남다른 구석이 있다.

그는 병을 선고받은 후 치료와 수술을 거부하고, 병원을 떠나 경기도의 한 암자에서 생을 마감했다. 그를 동행한 사람은 한국대학병원 의사였던 남편 유정하(34) 씨. 유 씨는 민 작가의 첫 발병 당시의 주치의였으며, 둘은 지난해 10월 결혼했다.

유 씨는 1월 민 작가의 수술 일정이 잡힌 뒤 돌연 아내를 퇴원시키고, 간병을 하겠다며 병원을 사직했다. 유 씨는 이 과정에서 "5%도 안 되는 확률에 매달려 수술을 하고, 이후 기구에 의존해 생명을 연장시키는 것은 아내에 대한 학대"라는 논리를 폈던 것으로 알려졌다. 유 씨의 동료의사인 김 모 씨는 "남편으로서 민은아 환자가 워낙 쇠약해 수술과 치료를 견디기 힘들다고 판단했던 것으로 알고 있다"며, "그는 단지 아내가 자신의 의지대로 살 권리를 지켜주고 싶다고 했다"고 말했다.

의사가 불치병에 대한 치료를 '학대'라고 규정했던 사실이 알려지면서 의료계에서는 당혹감을 감추지 못했다. 채수호 한국의사협회장은 "생명을 지키고 연장하는 것은 의사의 본분"이라며 "의사가 치료과정을 학대라고 말했다는 것을 믿을 수 없다"고 말했다.

이에 대해 김순화 웰 다잉협회장은 "치료가 아닌 단순한 생명연장 시술로 환자에게 고통을 주는 것은 비인도적 처사"라며 "의사들은 편안하게 죽을 권리를 보호해야 한다"고 말했다.

예사롭지 않은 삶을 살았던 민 작가는 이제 우리 사회에 '웰 다잉'에 대한 논란을 남기고 떠났다.

이시후 기자

아침에 〈아시아일보〉를 펴보고 나는 굳어버렸다. 민은아의 오비추어리가 우리의 경쟁지인 이 신문엔 사회면에 실렸고, 단순한 부음 기사를 넘어 '웰 다잉'이라는 메시지와 연결시켜 놓았던 것이다.

나는 우리 〈대한일보〉의 사람면을 펴고, 내 기사와 이시후의 기사를 나란히 놓았다. 얼굴이 화끈 달아올랐다. 내 기사는 '야마누끼'[1]된 통상적인 오비추어리에 불과했다. 인터넷을 켜고 민은아와 관련된 다른 신문의 기사들을 모두 검색했다. '웰 다잉'이라는 야마[2]를 잡아낸 것은 〈아시아일보〉뿐이었다. 다시 메일함을 열어 민은아의 부음을 알리는 보도자료를 꼼꼼히 뜯어봤다. 거기엔 이런 비슷한 얘기도 없었다.

'이시후라! 한국대학병원에 친구가 있는 게 분명해. 지가 정보를 제공한 빨대가 없었으면 어떻게 알았겠어!'

이렇게 생각하면서도 머리에서 김이 무럭무럭 났다. 단순한 오비추어리 기사 하나로 만회할 길 없는 물을 먹어버린 것이다.

'정말 민은아랑 꼬이면 되는 일이 없다.'

나는 마구 투덜거리면서 다시 생각을 정리했다.

'내가 민은아를 마지막으로 본 게 언제였더라?'

1년도 넘은 것 같다. 조선의 천재 여류시인 허난설헌에 대한 희곡을 쓰고 있는데, 그것 때문에 많이 지친다는 말을 했었다. 그게

---

1 '핵심이 빠진'이라는 뜻의 신문사 은어
2 핵심 또는 주제라는 뜻의 신문사 은어

마지막으로 본 거였다. 그리고 몇 개월 전 나는, 민은아가 암이 재발해 다시 병원에 들어갔다는 얘기를 들었고, 기사도 썼다. 하지만 그걸로 끝이었다. 그녀의 병문안도 가지 않았고, 그녀와 연결된 다른 사람들을 만나지도 않았다.

'그 1년이 넘는 기간 동안 나는 왜 민은아를 한 번도 찾지 않았을까?'

어쨌든 나는 취재원을 완전히 그물망에서 놓쳐버리고, 헛다리를 긁은 기자로 출근을 했다.

부장은 벌레 씹은 얼굴이었다.

"어떻게 된 거야? 민은아가 원래 수술도 안 하고, 병원을 그냥 제 발로 걸어 나갔어? 그런데 몇 개월이 지나는 동안 너는 왜 몰랐냐?"

그는 출근하는 내 얼굴을 보자마자 참지 못하고 쏟아 부었다.

"별로 신경을 못 썼습니다. 죄송합니다."

"그리고 말이야. 그 남편이라는 친구는 어떻게 된 거야? 도대체 어째서 10월에 결혼하고, 11월에 민은아는 다시 암에 걸려?"

"그 남자는 한 2~3년 정도 동거한 사람이었어요. 그건 다 알려진 얘기인데요. 결혼만 그때 한 거죠."

"어쨌든 의사 남편이 치료를 거부하고, 마누라 데리고 산속으로 들어가…. 드라마틱한 요소가 한두 개가 아니다. 하여튼 민은아는 인생 자체가 드라마다. 그 남편은 알아?"

"모르는데요."

"넌 민은아랑 친했으면서 왜 그 남편은 모르냐? 어쨌든 그 남편이라는 애 좀 잡아 봐. 딴 놈들이 인터뷰하기 전에 인터뷰 하나 따. 여기서도 물 먹으면 네 인생은 그야말로 물바다가 되겠다. 오늘 장례식일 것 아냐. 얼른 가봐.”

내 2진인 송영국은 지금 신혼여행 중이다.

‘하필 2진도 없는데, 이런 일이 생겨. 이 나이에 정말 내가 하랴?’

나는 “젠장!” 하면서도 벽제 화장장으로 한걸음에 내달렸다. 기자 생활 15년째. 오비추어리 하나로 때울 일은 아니라는 생각이 머리를 스쳤었다. 그런데 나는 그냥 무시했다. 왜 그랬을까?

단지 나는 최근에 나이 서른아홉이 주는 무게감과 나른함에 엉덩이가 조금 무거워져서 그랬다고 믿는다. 화장장에는 이미 타사 기자들과 TV 카메라까지 들이닥쳐 있었다.

그 모습을 보며, 또 ‘젠장! 이 나이에 또 내가 저 어린 것들이랑…’ 하며 한숨을 쉬었다.

‘그런데 나는 왜 이렇게 노여운 걸까? 단지 물을 먹어서? 정말 나이를 먹어서? 아니면 … , 민은아가 죽어서?’

나는 머리를 흔들어 생각을 털어낸다. 어쨌든 이건 내 일이다. 다른 기자들이 유족들을 잡는 것을 견제하며, 나는 재빠르게 눈을 굴려 유족들 사이에서 민은아의 남편과 다른 ‘영양가’ 있어 보이는 취재원을 골라낸다.

말로만 듣던 그녀의 남편을 처음 보았다. 그 아름다운 민은아의 남편이라고 하기엔 너무 평범해 보이는 사람이다. 보통 키에 안경을 쓰고, 공부는 좀 했을 것처럼 보인다. 그런 그에게서 의사의 연명을 위한 치료행위는 ‘학대’라고 주장하며 분연히 병원 문을 박차고 나왔다는 혁명가적 모습은 찾기 어렵다. 오히려 규범적 생활에 불평하지 않고 잘 따를 것 같은 범생이 스타일이다. 그러고 보니 민은아의 아버지 민중기 변호사와 왠지 느낌이 비슷해 보인다.

저쪽에 이시후도 보인다. 나는 그에게 손을 들어, 오라는 손짓을 했다. 그는 목례를 하며 이쪽으로 달려온다. 기자들은 소속 언론사에 상관없이 입사년도에 따라 선후배가 결정되기 때문에 타사 후배라도 선배에겐 깍듯하다. 이시후는 같은 출입처에 나가지만 여하튼 까마득하게 아래 후배여서 별로 신경을 안 썼던 친구였다.

"오늘 기사 좋더라."

내 말에 이시후는 머리를 긁적거리며 '헤헤'하고 웃는다.

"기사에 나오는 김 모 의사가 친구니?"

내가 넘겨짚은 말에 이시후는 "어떻게 아셨어요?" 한다.

"신문사 짬밥이 몇 년인데 … . 척 보면 다 알지. 근데 왜 좀 진작 쓰지 그랬니? 재미있는 얘기잖아."

"저도 안 지 얼마 안 돼요. 다른 일이 생기는 바람에 쫓아다니다 우연히 얘기 듣고, 민은아하고 남편 쪽하고 접촉하려고 시도하는 중에 이렇게 된 거죠."

"남편은 범생이처럼 생겼는데 … ."

나는 턱으로 민은아의 남편을 가리키며 말했다. 이시후는 그를 쳐다보며 말을 잇는다.

"실제로 좀 그런가 봐요. 아마 인생에서 유일하게 규칙을 어긴 게 환자였던 민은아하고 연애한 걸 거라고 하더군요. 그렇게 꼴통이니까 민은아 같은 여자랑 결혼해 인생 조지고, 병원 발칵 뒤집고, 마누라 데리고 나가고 그랬겠죠."

'병원 발칵 뒤집고'라는 말이 머리에 꽂힌다.

'역시 어린애라 수가 낮군. 이런 단서를 흘리고 다니다니.'

그러나 다시 입맛이 쓰다.

'이제 알았으니 뭘 어쩌란 말인가? 이미 1보에서 물을 먹었는데.'

그 다음은 아무리 호화찬란하게 묘기를 보여도 '면피'밖에는 안 되는 게 이 바닥의 생리다. 내가 이 자리에 온 건 추가로 물 먹지 않으려는 방어차원이지 공격하려는 건 아니다. 여기에 온 다른 기자들도 모두 방어진지를 구축하느라 유가족들을 둘러싸고 있는 것이다.

나는 다시 유족들을 살핀다.

영정을 들고 훌쩍이고 있는 학생은, 본 적이 있다. 그 사이 꽤 컸지만 은아를 따랐던 이복동생이 있었다. 그 아이가 분명하다. 그 옆엔 은아의 아버지인 민중기 변호사가 서 있다. 그는 내 쪽을 물끄러미 쳐다본다. 나를 알아보는 걸까? 한 번밖에 본 적이 없는데 …. 그러고 있는데 민은아의 관이 화로로 들어간다. 그 모습에 영정을 들고 있는 동생은 '누나, 누나' 하며 아이처럼 운다. 민 변호사도 손수건으로 얼굴을 가리고 흐느껴 운다. 그러나 그 남편은 그냥 멍하니 그 모습을 지켜보고 있다. 그 자리에 서서 미동도 하지 않고 줄곧 그렇게 서 있다. 그 모습에서 눈을 뗄 수가 없다. 눈물도 흘리지 않는 그 남자의 몸에서 예사롭지 않은 슬픔과 절망의 기운이 뻗쳐 나

한테도 전달된다. 소름이 돋는다.

나는 민은아를 태우는 그 화로에서 멀리 떨어진다.

민은아는 한 줌의 재가 되었고, 작은 항아리에 담겼다. 그녀의 남편은 그 항아리를 받아들고, 아무 말 없이 차에 올라탔다. 누구도 그에게 말을 걸지 못했다.

'누구도 쉽게 인터뷰를 할 수는 없겠다.'

나는 오늘 그에게 접근하는 일은 접어둔다. 내게 중요한 것은 그가 가슴에 묻어놓은 이야기가 아니라 오늘 그중 일부라도 쏟아져 나와 다른 신문 지면에 활자화되는 것뿐이다. 그런데 그는 오늘 안에 입을 열어 넋두리할 사람이 아니라는 판단이 들었다. 물먹은 타사 어린 기자들이 그를 따라잡을 테지만⋯.

'아마도 헛수고일 게다.'

나는 돌아선다. 민은아의 유골이 수습되고, 사람들이 흩어지고 있는 와중에 나는 극단 '수풀' 관계자들이 있는 쪽으로 간다. 극단주인 정희찬 선생은 눈이 충혈돼 있다. 그는 나를 보더니 "한 기자!" 하며 악수를 청한다.

"난 말이야. 고등학생이 된 은아를 만난 뒤부터 계속 세린이하고 마음으로부터 화해시키려고 했었어. 불쌍한 내 친구 세린이 때문이 아니라 은아의 삶에서 조금이나마 짐을 덜어주고 싶었기 때문이었어. 그런데 저 아인 끝까지 제 엄마에게 마음을 열지 않았지. 엄마라고 부르지도 않고, 꼭 부를 일이 있으면 '윤 시인'이라고 했어. 그러더니 정신을 잃기 전 마지막 순간에 은아가 한 말이 뭔지 알아요? 소리를 내 말하지는 못했지만 분명히 입은 '엄마'라고 하더군. 불쌍한 것 같으니라구."

정 선생은 이 말 끝에 눈물을 닦았다.

'민은아의 마지막 말은 '엄마'였다? 제목이 나왔군.'

나는 극단 사람들을 중심으로 은아의 마지막에 대해 취재했다. 나는 그녀가 다시 발병한 이후 한 번도 만난 적이 없었다. 아는 게 없으니 새로운 취재밖엔 의지할 내용이 없다. 내용은 중구난방이었다. 남편인 유정하는 은아가 4년 전 입원했을 때 주치의였고, 퇴원 후 1년쯤 뒤부터 함께 살았다는 것은 다 아는 얘기이고, 여기에다 민은아의 병이 재발한 뒤 그는 헌신적으로 그녀를 보살펴 왔다는 얘기 정도가 보태졌다.

또 하나 알아낸 사실도 있다. 민은아는 마지막 작품으로 허난설헌을 주인공으로 한 희곡을 완성했다는 것이었다.

"허난설헌에 대한 작품에 들어갔어요."

내가 은아를 마지막으로 만났을 때, 그녀는 이렇게 얘기했다. 나는 건강부터 추스르고 작업하라고 했었다. 그때 민은아는 엷은 미소를 띠며 말했다.

"내 건강이 정말 추슬러질까요?"

그때, 나는 민은아가 결국 그 병으로 죽을지도 모른다고 문득 생각했었다. 그녀도 그런 자기의 운명을 느끼고 있는 것 같았다. 그래서 20대에 요절한 조선시대의 천재 여류시인에 대한 이야기를 쓰는 것으로 자신의 죽음을 준비하는 게 아닐까 하는 얄궂은 생각이 들었다. 내가 그 이후 그녀를 만나지 않은 것도 의도적이었든 아니었든 그녀에게서 죽음의 그림자를 보았기 때문인지도 모른다.

'민은아는 정말 썼구나. 그 얘기를….'

어쨌든 오늘 기사의 또 다른 한 축은 결정됐다.

'요절한 천재 여류작가의 마지막 작품은 요절한 조선시대의 천재 여류시인에 관한 것이었다.'

나는 기사를 써서 마감시키기 위해 화장장을 떠났다. 천천히 차를 몰아 적당한 카페를 골라 들어가 노트북을 켜고 민은아의 영결식 기사를 썼다.

죽은 시인의 전설

"민은아는 죽는 순간 입으로 '엄마'를 불렀어요."

희곡작가 고 민은아의 영결식이 열린 3일 경기도 벽제 화장장. 이곳에서 만난 극단 '수풀'의 정희찬 대표는 이렇게 민 작가의 마지막을 증언했다. 수풀은 민 작가의 대표작 〈파랑〉을 장기공연하고 있는 극단.

1984년, 엄마 윤세린 시인이 프랑스 파리에서 센 강에 몸을 던져 생을 마감함으로써 이 모녀의 비극은 시작됐다. 고 민 작가가 5살 때였다. 그는 이후 누구도 그 앞에서 윤세린이라는 이름을 꺼내지 못하게 할 정도로 철저하게 엄마를 부정했던 것으로 유명하다. 그런 그녀의 마지막 말이 '엄마'였다는 것이다. 극단 관계자들은 "민 작가는 이미 오래 전부터 윤 시인과 화해하기 위한 노력을 해왔다"고 말했다.

실제로 4년 전 첫 척추암 수술을 받고 회복된 뒤부터 그는 조선

시대 천재 여류시인 허난설헌을 소재로 한 연극 〈초희〉를 집필해 왔던 것으로 알려졌다. 정 대표는 "요절한 조선시대 여류시인에 대한 작품을 쓰며, 윤 시인을 생각했을 것"이라며, "작품 〈초희〉 에선 이 비운의 시인에 대한 작가의 애정 어린 시선을 느낄 수 있으며, 시인의 죽음을 긍정적으로 바라보고 있다"고 말했다. 민 작가는 이를 정극과 뮤지컬 대본으로 각각 완성했으며, 현재 몇 개 극단에서 이를 무대에 올릴 의사를 보이고 있다.

죽음 앞에서 그는 엄마인 윤 시인과 정말 화해한 것일까. 사실 그의 삶은 불꽃처럼 살다 간 그녀의 엄마 윤 시인과 어느 부분 닮아 있다. 서른세 해의 짧은 삶에 비해 그는 윤 시인처럼 너무나 많은 얘기를 남기고 있다. 그는 몇 년 전 인터뷰에서 "윤 시인의 딸이라는 이름을 벗어나기 위해 연극배우로, 희곡작가로 내 이름을 만들어가고 있다"고 고백한 일이 있다.

그는 늘 자신의 운명에 저항했다. 고등학교에 입학한 후 그는 아버지인 민중기 변호사의 집에서 나와 외할머니와 살기 시작했다. 아버지의 경제적 지원도 받지 않았다. 제일여대에 입학한 직후 연극배우로 데뷔했고, 20살 때 외할머니가 돌아가신 후 연극무대를 떠나기도 했다. 그 뒤 그는 작가로 다시 연극계에 돌아와 부단히도 자신의 이름으로 홀로 서려고 했다. 그러나 엄마의 얼굴도 기억하지 못하는 그에게 '윤 시인의 딸'이라는 이름은 멍에와 같은 것이었다.

그의 마지막 상대는 죽음이었다. 척추암이 재발하고 폐 등 다른 기관으로 암이 전이되는 상황에서 그는 통상적인 치료를 포기하고 병원을 떠났다. 4년 전 척추암 발병을 계기로 만난 남편 유정하 씨와 함께 경기도의 한 암자로 들어가 참선을 하며, 죽음을 당당하게 받아들였다. 유 씨는 한국대학병원 전공의 시절, 민 작가의 주치의였다. 그러다 지난해 10월 민 작가가 다시 병원으로 들어가기 직전, 결혼하고 끝까지 그의 곁을 지켰다. 특히 민 작가가 병원 치료를 거부하면서 그는 병원에 사직서를 낸 것으로 알려졌다.

민 작가가 치료를 포기하는 과정은 의료계에 적지 않은 파장을 남겼다. 이 과정에서 그가 원한 것은 무엇이었을까. 이에 대해 이날 영결식에 참석했던 연극배우 유정현 씨는 "삶을 포기한 엄마 앞에 그는 '죽음을 맞는 태도'를 보여주고 싶었던 것은 아닌지 모르겠다"고 말했다.

이날 영결식에는 고 민 작가의 아버지인 민중기 변호사와 남편인 유정하 씨를 비롯, 극단 관계자와 문화계 인사 등 60여 명이 참석해 민 작가의 마지막 가는 길을 배웅했다. 그의 유해는 경기도 성남의 추모공원에 안치됐다.

한승애 기자

회사로 돌아오자 부장은 "남편은 봤냐?" 하고 물었다.

"보긴 봤는데 얘기도 못 붙여봤어요."

"그래. 어쨌든 시간을 두고 인터뷰 하나 해라. 이번엔 단단히 해라."

"예" 하면서 앉았지만 참 고단하다. '그 남편을 또 어디 가서 잡아오나' 하며 투덜대면서도 내 머릿속에선 그 남편을 옭아 넣을 웹이 짜이고 있다.

"한승애 씨!"

부르는 소리에 돌아보니 이수영 논설위원이다.

"단말에 올라와 있는 민은아 영결식 기사 봤어. 내일 아침자 말이야."

그러더니 이 위원은 "저녁 안 먹나?" 한다.

"예. 먹어야죠."

내 말에 이 위원은 내 주변에 있는 다른 사람들에게도 묻는다. 근처에 있던 나영우가 자원해 함께 저녁을 먹으러 간다. 늘 하는 식으로 소주에다 수육을 시켰다.

"그래. 민은아 장례식은 어땠어?"

"장례라는 게 그렇죠, 뭐. 화장은 이번에 처음 봤는데, 사람이 항아리 한 개로 남더군요."

그는 고개를 끄덕끄덕 하더니 물었다.

"그 아버지 민중기도 왔나?"

"예."

내 말에 이 위원은 인상을 조금 찡그렸다.

"윤세린은 내 고등학교 시절부터 친구였어. 우린 연합 문학서클을 했는데, 세린인 정말 날렸지. 사실 그 서클도 세린이 때문에 문전성시를 이뤘어. 한승애 씨는 세린이를 아나?"

"유명했으니까요. 이름 정도 아는 거죠."

이 위원은 나영우에게도 윤세린에 대해 어떻게 생각하는지 물었다. 나보다 젊은 친구가 무슨 윤세린에게 관심이 있겠는가. 그도 나하고 비슷하게 얼버무린다. 이 위원의 얼굴에 묘한 환희와 같은 표정이 떠오른다. 그는 두 팔을 들어 벌리며 말한다.

"세린이는 말이야. 폭풍 같았어. 나는 지금까지 살면서 그렇게 강렬하게 매력적이고, 그렇게 강렬하게 이기적이고, 그렇게 강렬하게 자기감정을 표현하는 여자를 본 적이 없어. 요즘 말로 하면 안티도 많았지. 그래도 고등학생들이 자기 또래의 고등학생이 쓴 시를, 그것도 출판도 되지 않은 시를 서로 베껴가며 외울 정도로 세린이의 시는 강렬했어. 게다가 허스키한 목소리로 샹송하고 재즈를 얼마나 잘 불렀는지. 민중기는 우리 한 해 후배였는데, 고시 붙고 나서 카니발에 갔다가 세린이 샹송 부르는 모습에 맛이 가선 어찌나 쫓아다니며 들러붙었는지 … ."

나는 민중기 변호사의 모습을 떠올렸다. 그에 대한 인상은 그저 절제되고 점잖은 평범한 전문직 남성이라는 것이다. 냉정하고, 열정이라곤 없어 보이는 그가 그렇게 강렬한 여자와 결혼한 것 자체가 내게는 미스터리였다.

"예전부터 생각한 건데요. 그렇게 강렬한 여성이 왜 그런 평범하고 답답하게 생긴 사람이랑 결혼했을까요?"

내 말에 이 위원은 고개를 끄덕끄덕했다.

"세린이는 우리 시대의 로망이었고, 여왕이었어. 민중기는 우리 학교에서도 전교 1등만 하던 친구야. 말하자면 전국에서 1등인 셈이지. 공부만 하던 이 답답한 친구가 서울법대에 가고, 대학 3학년 때 사법고시에 최연소로 붙고 하면서, 그 사이 인생에 뭔 낙이 있었겠어? 그러다 세린이를 통해서 완전히 새로운 세상을 보게 된 거지. 어쨌든 이런 남자가 딸을 달라는데 어떤 부모가 마다하겠나. 게다가 세린이 아버지가 우리 학교 국어 선생님이었거든. 윤 선생님도 민중기를 잘 아는데 더 말할 필요가 없지. 민변도 바위같이 듬직한 데는 있는 친구였어. 문제는 바위하고 폭풍이 만났다는 거지."

이 위원의 말에 나영우 기자는 "윤세린, 조울증 환자 아니었어요?" 한다.

이 위원은 고개를 갸웃한다.

"글쎄! 뭐 그럴 수도 있지만 그런데 보통 조울증 환자하고는 다를 걸. 조울증 환자는 산만하잖아. 그런데 세린이는 산만한 건 아냐. 집중력이 있었고, 포스가 대단했지. 난 조울증 환자로 보지 않아. 그냥 천재인 거지."

"우울증이 없었으면 왜 자살을 했겠어요?"

나영우는 고집을 꺾지 않는다.

이 위원은 이 말엔 대꾸하지 않는다. 대신 나를 보며 천천히 묻는다.

"오늘 승애 씨 기사 보니 민은아가 엄마를 부르며 죽었다던데."

"예. 정희찬 선생이 그러던데요. 죽는 순간 입 모양으로 엄마를 찾았다고."

이 말에 이 위원은 "아! 희찬이 …" 하더니, "그 친구가 말했으면 아닐 가능성도 있어. 원래 뻥이 심하거든" 한다.

그러더니 또 "그래도 말이야. 그 아이가 우리 세린이를 용서해줬으면 좋겠네. 그렇게 믿고 싶어" 한다.

"혹시 이 위원께서 윤세린 시인을 사모한 것 아니에요?"

내 말에 그는 '허허' 하고 웃는다.

"내가 그랬잖아. 세린이는 우리의 여왕이고 로망이었다고. 사실 세린이가 파리에서 투신자살했다는 얘기를 듣고, 공황상태를 경험한 사람이 한둘이 아니야. 내 젊은 시절이 얇은 유리장처럼 바닥에 떨어져 깨지는 느낌이었다고나 할까?"

저녁을 먹고, 이 위원은 다시 다른 술자리로 옮겨 갔다. 나영우는 회사로 돌아오며 말했다.

"민은아는 저랑 같은 학번이잖아요. 참! 걔는 예쁜 걸로도 유명하고, 걸레로도 유명했는데 …. 이 위원은 그 사실을 아시기나 할까요?"

이 말에 반감이 확 올라왔다.

"네가 민은아가 어떻게 사는지 봤니?"

"그걸 다 봐야 알아요? 우리 때 대한민국서 제일 자빠뜨리기 쉬운 애 하면 민은아가 답이었구먼."

"그래서 넌 자빠뜨려 봤어?"

"제가 미쳤어요? 걸레는 빨아도 걸레지."

"그럼 네 주변엔 자빠뜨린 친구 있어? 아니면 자빠뜨린 애는 본 적 있어?"

그는 "글쎄요. 소문만 들었죠" 하며 우물쭈물 한다.

"넌 네 시대에 제일 쉬운 것도 못해보고, 뭐하느라 지금껏 여친도 하나 없이 이렇게 살고 있니? 네 주변 인사들도 하나같이 한심한가 보다. 그 쉬운 것도 못해보고."

그러자 나영우는 삐죽거리며 "한 선배가 원래 민은아한테 애정이 많다는 건 알아요. 그래요. 제가 말실수 좀 했어요. 그런데 그게 제 말이 아니라 일반적인 평가라는 건 잘 아시잖아요" 한다.

"민은아한테 애정? 내가? 야! 넌 취재원한테도 애정 갖니?"

나영우는 내 말에 어깨를 으쓱한다. 나는 그에게 쏘아붙이듯 말한다.

"야! 내가 애정을 갖는 건 너지. 내 후배. 취재원이 아니고. 언론인이라는 내 후배가 그렇게 어디서 검증되지도 않은 유비통신을 함부로 날리니까 하는 말이지. 너, 앞으로 누구든 상대로 그런 얘기하려거든, 일단 자빠뜨리고 난 뒤에 경험담을 풀어놓든가 아니면 현장사진이라도 나한테 들이밀면서 얘기해. 팩트를 확인한 다음에 하란 말이야. 기자와 무뢰배가 다른 건 '팩트'의 힘이라는 걸 항상 명심해라."

나영우는 "네" 하고 공손하게 대답했다. 그러더니 "선배! 오늘 그 〈아시아일보〉 '웰 다잉'은 좀 밍밍했어요. 팩트는 있는데 감동이 없잖아요. 그에 비하면 내일 아침자에 나갈 선배 기사가 감동적이죠. 너무 신경 쓰지 마세요" 하더니 내게 손을 흔들며 휭허케 가버린다.

나는 웃는 얼굴로 그 녀석한테 손을 흔들어준다. 그 얼굴 바로 뒷켠은 씁쓸하다. 그는 정확하게 내가 아침부터 물먹은 '팩트'를 지적한 것이다.

'저 녀석마저 사람 골을 지르는군.'

야마로 물먹은 하루는 원래 길다.

10여 년 전, 나는 윤세린의 딸 민은아가 연극배우로 데뷔한 것을 특종했다. 그리고 바로 그녀의 부음기사를 놓고 눈을 뜨고, 물을 먹은 것이다.

버지니아 울프의 딸

한국의 버지니아 울프 윤세린의 딸 민은아,
〈인형의 집〉 대역배우로 데뷔

'한국의 버지니아 울프' 하면 누구나 쉽게 고 윤세린 시인을 떠올린다. 강물에 투신자살해 생을 마감했다는 점에서, 페미니즘적 의식이 충만한 작품으로 유명했다는 점에서 두 사람은 항상 비교되고 연결됐다.

고 윤 시인이 31살에 자살했을 당시, 5살의 철부지였던 그의 딸 민은아(19)가 연극배우로 세상에 나왔다. 이 '버지니아 울프의 딸'은 극단 '수풀'이 15일부터 마로니에극장에서 공연에 들어가는 〈인형의 집〉 노라 역을 맡은 배우 이성희의 언더스터디로 데뷔한다. 연극이 시작되면 당분간 화요일 공연에서 이성희 대신 노라 역할을 할 예정이다.

올해 제일여대 국문과에 수석입학해 화제가 되기도 했던 민 씨는 "정희찬 극단 '수풀' 대표의 권유도 있었고, 나와 다른 삶을 경험해보고 싶어서 연극을 하게 됐다"고 데뷔 이유를 설명했다. 고 윤 시인의 친구이기도 한 정 대표는 "은아는 고등학교 시절부터 극단에서 아르바이트를 하며 연기를 익혔고, 상당한 재능을 보여 데뷔를 권했다"고 말했다. 데뷔작으로 〈인형의 집〉을 선택한 이유에 대해 민 씨는 "'수풀'이 현재 준비하는 작품이기 때문"이라고 말했다.

그러나 민은아의 노라는 그녀의 어머니 고 윤 시인의 삶과 결부돼 관심을 모은다.

'나, 자유롭게 태어났으니 품위 있게 살기를 원하노라'고 윤 시인이 센 강으로 향하기 직전 자신의 아파트 창문에 붙여놓았다는 글귀다. 인간으로서의 자유로운 삶을 찾아 남편과 딸을 두고 프랑스 유학을 떠났던 고 윤 시인과, 인간으로서의 삶을 찾기 위해 가정을 박차고 나간 노라의 모습은 서로 통해 있다. 이 때문에 민은아가 노라를 연기하는 것은 어머니를 이해하려는 딸의 몸짓으로 이해되는 측면도 있다.

하지만, 그는 자신의 배역에 대해서도, 자신의 가족사에 대해서도 무척 말을 아꼈다. 자신의 역할인 노라에 대해 어떻게 해석해 무대에 올릴 것이냐고 묻자, "어떤 해석도, 생각도 하지 않고 그냥 노라를 연기할 것"이라고 말했다. 고 윤세린 시인에 대해 묻자 그는 곧바로 자리를 떠났다. 그러면서 그는 "윤 시인에 대해선 기억하는 것도 말할 것도 없다"며 "신인배우 민은아로만 봐 달라"고 했다.

정 대표는 "윤 시인이 졸업한 제일여대에 입학한 것도, 노라를 연기하는 것도 모두 은아가 엄마를 알아가는 과정이라고 생각한다"며, "그러나 두 살 때 자신을 버리고 프랑스로 간 엄마를 이해하라고 하는 건 아직 이르다"고 말했다.

한승애 기자

민은아 데뷔 당시 쓴 기사가 우리 기사 데이터베이스에 남아 있었다. 그때 나는 처음으로 그녀를 '버지니아 울프의 딸'이라고 불렀다. 이 별칭은 꽤나 호소력이 있었던 모양이다. 이 기사가 나간 뒤, 다른 신문과 잡지들도 모두 그녀를 '버지니아 울프의 딸'로 불렀다. 그래서 그녀는 대중에게 버지니아 울프의 딸로 각인됐다.

윤세린은, 그녀가 살았던 당대엔 어땠을지 모르지만 한 세대가 지난 우리 세대엔 시보다 죽음으로 유명한 사람이었다.

프랑스 파리의 센 강에 뛰어들어 생을 마감한 시인. 그녀의 로맨틱한 죽음은 소녀시절의 내 가슴을 설레게 했었다. 사실 나는 한 번도 그녀의 시를 읽은 적이 없다. 아마 많은 사람들이 그랬을 거다. 그러나 그녀가 죽기 전에 창에 붙였다는 그 유명한 문구, '나 자유롭게 태어났으니 품위 있게 살기를 원하노라'를 모르는 사람은 없다.

소녀시절, 나는 가끔씩 윤세린처럼 센 강변을 거닐다 강으로 뛰어들어 죽음을 맞는 장면을 상상하곤 했었다. 그런 장면은 상상하는 것만으로도 비극적이고 로맨틱했다. 그녀는 이렇게 내게는 현실 속에 존재했던 사람이 아니었다. 그저 이야기였고, 꿈이었다.

언젠가 파리에 출장 가서 처음 센 강을 보았을 때, 가장 먼저 떠오른 이름도 윤세린이었다. 그리고 그 폭 좁고 빈약한 강을 보며 '여기에선 빠져도 죽기가 더 힘들겠다'는 생각을 했다. 그러면서 윤 시인이 몸을 던진 곳 치고는, 센 강은 이름만 근사하지 너무 볼품이 없어 실망감이 확 일어나기도 했다.

그러다 그때, 극단 '수풀'이 뭔가 새 연극을 준비한다기에 정희찬 선생을 만났었다. 당시엔 우리나라가 IMF 외환위기로 곤란을 겪던 때였다. 기업마다 치열한 생존투쟁을 벌이고 있었다. 기업의 후원이나 협찬이라도 있어야 먹고 살던 연극계는 이미 굶주리고 있었다. 그런 세월 속에서 연극을 무대에 올리는 것 자체가 쉽지 않았다.

나를 본 정 선생은 대뜸 "윤세린 시인 알죠?" 하고 물었다.

"네. 파리에서 자살한 시인요."

"맞아요. 내 친구지. 그 딸이 민은아라고, 이번 내 연극에 노라 역의 언더스터디로 데뷔해요. 이게 기사거리가 될까?"

그 어렵던 시기에 연극을 준비하던 정 선생에겐 흥행요소가 필요했던 것으로 보였다. 엔터테인먼트 업계에서 잔뼈가 굵은 그는 동물적 감각으로 민은아가 흥행요소가 된다는 것을 알아차렸던 것이다. 민은아의 재능은 차치하고 윤세린의 딸이라는 이름만으로도 나름대로 상품성이 있었다. 어쨌든 윤세린은, 그녀의 시를 읽은 사람이든 아니든 죽음으로 모든 이에게 기억되는 사람이었다.

정 선생이 민은아를 데려다 내 앞에 앉혀놓았을 때, 나는 금세 그녀가 인터뷰를 두려워하고 있다는 것을 알아차렸다. 그녀의 불편하고 불안한 내심이 내 눈에 보였다. 그러나 그 어린 여자는 내 앞에서 꽤나 여유 있는 척하려고 애썼다. 열아홉이라는 나이와 어울리지 않는 묘한 어두움과 가장된 웃음과 부자연스러운 예의를 갖추고 있었다. 그녀는 친절했지만 결코 마음을 열지 않았다.

'어떻게 어린애가 이토록 위선적일까!'

그녀와 얘기하는 게 답답하고 부자연스러워서 나는 몇 번이나 헛

기침을 했다. 그러다 윤세린 시인에 대해 얘기하자 그녀의 부자연스럽던 표정이 돌처럼 단단해졌다. 그리고 이내 자리를 떠났다. 윤세린은 그녀의 위선을 걷어갈 만큼 강력한 것이었다. 위선적인 그녀도 아직 어린애에 불과했던 것이다. 나는 그렇게 돌아서는 그녀의 뒷모습을 보며 비로소 마음이 짠해졌었다.

이 기사가 나가고 그녀는 연일 다른 매체들에서도 다뤄졌다. 어두운 과거를 떨치고 연극배우로 당당히 이름을 내민 그녀는 경제난으로 어둡던 그 시기에 용기의 빛을 던진 아이콘으로 떠올랐다.

그녀는 그 기사를 계기로 유명인사의 반열에 올랐다. 그렇지만 그 뒤 내게 아무런 연락도 하지 않았다. 아직 그 정도의 사교성과 사회성은 없었던 것이다. 나는 얼마 후 인사가 나서 문화부를 떠나 다른 부서로 갔다. 그리고 3년 만에 다시 돌아와 보니 그녀는 희곡작가로 변신해 있었다. 3년 만에 다시 만났지만 그녀는 나를 이내 알아봤다.

"울프의 딸이 낫더군요. 그렇게 불리면 그게 저 같지 않잖아요. 다른 사람 얘기를 쓴 것이니 개의치 않아요."

이게 그녀의 첫마디였다. 그녀는 세상의 모든 말들을 마음에 담아두는 습관이 있는 듯했다. 언제였더라. 기억나지 않지만 그녀는 이런 말도 했었다. 아마도 내게 조금 편해지고 난 다음이었던 것 같다.

"나는 원래 '딸'이라는 정체성이 없어요. 딸로 예쁨을 받고 딸로 보호를 받았던 적도 없고, 딸로 부를 엄마와 아빠도 없고⋯. 그런데 세상에 나오니 온통 나를 누구의 딸이라고만 하네요. 정말 나한테 불공평한 세상이죠."

그녀의 태도는 대부분 가식적이었다. 그렇지만 이렇게 때때로 사람의 가슴을 서늘하게 하는 말을 무심한 듯 직선적으로 해버리기도 했다. 그녀의 친절과 미소와 가식은 내 마음을 움직이지 못했지만 이 말은 내 마음을 움직였다. 가끔씩 그녀는 그렇게 사람 마음을 움직이는 재주도 있었다. 나는 그 이후로 그녀에 대한 기사를 쓸 때 '버지니아 울프의 딸'이라는 수식어를 사용하지 않는다. 오히려 다른 신문사, 다른 기자들이 즐겨 사용할 뿐이다.

"무슨 생각을 그렇게 하니?"
여성지에 있는 동기인 김수정이 탁자를 똑똑 두드리면서 말한다. 수정이 "민은아 기사를 써야 한다"며 내게 SOS를 친 통에 나는 민은아 관련 자료들을 찾아서 나온 참이다. 수정은 점심을 사겠다는 핑계로 내게 취재를 하려는 것이다. 수정의 옆엔 처음 보는 젊은 여자가 있다. 수정은 그녀를 내게 소개한다.
"우리 프리랜서 작가야. 이번에 민은아 기사 쓸 거야. 공유미 씨."
"저, 한승애에요. 앉으세요."
나는 그 젊은 프리랜서에게 웃어 보이며 인사했다. 수정에게 내가 찾아온 민은아에 대한 자료봉투를 먼저 넘겨준다. 그걸 받으며 수정은 "얘! 밥이나 먼저 먹자" 하며 메뉴판을 살핀다.

"하여튼, 너는 참 빠르다. 일간지 기자라 그런가?"

식사 주문을 끝내고 수정은 내가 건네준 봉투 안에서 자료를 꺼내며 말한다. 그리곤 자료를 뒤적거리더니 이내 봉투 안으로 밀어 넣고 옆의 빈 의자에 던져놓는다.

나는 수정에게 말한다.

"다른 건 찾아봐. 내가 가진 것들만 가져온 거니까."

내 말에 수정은 나른한 표정을 짓는다.

"그래. 참고는 되겠다. 그런데 얘! 우리가 뭐 민은아의 작품세계를 쓰겠니? 거 있잖아. 마지막 순간 자기를 버리고 떠난 엄마와의 화해, 그리고 주치의와의 로맨스, 투병과 결혼생활…. 이런 게 필요한 거지. 여성지는 너처럼 기사 쓰면, 아무도 안 읽는다."

"그렇겠지. 그런데 내가 뭐 그쪽으론 아는 게 있어야지."

수정은 '이그~' 하며 내 팔을 쥐어박는다.

"너는 10년 넘게 민은아를 따라다녀 놓고 그런 얘긴 안 하고 뭐 했니? 넌 민은아를 꽤 아꼈잖아."

그 말이 놀랍다. 왜 사람들은 내가 민은아를 아끼고 좋아했다고 생각하는지 모르겠다.

"아끼다니. 그 친군 그냥 취재원이었을 뿐이야. 연극을 담당하는 동안만. 그리고 개인적으로 만나거나 한 일은 없어. 여러 사람들이 어울려서 놀 때 가끔씩 섞이기도 했지만, 그게 다야. 그래서 자세히 몰라."

"그래. 어쨌든 우린 그 남편을 잡아야 해. 안 되면 주변 취재를 한 뒤 전화통화라도 해야지. 다음 달 호에 아마 몇 군데는 '민은아 남편, 단독 인터뷰' 하면서 나올 걸."

"얘! 그 남편 잡으면 나한테도 연결 좀 해줘. 나도 인터뷰 하나 따야 하거든."

"어떤 사람인지 몰라?"

"전혀."

내 말끝에 공유미가 끼어들었다.

"제가 민은아랑 대학 동기거든요. 과는 달라서 서로 아는 건 아니에요. 어쨌든 민은아는 유명했으니까 우리 동기들은 다 알죠. 대학원 다니던 친구들한테서 들은 얘기인데요. 저희 학교 영문과 대학원 선배가 민은아 남편이 된 유정하 선생이랑 맞선을 보고 한 4~5개월 만났대요. 그 남편 아버지가 신우건설 부사장이고, 집안도 괜찮았대요. 그리고 그 선배랑 결혼 얘기까지 오갔나 봐요. 그런데 한번은 대학로에 있는 2층 카페에서 차를 마시다 창문으로 아래를 보니까 민은아가 있더래요. 여러 남자들이랑 밀거니 당기거니 하면서 말이죠. 그때가 척추암 수술을 하고 회복됐다는 기사가 나온 뒤였다는데 …. 어쨌든 그걸 보고 그 선배가 '민은아는 척추암에 걸렸다더니 여전하네요. 남자들도 많고 …' 했는데, 그 맞선남이 창문 밖에서 눈을 못 떼더래요. 너무 이상해서 무슨 일이냐고 물었더니 그 남자가 눈물이 그렁해서는 '저도 민은아의 남자입니다' 그러더래요.

그러더니 '도저히 안 되겠습니다. 노력한다고 벗어날 수 있는 일이 아니었습니다'라고 말하더라는 거예요. 그래서 그 언니는 그냥 자리에서 일어나 나와 버렸대요. 그런데 얼마 후에 그 남자가 민은아네 집으로 들어가 버렸대요. 남자네 집에선 뒤집어지고 난리가 나고, 그래서 결혼은 못 했는데 병이 걸린 걸 알고 자기들끼리 해버렸나 봐요."

수정이 거든다.

"그래. 그랬다더라. 그 남편 되는 사람이 병실 주치의였는데 그때부터 민은아가 찍었대. 너도 알잖아, 민은아 소문. 굉장히 순진하고 반듯한 사람이었는데, 아마 넘어갔나봐. 얘기 들어보니까 퇴원하고 나서 반년 뒤쯤 이 순진남이 우연히 대학로에서 민은아를 만났대. 그랬는데 그날로 자기네 집으로 데려 가서는 쓰러뜨렸다더라고."

"그건 이쪽 바닥에 다 흘러 다니는 소문이고…. 소문하고 진실, 아니 진실까지는 안 가더라도 팩트도 다른 경우가 부지기수야."

그렇게 말하고도 나는 슬금슬금 화가 난다. 그래서 짜증 섞인 소리로 말한다.

"왜 다들 민은아 하면 '찍고 쓰러뜨리는 애' 아니면 '자빠뜨리기 쉬운 애' 이런 식으로 말하는 거야. 사내놈들이 그러는 건 워낙 그놈들 머리가 그쪽에서만 돌아가니까 그런다 치고, 왜 여자들까지 다 나서서 그렇게 민은아를 '색녀'처럼 만들고 있니? 나는 그 여자가 그쪽으로 얼마나 발달해 있는지는 모르겠는데, 그 여자를 보면 이런 건 느껴지더라. 그렇게 가녀린 여자가 자기 힘으로 홀로 서 보려고 너무나 처절하게 애쓰고 있다는 것 말이야. 자기 용량 이상의 에너지를 쓰면서 말이지. 내 눈에 비친 민은아는 진심도 잊어버리고, 화도 안 내고, 늘 위선적이고 가식적인 미소로 세상을 속여야 하는 불쌍한 여자였어."

수정은 나를 보며 묘한 미소를 짓는다.

"거봐. 넌 민은아를 아낀다니까. 다 아는 얘기도 개한테 불리한 건 싫어하잖아."

"내가 취재원한테 감정이 개입돼 있다는 거야? 그건 아니지. 나는 그냥 팩트를 얘기하는 거야. 소문과 팩트는 다른 거니까. 애정이 아니라 직업정신일 뿐이야."

"그럼 팩트는 뭔데?"

"정확히는 모르지. 취재해보지 않아서. 그리고 내가 확인하지 못한 팩트는 발설하면 안 되는 거야. 다만 내가 아는 하나의 팩트는 그 남편 되는 사람과 민은아는 그 후 우연히 만난 건 아니라는 거야. 예전에 민은아 퇴원하고 생일을 맞았거든. 그때 〈파랑〉 공연장에서 생일파티를 한 기사가 타지에 났어. 그 뒤에 나도 취재 때문에 민은아를 만났는데, 그러더라. 당시에 주치의를 했던 아주 친절한 유 선생이라고 있는데, 그 기사를 보고 연락을 했더래. 그래서 내가 만났던 그날 오후에 그 사람이 극단으로 찾아오기로 했다면서 굉장

히 들떠 있었어. 최소한 민은아가 일방적으로 찍고 쓰러뜨린 건 아니라는 거지."

나는 여기까지만 말한다.

사람들에게 진실이란, 어쩌면 알고 싶어 하는 것이 아닐지도 모른다는 생각을 진작부터 하고 있었다. 그저 자기의 구미에 맞는 얘기를 골라서 듣고 기억해 버린다. 그래서 나는 어느 순간부터인가 구구하고 장황하게 설명하는 것을 포기했다.

수정은 눈을 반짝거리며 말한다.

"그렇구나. 적어도 우연히 다시 만난 건 아니라는 팩트는 확인됐네. 그래도 네 얘기만으론 어쨌든 찍어서 넘어뜨린 건지 아닌지는 확인이 안 되잖아."

수정의 말에 공유미는 까르르 웃는다.

수정은 나를 손가락으로 가리키며 공유미에게 말한다.

"봤지? 얘는 민은아를 좋아해. 아마 자기하고 닮아서일 거야. 얘도 엄마가 일찍 돌아가셨거든. 그래서 엄마 없는 애들을 좋아하는 경향이 있어."

음식이 나오고 얘기는 중단된다. 화제는 바뀐다. 음식 얘기부터 회사 돌아가는 얘기까지 두루 섭렵하고는 식사가 다 끝나갈 즈음에 다시 민은아에 대한 얘기로 돌아왔다.

"승애야! 그런데 〈귀신이 사는 집〉이라는 희곡은 어떤 거야? 좀 찾아봤는데 그 작품을 구하기가 쉽지 않더라."

"귀신이 사는 집? 민은아가 등단한 희곡? 안 읽어 봤어?"

"응, 찾아보니까 없더라고."

"그건 모성의 파괴성과 잔인성, 무지몽매함 같은 것을 다룬 희곡이었지. 모성이라는 게 사람과 세상을 얼마나 황폐하게 만들 수 있는지 보여준 작품으로 나는 기억하고 있어."

"모성이 파괴적이라고? 좀 엽기적인 작품이었나 보구나."

수정은 내 말에 놀란 듯한 반응을 보였다.

"아니, 엽기적이지는 않았고. 그냥 읽고 나면 참 오랫동안 멍하니 뭔가 생각하게 하는 작품이었지."

그런데 나도 지금 그 희곡의 스토리는 잘 생각나지 않는다. 그냥 몇 개의 장면이 생각날 뿐이다. 그녀가 등단했던 당시, 나는 문화부가 아니라 사회부에서 정부 부처에 출입하고 있었다. 그 당시 〈아시아일보〉 신춘문예 희곡 당선작을 보다 나는 그게 왠지 민은아가 쓴 것 같다는 느낌을 받았다. 작가를 살펴보니 역시 민은아였다.

이 희곡엔 옛날동화 〈해와 달이 된 남매〉 이야기가 나온다. 이 이야기를 주인공은 이렇게 풀어나간다.

열두 개의 고개를 넘어 떡을 팔러가는 남매의 엄마가 있었다. 그 엄마는 떡을 팔러 열두 개의 고개를 넘어가면서 '떡을 팔아 남매를 잘 먹이고 입힐 꿈'에 부푼다. 그리고 떡을 팔고 열두 개의 고개를 넘어 집으로 돌아올 때는 한숨을 짓는다. 매일 그 열두 고개를 넘나들어야 하는 고단한 삶에 대한 한탄도 절로 나온다. 그 한탄의 핵심에는 자신의 어깨를 짓누르는 사랑스런 자식들이 있었다. 그녀의 한숨과 한탄이 호랑이에게 전달되고, 그녀는 은연중에 자신의 자식들이 얼마나 신선한지를 호랑이에게 알려준다. 호랑이는 남매를 잡아먹는다. 이에 분노한 엄마는 어디서 나왔는지 모를 힘으로 호랑이를 잡아 가죽을 벗긴다. 그걸 사람들은 강한 모성의 힘이라고 했다. 그리고 그 엄마는 호랑이 가죽을 팔아 돈을 챙겨서 떠난다.

주인공은 아버지, 할머니와 함께 살았다. 엄마는 가난한 살림이 싫다며 집을 나갔다. 주인공인 소녀는 아버지가 없는 사이에 배가 아팠고, 할머니에게 맹장염이 걸린 것 같다고 말한다. 그러나 할머니는 배탈이 난 거라며 뜨거운 돌로 배를 눌러놓으라고 한다. 할머니는 겉으로는 배탈 걸린 손녀를 걱정한다. 그러면서도 맹장염이라는 손녀의 호소에는 아랑곳하지 않는다. 할머니는 "맹장염에 걸리면 안 된다. 그러면 내 아들이 돈을 써야 하고, 그 돈을 벌려면 얼마나 고생해야 하는데" 하며 푸념한다. 한편으론 아들의 족쇄와 같은 손녀가 이 기회에 죽어줬으면 하는 생각도 한다.

또 다른 포악한 엄마도 등장한다. 지난 밤 소녀와 다투고 도망가다 넘어져 무릎이 까진 아이의 엄마. 그 엄마는 아픈 소녀에게 들이닥쳐 욕설을 퍼붓고, 비난을 하고 때린다. 다 죽어가는 소녀의 아픔은 아랑곳 않는다. 자기 자식의 무릎이 까졌다는 이유만으로 그 엄마는 소녀를 저주할 권리가 있다고 믿는다.

나는 이 정도로 대충 생각나는 이야기를 수정에게 해주었다. 수정은 고개를 끄덕끄덕하며 말한다.

"그래. 민은아는 성장과정이 불우했으니까. 엄마에 대한 상이 비뚤어질 수도 있을 거야."

"글쎄다. 그 작품에 나오는 엄마들은 아주 평범해. 우리 주변에서 흔히 볼 수 있는 엄마들이지. 자식들의 일이라면 물불 가리지 않고 헌신하는 엄마. 그런데 생각해봐. 그렇게 한 대상을 정해놓고 일방적으로 쏟아붓는 비이성적인 애정이라는 게 그 자식의 상대편에 선 사람에겐 얼마나 사납고 폭력적일 수 있을지 말이야. 우리는, 모성애는 거룩하다는 이데올로기를 갖고 있잖아. 그런데 그 거룩한 모성애의 바로 뒷면은 내 자식이 아니면, 또 내 자식에게 거치적거리는 사람이면 누구나 파괴해도 된다는 광포한 논리로 무장돼 있을 수 있는 거지. 모든 이데올로기가 그렇듯이 모성애 이데올로기도 거룩한 얼굴을 하고 있는 이기적이고도 파괴적인 생각의 집합체다. 뭐, 그런 게 그 작품에 흐르는 논리였지."

수정은 내 말에 고개를 흔든다.

"그래. 뭐든 상관없어. 어쨌든 그 애하고 엄마 얘기는 엮겠는데, 문제는 그 남편이야. 별로 알려진 게 없어서 말이야. 우리도 지금 여기저기 낚싯밥은 던져놨는데 물지를 않는다. 어디 더 찾을 데 없을까?"

"나도 지금 그 친구 인터뷰하려고 하는 참이야. 인터넷에서 민은아의 죽음을 둘러싸고 논란이 일고 있잖아. 참 엉뚱한 방향이긴 하지만, 불치병의 치료를 어디까지 해야 하는지에 대해서 말이야. 불치병에 대해 생명을 연장하는 시술이 인권유린이라거나 학대라거나 하고 주장하는 쪽도 있고, 심지어는 안락사를 인정해야 한다는 과격파들도 나오고 있어. 얘! 그 유정하라는 의사가 민은아의 로맨스남으로만 끝났으면 얼마나 좋았겠니. 그러면 그 얘긴 여성지에 넘겨주고, 일간지 기자인 나까지 나서서 인터뷰할 필요는 없었을 텐데. 어쨌든 민은아는 살아서나 죽어서나 얘깃거리를 참 많이 만든다. 일단은 병원, 극단 '수풀', 그리고 민은아의 아지트였던 카페가 있었어. 동숭동에 있는 '만우절'이라고 말이야. 여하튼 그쪽으로 차례차례 수배해봐야지."

그렇게 말하고 나서 만우절에 죽은 민은아가 생각났다.

'참 묘한 여자다. 민은아는. 살아선 카페 만우절에 틀어박혀 살더니 자기는 만우절에 죽고.'

그러는데 수정이 말을 잇는다.

"너네도 인터넷 여론에 신경 쓰니?"

"글쎄~. 그것도 여론의 일부니까 어느 정도는 살펴봐야 되지 않나. 어쨌든 내 나와바리에서 일어난 일이니까 신경이 쓰이네. 그리고 민은아의 웰 다잉 문제를 제기한 건 신문이야. 〈아시아일보〉 이시후, 그 녀석 말이야."

카페 만우절

'버지니아 울프의 딸' 민은아
연극배우서 희곡작가로 변신

대학로에서 홀연히 자취를 감췄던 연극배우 민은아(23)가 희곡작
가가 되어 돌아왔다. 〈귀신이 사는 집〉으로 본지의 올 신춘문예
희곡부문 당선 작가가 된 것이다. 제일여대 입학 무렵인 1998년
연극 〈인형의 집〉의 노라 역으로 데뷔했던 그는 한국의 버지니아
울프로 불리는, 요절한 천재 여류시인 윤세린의 딸로 더욱 화제를
모았던 인물. 그러다 2년 전쯤 연극 〈사랑의 인사〉에서 도중하차
한 뒤 소식이 뜸했었다. 희곡작가로서 제 2의 연극인생을 시작하
게 된 민은아를 서울 혜화동의 한 카페에서 만났다.

왜 많은 문학 장르 중 희곡인가.
연극배우로는 대학 입학 이후에 데뷔했지만 실제로는 고등학교 2
학년 때 극단 '수풀'에서 아르바이트도 하고 연기도 배웠다. 그러
면서 연극이 운명이라고 생각했다. 그래서 희곡밖에 선택할 게 없
었다.

2년 전 무대를 떠난 이유는.

그 무렵, 함께 살던 외할머니가 돌아가셨다. 그 일로 나는 무기력해졌고, 아무것도 하고 싶지 않았다. 내가 아무것도 못했기 때문에 자연스럽게 무대에서 떠나게 됐다.

그동안 무엇을 하며 지냈나.

학교와 집을 괘종시계의 추처럼 오락가락했다. 한 번도 수업에 빠진 적이 없고, 수업이 없는 날 학교에 간 적도 없다. 그저 대학을 마치기 위해 세월을 보냈던 것 같다.

신춘문예는 어떻게 준비했나.

수업 중에 희곡작법 시간이 있었다. 내가 작품 하나를 써냈는데, 교수님께서 칭찬하셨다. 그 후부터 집에 돌아오면 희곡을 썼다. 이번 공모작도 그중의 하나다.

〈귀신이 사는 집〉 말고 다른 작품들이 있나.

 모두 습작 수준의 작품이다. 이번에 낸 작품은 교수님이 골라주신 것이다.

〈귀신이 사는 집〉이 모성애를 폄훼한다는 지적이 있다.

나는 의도를 가지고 작품을 쓰지는 않는다. 뭔가 하나의 이야기 꼬투리가 잡혀서 캐나가며 쓰다보면 완성돼 있다. 때때로 완성된 내 작품 때문에 내가 상처받을 때도 있다. 그래도 나는 그걸 내 맘에 들게 이야기의 방향을 틀어버릴 수가 없다. 이미 완성되면 그건 하나의 생명체가 돼버린다. 애당초 의도를 갖고 쓴 게 아니지만 많은 사람이 그렇게 느꼈다면 그럴 수도 있을 거라는 생각이 든다.

어떤 작가가 되고 싶은가.

모르겠다. 앞으로도 계속 작가로 살지 또 다른 무엇이 돼 있을지 아무것도 알 수 없다. 인생이라는 게 내가 원하는 방향으로 흘러가는 것은 아닌 것 같다. 그저 지구가 돌아가는 방향으로 나는 살아갈 뿐이고 그러다 보면 나는 어느 지점엔가 와 있곤 했다.

이수진 기자

나는 대학로가 좋았다. 대학 합격자 발표가 났던 날, 친구들과 무턱대고 대학로를 처음 찾았다. 서울대학병원 담벼락 날개 끝으로 나지막한 건물들이 몇 채 있었고, 그중 한 건물의 2층엔 '슈만과 클라라'라는 카페가 있었다. 그날 나는 그 카페에 들어갔다. 내가 생전 처음으로 들어가 본 어른들의 공간이었다. 이 카페의 창가에 앉아 거리를 내다보면 널찍한 대학로와 그 건너편으로 문예회관이 보이고, 수십 개의 소극장을 품에 안고 있는 극장거리가 한눈에 들어왔다.

신문사에서 수습이 끝나고 나는 문화부로 발령을 받았다. 내 동기들이 대부분 사회부에서 경찰기자로 뛰고 있을 때, 나는 문화부에서 연극 2진을 맡았다. 서운하지 않았다. 대학로의 좁은 골목길 사이사이에 숨어들어 있는 그 많은 소극장들을 순회할 생각만으로도 벅찼었다.

내 출입처가 된 대학로로 다시 돌아왔던 그날, 먼저 '슈만과 클라라'를 찾았다. 그러나 그 자리에 그 카페는 없었다. 언론고시 준비

등으로 2~3년 정도 대학로에 가보지 못한 사이 슬며시 그 자리를 떠났던 것이다.

이후 대학로에 내 아지트는 없다. 과거 올망졸망 이름 없는 카페와 경양식집으로 들어찼던 대학로엔 이제 대기업들이 하는 상업적인 카페와 프랜차이즈 점포들이 꽉 들어차 있다. 이 때문에 정붙일 만한 작은 카페를 찾지 못했다. 취재 때문에 가끔씩 들락거리는 나로선 아지트를 만들 생각도 없었다. 다만, 이 동네 터줏대감들인 연극인들의 아지트를 기웃거릴 뿐이다.

카페 만우절은 희곡작가가 된 민은아가 끌고 간 곳이었다. 동숭동의 엉켜 있는 골목 귀퉁이에 있는 작은 카페였다. 그곳엔 '은아 자리'가 따로 있었다. 카페의 맨 안쪽에 기둥으로 가려져 있는 소파 자리였다. 밖에서는 안이 잘 보이지 않는데 안에 앉아 있으면 밖이 잘 보였다.

이 여사로 불리는 이 집 여주인은 그 자리를 '은아 자리'라고 불렀다. 민은아는 언제나 그 자리에 앉아서 사람을 만나고, 차를 마시고, 공부를 했다. 이 여사에 대해선 알려진 게 없다. 나이가 몇 살인지도 말하지 않았다. 그저 나보다는 조금 더 나이가 든 사람 정도로만 알고 있다. 그녀에게 은아는 언니라고 불렀다. 그 둘은 마치

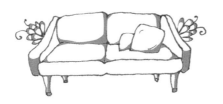

모녀나 자매처럼 보였다.

언젠가 이 여사는 내게 "카페 이름은 은아가 지어준 것"이라고 했다. 원래 카페 이름이 다른 것이었는데, 어느 날 은아가 이름을 바꾸자고 해서 바꿨다는 것이다. 가족도 아닌 두 사람은 이렇게 독특한 유대감 속에 살고 있었다. 민은아 장례식이 끝났던 다음날 나는 카페 만우절을 찾았다. 그러나 카페의 문짝엔 'Closed'라는 팻말만 걸려 있었다.

수정과 헤어진 뒤 나는 다시 카페 만우절을 찾았다. 민은아가 죽은 지 일주일 됐으니 이 즈음이면 문을 열었을 것이다. 격자문양의 문짝에 'Open'이라는 팻말이 걸려 있었다. 문을 열고 들어가니 이 여사는 보이지 않았다. 은아 자리로 들어가니 이 여사가 웬 젊은 남자와 함께 있었다. 나는 멈칫했다. 그런 나를 보고 이 여사는 "어머, 한 기자님!" 하며 일어섰다.

"며칠 전에 오니까 문을 닫으셨더라고요."

그녀는 은아 자리에서 걸어 나오며 어정쩡한 미소를 지었다. 내 팔을 잡으며, "그러게요, 은아가 그렇게 되고, 저도 좀 아팠어요" 한다.

내가 은아 자리를 떠나 홀에 있는 자리를 잡자 이 여사는 내 맞은편에 앉는다.

"은아 자리에 누가 있네요."

내 말에 그녀는 뒤를 한 번 흘끗 보더니 한숨을 내쉰다.

"거 있잖아요. 은아 1학년 때, 그 사람요."

"누구요?"

"그 왜 의사 아들."

나는 고개를 끄덕거렸다. 그녀는 씁쓸한 미소를 지으며 머리를 휘저었다. 민은아를 아는 사람들에게서 '의사 아들'로 불렸던 사람이 있었다. 나는 그를 본 적이 없었다. 다만, 민은아가 사람들 입에서 '걸레'가 됐던 그 시작점에 그가 있었다는 걸 안다. 또 본 적도 없는 그와 관련해 나도 불쾌한 기억을 하나 갖게 되기도 했다.

그녀가 연극배우로 데뷔하고 1년쯤 지났을 무렵에 스캔들이 났었다. 웬 의사 아들하고 사귀었는데, 그 엄마가 달려와서 민은아의 머리채를 잡고 동숭동 일대를 끌고 다녔다는 말이 돌았다. 그 이후부터 민은아는 남자만 보면 '찍어서 쓰러뜨리는 아이' 또는 누구나 들렀다 가는 '버스정류장'이라는 식으로 소문이 돌기 시작했다. 그 상대로 거론되는 인사들도 대학생부터 연극배우, 연출자 등 다양했다.

"그런데 그 사람이 왜요?"

"이혼을 했다네요. 한국대학병원 인턴하고 결혼을 했었는데 그부인이 은아하고 관계를 알게 되면서 이혼을 했대요" 하더니 그녀는 움찔한다. 그러더니 "한 기자님, 가족 같은 사이니까 이런 말씀드리는 거예요. 기사 쓰는 건 아니죠?" 한다.

사람들은 늘 이런 식이다. 한 꺼풀 들어간 얘기를 하고 난 뒤엔 항상 이렇게 움찔 놀라면서 기사로 쓰지 말라고 당부한다. '가족 같은 사이'라고 강조하면서도 기자에 대한 경계심은 풀지 않는다. 모든 사람들은 남의 뒷얘기를 알고 싶어 하면서 자기의 뒷얘기는 감추려고 안간힘을 쓴다. 이렇게 기사거리가 안 되는 얘기를 하면서도 말이다.

"민은아 옛 애인이 이혼했다는 게 무슨 깜이나 되나요? 그런데 이혼사유가 말이 안 되네요. 민은아랑 사귀었다는 과거지사 때문에 이혼을 했다고요?"

이 여사는 인상을 찡그리면서 나직하게 얘기했다.

"과거로 끝난 일이면 왜 이혼까지 했겠어요. 그 뒤로도 어찌나 은아한테 집착했는지. 쟤 에미는 이런 낌새만 눈치 채면 들이닥쳐서 은아를 화냥년 취급하며 애를 쥐어 패고, 아시잖아요. 그 뒤에도 어땠는지. 쟤는 결혼하고 나서도 계속 은아 주변을 맴돌고⋯."

"그래요. 스토커 같았죠."

"그랬죠. 은아가 너무 마음이 여리니까. 게다가 외롭고 하니까 처음 몇 번은 받아줬나 본데 나중엔 거의 노이로제에 걸렸어요. 은아가 암이 걸렸다고 했을 때 나는 쟤 때문에 걸린 것 같더라고요."

그리곤 이내 이 여사는 울컥하더니 눈물을 닦는다.

"아유~ 은아 생각을 하면, 이렇게 아직도 진정이 안 되네요. 은아를 처음 본 게 그 애 고3 때였으니까 10년도 넘은 얘기네요. 그때 나는 여기 대학로에서 아는 언니 카페에서 일하고 있었는데, 비가 오는 날 우리 가게 처마 밑으로 은아가 뛰어들어 왔죠. 우산도 없이, 비는 홀딱 맞고. 그래서 내가 불러들였어요. 마침 손님도 없고. 왠지 너무 예쁜 그 아이에게 자꾸 마음이 쓰여서. 내가 편히 살려면 그때 그 애를 불러들이지 말았어야 했는데 … . 그날 이후 나는 매일매일 가슴이 아파요. 은아 때문에.”

그녀가 이렇게 말하며 눈물을 훔치고 있는데 그 의사 아들이 가겠다며 나왔다. 이 여사는 그에게 싸늘했다.

“또 올게요” 하는 의사 아들에게 이 여사는 “제발 이제 그만 와”라고 대꾸했다.

나는 놀란 눈으로 이 여사를 쳐다봤다. 그녀는 그런 나를 보더니 “내가 얼마나 지긋지긋하면 이러겠어요?” 하고 반문한다.

그녀는 그 의사 아들과 은아의 악연에 대해 풀어놨다. 몇 번은 들었던 이야기다. 그래도 그녀는 그 얘기를 해야 직성이 풀릴 것이다.

은아는 대학교 1학년 말쯤 그를 만났다. 이 여사는 그 의사 아들이 의도적으로 접근했다고 믿고 있다. 어쨌든 은아는 처음으로 누군가를 만나 들떠 있었고, 편안해 보였다. 그러다 은아의 외할머니가 돌아가셨고, 이후 그는 거의 은아네 집에서 살다시피 했다.

얼마 후 그의 엄마가 이 사실을 알고 다짜고짜로 은아에게 들이닥쳐 때리고 밟았다. 은아의 충격은 말할 수 없이 컸고, 이후 연극에서도 중도하차했다. 은아는 그 폭력의 충격에서 벗어나기 위해 많은 고통을 겪었고, 그 와중에 그 남자는 또 은아를 찾아다녔다. 이에 그 엄마는 또 은아에게 들이닥쳤고, 동네방네 걸레라고 소문을 냈다는 게 '의사 아들의 이야기'다.

"내가 카페를 독립해서 차리고 난 뒤에 은아는 매일 여기에 왔어요. 그러더니 어느 날 이러더라고요. '언니 나는 오늘이 만우절이었으면 좋겠어. 아니 매일 매일이 만우절이었으면 좋겠어. 내게 일어나는 일들이 만우절의 거짓말이 되게 말이야.' 그래서 내가 아예 카페 이름을 만우절로 바꿨어요."

이 여사는 이젠 아예 손수건에 얼굴을 묻고 흐느낀다. 그녀는 주먹으로 가슴을 치면서 "이젠 내가 진정해야 하는데…" 하며 중얼거린다.

나는 그녀를 본다. 도대체 그 창백하고 가식적이고 대인관계에 서툴렀던 은아의 어떤 점이, 영 남남인 이 사람을 이렇게 사무치게 슬프게 만든 것일까.

"민은아 작가를 많이 사랑하신 건 아는데, 어떤 점을 그렇게 사랑하신 거죠? 전 그게 늘 궁금했어요."

이 여사는 눈을 들어 나를 본다. 그러더니 말한다.

"한 기자님도 우리 은아를 사랑하셨잖아요."

나는 깜짝 놀란다. 왜 모두들 내가 은아를 좋아했다고 하는지 잘 모르겠다.

"아니요, 사랑까지는. 그저 관심이 있었을 뿐이죠. 그런데 10년을 알고 지내도 가까이 하기는 힘들었어요. 늘 좀 위선적이고, 가식적이고, 연극적이었잖아요."

이 여사는 나를 빤히 본다.

"은아는 그런 애가 아니에요. 자기 자신에 대해 말하는 걸 불편해하고 힘들어하고, 그래서 인터뷰 할 때 보면, 그런 불편한 걸 드러내지 않으려고 좀 태도를 꾸미는 건 있었지만. 한 기자님은 늘 은아를 걱정하고 옆에 있으면서도, 그 애한테 좀 냉정하셨죠. 그래도 은아를 색안경 끼고 보진 않고, 그대로 봐줘서 고마웠는데…. 왜 말을 그렇게 하세요? 은아는 사실 겉에 보이는 게 전부인 아이인데, 사람들은 은아를 볼 때 늘 색안경을 끼고 보죠.”

그녀는 약간 항의조로 말하다 길게 한숨을 내쉬었다. 이 여사는 정말 슬퍼하고 있다. 대학로에서 카페 생활만 20년이 넘게 했다는 그녀에겐 이렇게 순수하고 따뜻한 데가 있었다. 나도 가끔씩 그녀의 따뜻한 마음에 기대보고 싶다는 생각을 했을 정도로 말이다.

그래도 나는 본론으로 들어간다. 나는 일을 해야 하므로.

이 여사에게 유정하에 대해 묻는다. 이 여사는 유정하의 소재를 아는 게 분명하다. 하나 지금 그의 소재를 물었다가는 입을 다물 게 뻔한 일. 기자와는 아무리 친하다 하더라도 취재가 걸린 일이다 생각하면 모든 사람들은 조심을 하고, 계산을 한다. 그래서 나는 다만 대화의 주제를 그 남편 얘기로 돌린다.

“민은아의 데뷔 특종을 한 제가 마지막엔 물을 먹었잖아요. 민 작가가 재발했다는 얘기를 듣고, 이젠 그만하자는 생각이 들었어요. 그래서 사실 한 번도 찾지 않았어요. 그 결과죠 뭐. 그래도 정상적으로 치료받고 있는 줄 알았어요. 남편이 의사였으니까. 그런 일이 있는 줄 몰랐어요.”

내 말에 이 여사는 또 순간적으로 왈칵 눈물을 쏟는다. 그러더니

"오늘 또 장사 못 하겠네" 하며 일어나 아예 문을 걸어 잠근다. 그녀는 이 대목에선 뭔가 복잡한 심경을 드러낸다. 그러더니 말문을 연다.

"아마, 유 선생이 아니었으면 은아가 좀더 일찍 편안히 갔을 수도 있었을 거예요. 은아의 남자들은 왜 그렇게 한결같이 그 애를 붙잡고 놔주지 않는지 …. 유 선생이 너무 애달파하면서 붙들고 늘어지니 은아도 차마 눈을 감지 못하고, 그 고통 속에서 하루하루 연명했어요. 은아는 착한 애에요. 나도, 은아 아버지도 유 선생한테 제발 그냥 편히 가게 해달라고 며칠을 사정한 뒤에야 포기하더군요. 유 선생이 결국 '은아야, 이젠 쉬어도 돼. 편히 쉬어. 나도 이젠 쉴게' 했어요. 그때 은아가 얼마나 편안한 표정을 짓는지 …. 그리고 곧바로 혼수상태로 들어갔어요. 그러더니 그 다음날인 만우절 날, 꼭 거짓말처럼 죽었어요."

"암자에서요?"

그녀는 나를 물끄러미 쳐다본다.

"신문엔 죄다 암자에서 죽은 걸로 나더군요. 그런데 실은 한 달 전쯤 송파에 있는 작은 병원으로 옮겼었어요. 은아는 자연스러운 죽음을 원했는데, 나중에 유 선생 마음이 바뀌었죠. 그 애를 연명시키기 위해서 온갖 애를 썼어요. 은아는 한 단계 한 단계 자기의 죽음으로 가까이 가고 있는데, 유 선생은 그러지 못했어요. 허둥대고, 집착하고, 화내고, 포기를 못 하더라고요. 나중엔 그 아픈 은아까지 그런 유 선생을 말려야 했을 정도였어요."

"그 유 선생이란 사람은 어떤 사람이에요? 화장장에서 잠깐 봤는데, 그냥 범생이처럼 생겼던데요."

이 여사는 또 한숨이 길다. 그러더니 내게 고개를 끄덕인다.

"맞아요. 범생이. 공부나 잘한 외골수 같은 사람이에요. 착하고 마음이 넓을 것 같다가도 어떤 부분에선 정말 답답하고 이기적이죠. 은아한테 상처도 주고, 그리고 나선 또 못 이겨서 찾아오고…. 은아, 이 답답한 애는 남자들한테 그렇게 당하고도 또 받아주고…. 그래도 유 선생은 끝까지 도망가지 않고 은아 곁을 지켰죠. 자기 엄마 대신 은아를 택한 유일한 남자죠. 은아가 나중에 이런 말을 했어요. '난 죽어도 이 땅에 놔두고 가서 아까울 건 하나도 없을 거라고 생각했는데, 유 선생은 정말 아깝다'고 하더라고요. 그래서 고마워요, 유 선생한테는. 그런데 나중에 보니 유 선생이 은아 아버지, 그러니까 은아를 아이 때부터 한 번도 안아줘 본 일도 없는 그 아버지하고 참 비슷한 데가 있더라고요."

"유 선생은 지금 어디 있는데요?"

"글쎄요. 집에 있을라나? 왜요? 인터뷰하게요?"

"그럴 수도 있고. 좀 궁금해지네요. 민은아와 마지막으로 살았던 그 사람이…."

이 여사는 의외로 순순하게 은아의 집을 알려준다. 이화동에 있는 빌라다. 원래 은아네 집이었는데, 거기에 유 선생도 함께 들어가 살았다고 했다.

'이렇게나 쉽게….'

나는 오히려 맥이 풀린다. 나는 주소를 다 받고 난 뒤 단속을 한다.

"그런데 이 여사님, 기자들 올 때마다 이렇게 주소를 다 알려주시면 유 선생이 피곤하겠네요."

"아이고, 한 기자님도. 내가 애에요? 다른 기자들한테는 왜 알려주겠어요? 한 기자님이니까 알려주는 거지. 한 기자님이 우리 은아를 좋아하는 걸 알아요. 그런데 늘 그렇지 않다고 하시죠. 그것도 왜 그런지 이해해요. 또 최소한 우리 은아한테 나쁜 기사는 안 쓰잖아요. 늘 애정을 갖고 쓰는 것도 알고요. 은아도 그러던데요, 뭘. 한 기자님은 최소한 공평하고, 대부분은 자기한테 잘해주려고 한다고⋯."

나는 움찔한다.

'도대체 나는 그동안 무슨 짓을 하고 다닌 거지? 내가 정말 은아 편을 드는 기사를 썼단 말인가?'

무방비

〈파랑〉 작가 민은아 척추암 발병
극은 오픈 런 무대 찾아 공연

연극 〈파랑〉의 작가 민은아가 척추암 진단을 받고 입원했다. 극단 '수풀'은 24일 "민은아 작가의 상태가 심각한 것은 아니며 다음 주에 수술을 받을 예정"이라고 발표했다. 지난해 대한민국 연극대상을 수상한 〈파랑〉은 지난 주말부터 대학로 무지개극장에서 장기 공연에 들어갔다.

민 작가는 〈파랑〉 리허설 중 건강에 이상을 느껴 병원에서 정밀검사를 받은 결과 척추암이라는 진단을 받은 것으로 알려졌다. 그는 대학시절 신춘문예 희곡부문에 당선됐고, 지난해엔 두 번째 작품인 〈파랑〉으로 대한민국 연극대상을 받는 등 무서운 기세로 성장해왔다. 이에 '희곡부문의 서태지'로 불리며 이 시대 문화 아이콘으로 떠오르기도 했다.

그러던 중 뜻하지 않은 병마로 발목이 잡힌 셈이다. 극단 '수풀'의 정희찬 단장은 "민 작가는 그동안 많은 역경을 이겨온 만큼 이번 병마도 이길 수 있는 역경이 되길 바란다"며, "초기 단계라 심각하진 않은 것으로 안다"고 말했다. 현재 공연장엔 민 작가의 쾌

유를 기원하는 모금함이 설치됐으며, 관람객들이 이에 호응하고
있다.

　민은아 작가는 31살에 파리에서 요절한 천재 여류시인 고 윤세
린의 딸로 데뷔 당시부터 관심을 모아 왔다.

한승애 기자

나는 이 여사가 알려준 민은아의 이화동 빌라를 찾아간다. 그녀의
빌라 앞에는 작은 구멍가게가 있다. 나는 그 가게에서 음료수를 하
나 사고, 그 앞에 앉아 마시며 주인에게 말을 건다.

　"저 집에 민은아라고 작가가 살았다고 하던데, 아세요?"

　나는 이 여사가 알려준 집을 손가락으로 가리키며 묻는다. 주인
여자는 집을 흘끗 보더니 내 옆에 와 앉으며 말한다.

　"알죠. 그 새댁. 맨 꼭대기 층에요. 죽었다고 하던데 …. 원래 많
이 아팠어요. 정말 인생무상입디다."

　"주인 남자는 지금 거기에 있죠?"

　"아마 있을 걸요. 저녁이 되면 불이 켜지니까. 참 안 됐어. 남편
이 참 끔찍하게도 마누라를 챙겼는데, 지금은 거의 몰골이 말이 아
닙디다. 그러고 보니 며칠째 나오지도 않는 것 같아. 잘 알아요?"

　"여자하고요. 그런데 지금 죽었으니 …."

　"그래. 그 집 여자 친구들은 죄 여기에 앉아서 맥주를 마시다 갔
어요. 그 남편만 있으면 집에 있다가도 나왔지. 남편이 마누라라면

어찌나 벌벌 떠는지, 친구들이 아픈 사람을 괴롭힌다며 싫어한다고 하더라고. 그래서 남편이 없는 틈을 타서 몰래몰래 다녔어요."

"정말요? 어떤 친구들이요?"

"그냥. 나도 잘 모르지. 연극하는 사람들이라고 하던데. 어쨌든 그 여자 친구들은 좀 남편하곤 분위기가 달랐어요. 좀 흐트러지고…. 그래서 남편이 싫어했나봐."

나는 꼭대기 층을 바라본다. 내가 사쓰마와리(경찰기자)도 아니고, 무작정 쳐들어가서 만나달라고 한다고 인터뷰가 성사될 것도 아니고…. 실제로 경찰기자 때나 확인할 팩트가 간단하니까 막무가내로 밀고 들어가는 것이지, 문화부에 와서 사람을 그렇게 무작정 만나러 간 일은 없다. 미리 전화를 하고, 약속시간을 정하고, 무슨 얘기를 할지 대충 맞춘 뒤, 만나는 건 마지막에 하는 일이다.

게다가 나이가 들어가면서 이상한 고집도 생긴다. '내가 이 나이에 어린애들을 상대로 뭐하는 짓인가' 하는 아무짝에도 쓸모없는 아집 같은 거다.

'일단 철수다.'

나는 오늘은 여기까지만 하기로 한다. 좀더 생각해보고 실행은 맨 나중에 할 생각이다. 이화동서 나와 지하철역으로 걸어가고 있는데 길 건너편에 이시후가 보인다.

"이시후!"

목청껏 몇 번을 부르니 그가 두리번거리며 소리 난 쪽을 찾는다. 나는 크게 손을 흔들어 그를 부르고, 그도 알아봤는지 횡단보도 쪽으로 걸음을 옮겨 길을 건너온다.

"한 선배!"

그는 꾸벅 머리를 숙이며 인사한다.

"취재하러 왔나?"

"아뇨. 친구 좀 만나러 왔었어요."

"여자친구였나 봐."

넘겨짚어 해본 말이다. 이 말에 그는 얼굴이 어두워지며, "보셨어요?" 한다.

그러더니 그는 고개를 흔들며 "아뇨. 여자친구가 아니고요. 대학 다닐 때 같이 봉사동아리 한 친군데 제 첫사랑이기도 하죠. 얼마 전에 이혼하고 좀 우울한 것 같아서 짬짬이 들여다보고 있어요" 한다.

"아! 그렇구나. 뭐 하는 친군데?"

"한국대학병원 인턴이에요."

그 '의사 아들'이 한국대학병원 여의사와 이혼했다는 이 여사의 말이 퍼뜩 떠오른다. 나는 포커페이스로 고개를 끄덕인 뒤 이시후에게 "차나 마시자"고 청한다.

"실은 민은아하고 악연은 그 유정하 선생이 아니라 제 친구예요."

"그게 무슨 말이야?"

나는 백지 같은 얼굴로 무심한 듯이 그에게 묻는다. 기자들은 천성적으로 입이 싸서 자기 특종이 아닌 다음엔 자기가 알고 있는 사실들을 '보도'하기 바쁘다. 잘만 추임새를 넣으면, 어쩌면 이시후에게서 시리즈를 쓰고도 남을 만큼의 팩트를 캐낼 수 있을지도 모른다.

이시후는 어울리지 않게 한숨을 쉰다.

"제 친구가 본과 3학년 실습 나가 있는 동안 그 민은아 남편인 유정하 선생이 레지던트였는데, 제 친구 사수였다고 하더라고요. 군복무 마치고 레지던트를 해서 나이는 좀 많았지만, 그 사람은 천상 의사래요. 규범적이고, 열심히 하고, 무뚝뚝한 것 같은데 실제론 마음이 따뜻한 사람이라고 하더라고요. 어쨌든 민은아, 처음 입원했을 때부터 이 친구는 다 본 거죠."

민은아와 유정하의 첫 만남부터 시작된 이시후의 얘기는 무척 길었다. 그는 이미 민은아의 입원 당시부터 그 이후의 상황을 주혜경이라는 그 친구에게서 짬짬이 들어 왔던 터였다. 그 얘기를 재구성하면 이랬다.

의대 실습생인 주혜경이 그날 처음 신경외과 의국회의를 참관하는 날이었다. 회의 끝자락에 치프는 정하를 불렀다. 그는 정하의 어깨를 툭 치며 "야! 셀러브리티가 한 명 들어온다고 해서 너한테 배정했다"며 생색을 냈다. 유정하는 치프와 의대 동기였다. 그는 군대에 다녀오는 바람에 동기들보다 늦게 레지던트를 시작해 당시에 1년차였다. 이 때문에 다른 인턴과 레지던트들은 "치프가 동기를 편애한다"며 아우성을 쳤다. 그런데 그게 민은아라는 말을 듣고도 정하는 그 사람이 누군지 몰랐다.

후배인 인턴이 "민은아는 윤세린의 딸이고, 이 시대 문화의 아이콘"이라고 설명해줬다. 이 말에 정하는 "자기가 아니라 엄마가 유명인사야?" 하고 되물었을 정도였다. 그는 윤세린조차 누군지 몰랐던 것이다. 그는 인문교양에 대해선 담 쌓고 지내는 전형적인 이과생이었다. 이 때문에 그에겐 지식도 없었지만 선입견도 없었다.

회의가 끝나고, 정하는 그의 뒤를 졸졸 따라다니는 실습생인 혜경에게 "민은아를 아니?" 하고 물었다.

"유명하잖아요. 엄마인 윤세린 시인이 민은아 다섯 살 때 파리 센강에서 투신자살 했잖아요. 그래서 '버지니아 울프의 딸'로 불리기도 하고, 작년에 〈파랑〉이 대한민국 연극대상을 타서 또 파란을 일으켰잖아요."

"엄마가 자살?"

"윤세린은 그 시대 자살 신드롬을 몰고 온 사람으로도 유명한데…, 정말 못 들어보셨어요?"

정하는 고개를 흔들었다.

당시 민은아의 주치의를 맡고 싶어 하는 사람들은 많았다. 그래서 치프에게 은근히 항의하는 사람도 있었다는 것이다. 이에 화가 난 치프는 인턴과 레지던트들을 모아놓고 민은아 건과 관련해서 "내가 동기생 편드는 게 아니라 과장님이 그렇게 하래. 왜 과장님이 그렇게 하시는지 곰곰이 생각 좀 해봐, 니들두…" 하며 야단을 치기도 했다는 것이다.

정하는 궁금해 했다. 왜 모두들 민은아를 맡고 싶어 하는지….이에 대해 당시 한 후배가 "뭐, 좀 예쁘게 생기고, 유명하고, 또 좀 쉬운 데가 있는 것 같더라고요. 소문에 그래요. 예쁜 데다 헤프기까지 하면 감사한 일이죠"라며 민은아에 대한 정보를 주기도 했다.

민은아는 점심시간이 다 돼서야 나타났다. 긴 생머리에 흰색 벙거지 같은 털모자를 쓰고, 뿔테안경을 썼고, 자기 사이즈보다 커 보이는 두꺼운 카키색 점퍼를 입었다. 데스크의 시선이 일제히 민은아에게 쏠렸을 만큼 그녀는 예뻤다. 그런데 정하는 그 모습을 보더니 고개를 숙이고 피식 웃었다. 혜경은 그 웃음의 의미가 궁금했다. 그래서 은근히 물었다.

"너무 예쁘죠?"

정하는 혜경을 생뚱맞다는 표정으로 쳐다봤다. 그리곤 대꾸했다.

"저렇게 생긴 걸 예쁘다고 하는 거야?"

은아를 병실로 안내했던 간호사가 나와 "민은아 보셨어요?" 하고 호들갑을 떨었다. 그때 정하는 그 간호사에게 "민은아를 잘 아느냐"고 물었다. 간호사는 대답했다.

"그럼요. 대학 다닐 때부터 날렸잖아요."

"뭘로 날려요?"

"제일여대 수석으로 합격했죠. 그리곤 금방 연극무대에 섰잖아요. 제가 한번 민은아 씨 나오는 연극을 봤는데요. 하여튼 그때 굉장히 독특하게 매력적이었어요. 연기 자체가 이상하게 가슴이 아리고 슬프더라구요. 참 독특했는데 … . 또 대학 다니면서 신춘문예에 당선되고, 거기다가 윤세린 딸이고 … ."

그 말에 정하는 "다른 친구들 말을 들으니까, 뭐 좀 … 쉬운 걸로 날렸다고 하던데요"라고 말했다. 이상하게도 정하는 은아에 대해 시니컬했다.

그는 잠시 후 차트를 챙겨들고 은아의 병실로 갔다. 혜경도 그를 따라갔다. 이 실습생은 이렇게 늘 정하를 따라다녔다.

병실 문을 열었을 때 담배 냄새가 확 몰려 나왔다. 은아는 환자복으로 갈아입지도 않은 채 창 앞에 앉아서 담배를 피우고 있었다. 문이 열리는 기척에 그녀는 '끼기긱~' 하며 불편하게 머리를 돌렸다. 그리고 거기에 흰 가운을 입은 의사가 서 있는데도 당황하는 기색이나 흔들림이 없었다. 담배를 끄지도 않고, 다시 얼굴을 돌려 담배를 한 번 더 빨아들였다.

정하는 빠른 걸음으로 은아에게 가 단호하게 말했다.

"담배 끄시죠."

그녀는 정하를 한번 쳐다보고 엷게 웃었다. 그러더니 창문을 열어 창틀에 담배를 비벼 끄면서 이렇게 말했다.

"재떨이가 없네요."

혜경이 바라본 정하의 등판이 움찔했다. 화가 난 거라고 혜경은 생각해 몸이 움츠러들었다. 정하는 은아에게 손을 내밀며 말했다.

"담배하고 라이터를 주세요."

그녀는 순순히 담배와 은색 라이터를 정하에게 건네줬다.

"이게 병원에서 피우는 마지막 담배라고 생각했어요."

그녀의 발음은 또박또박했고, 작은 목소리로 얘기하는데도 소리가 사람의 가슴을 파고드는 묘한 울림이 있었다.

혜경은 순간 '연극배우를 했다더니, 발성이 다르다'는 생각을 했다. 가까이서 본 그녀는 더 예뻤다. 모자와 뿔테안경을 썼을 때는 잘 보이지 않았던 짙은 눈썹과 큰 눈, 또렷한 이목구비가 그 작은 얼굴에 꽉 들어찬 모습이 눈에 들어왔다. 긴 생머리는 무심한 표정과 이상하게 어울려 청순해 보이기도 하고, 슬퍼 보이기도 하고, 허무해 보이기도 했다. 같은 여자인 혜경이 이렇게 감탄하는 사이에도 정하는 별 감동이 없어 보였다.

"왜 환자복으로 갈아입지 않으셨죠?"

정하의 질문에 그녀는 침대 위에 있는 환자복을 힐끗 보면서 느릿하게 말했다.

"갈아입어야죠. 어깨가 아파서 옷을 갈아입고 뭐하고 하는 게 귀찮거든요."

그녀는 자기가 입고 있는 티셔츠를 잡아당기며 "이것도 입고 있은 지 한 나흘쯤 됐을 걸요. 티셔츠를 입은 게 잘못이죠. 컨트롤이 안 되네요" 했다.

정하가 그녀에게 반응을 보인 건 그 순간이었다. 순간적으로 '풋' 하고 웃었다. 은아는 그를 바라보더니 느릿한 말투로 말했다.

"좀 그렇게 웃으시죠. 왜 그렇게 어깨에 힘을 주고 계세요?"

혜경은 그 모습에 '이게 민은아의 힘인가' 하고 생각했다. 기세등등하던 정하도 그 순간에 한풀 꺾이는 모습이었다는 것이다. 병실을 나서면서 혜경이 물었다.

"되게 예쁘죠?"

그 말에 정하는 아무런 대꾸도 하지 않았다.

"이 얘긴 옛날에 민은아 수술 직후에 혜경이한테서 들었던 거예요. 혜경이가 그 당시 친구들 만났을 때, 실습 얘기하면서 자기가 민은아를 담당한다며 한참 자랑했었거든요."

그러더니 이시후는 한숨을 푹 쉰다.

"그리고 그게 바로 민은아 - 주혜경으로 이어지는 악연의 고리가 생긴 순간이었던 거죠."

민은아네 얘기하느라 시간이 많이 흘렀다. 시계를 보니 벌써 일곱 시다.

"벌써 저녁 먹을 시간이네. 괜찮으면 어디 가서 저녁이나 먹으면서 얘기할까?"

내 말에 이 젊은 친구는 순순히 그러자고 한다. 대학로 거리에서 식당을 찾으며, 이시후는 말한다.

"한 선배는 민은아를 좋아하셨죠?"

나는 정말 이해가 안 간다. 왜 모두들 이렇게 얘기하는지 ….

"왜 다들 내가 민은아를 좋아했다고 생각하지?"

"진짜 좋아했으니까 그렇겠죠."

"도대체 그런 말은 어디서 듣고 다니는 거야? 이시후 씨는 아마 민은아를 만나지도 못했을걸. 그 친구가 완전히 활동을 중단한 다음에 입사했잖아."

"그렇죠. 저희 1진 선배한테 들었어요. 민은아가 기자들을 만나면 한 선배 얘기 많이 했다고. 자기한테 '버지니아 울프의 딸'이라는 이름을 붙여줬고, 세상에서 자기가 어떻게 보이는지 처음으로 얘기해줬고, 자기가 어려웠을 때 손을 내밀어준 것도 한 선배였다고. 그런데 언제 손을 내밀어주신 거예요?"

머리에 스치는 장면이 있다. 하지만 그 얘긴 안 한다.

"야! 저 집으로 가자."

나는 이 젊은 초짜배기 기자를 데리고 밥집으로 들어간다.

"한 선배는 민은아 첫 애인 아세요?"

"직접은 모르지. 그냥 우린 의사 아들이라고 불러."

이시후는 고개를 끄덕거리더니 순간 '불끈' 하는 표정을 짓는다.

"대한민국이 다 아는 민은아 애인을 우리 혜경이만 몰랐던 거죠, 글쎄. 어쨌든 민은아가 입원했을 무렵에 그놈이 병원에 나타난 거예요. 그런데 그놈이 민은아 병실엔 안 가고, 늘 다른 일로 온 것처럼 했나 봐요."

"혜경이란 친구하고 그놈은 어떻게 알게 됐는데?"

"혜경이 엄마 친구 아들이래요. 어려서부터 좀 알았나 봐요. 생긴 건 멀쩡하잖아요. 학벌도 좋고. 어쨌든 혜경이가 원래 주책없이 말을 많이 하거든요. 민은아가 어쩌고저쩌고 하는 얘기를 해줬나 봐요. 이 바보가, 그놈이 자주 찾아오니까 자기 보러 오는 줄 알고, 하여튼 그러다 애가 생겨서 결혼했잖아요. 본과 4학년 때. 그래서 애 낳고 어쩌고 하느라고 이제 인턴을 해요."

"그 혜경이라는 친구가 더 이상하네. 어떻게 모를 수가 있어? 그 무렵이면 민은아는 그놈만 보면 거의 경기를 했을 땐데. 거기를 찾아다녔다면, 민은아가 경기하는 걸 봤을 것 아냐."

"그러니까 민은아 병실엔 안 가고, 제 친구만 찾아와서 염탐하고 간 거예요. 애는 염탐꾼이 된 거구요."

"그래도 계속 민은아를 물어봤으면 눈치 챘을 것 아냐."

"대놓고 물어보지도 않았나 봐요. 그런데 병원 일 중에서 민은아가 유 선생하고 얽히면서 말들을 만들어내고 있던 때라 화제가 좀 많았으니까 얘기한 거죠. 게다가 그놈이 문학을 하잖아요. 그러니 글 쓰는 소재로 어쩌고 하니까 마구 떠든 거죠. 그야말로 혜경이는 무방비 상태로 그놈하고 민은아한테 당한 거죠."

'무방비'라는 단어가 가슴에 와서 꽂힌다. 실제로 민은아를 무방비 상태로 맞으면 그녀에게 휘둘리게 된다. 아마 유정하라는 그 의사도 완전 무방비 상태로 그녀를 맞았을 터다.

민은아를 맞을 아무 대책도 세우지 못했던 그는 그녀의 겁먹은 듯한 눈빛에 먼저 빠졌을 거다. 다음은 그녀의 비극적인 가족 스토리에 마음이 빼앗겼을 것이고…. 무심한 듯 내던지는, 그러면서도 핵심을 정확하게 짚어내는 '촌철살인'하는 한마디에 정신을 잃고, 그녀의 온몸에 절절히 흐르는 고독한 기운에다 사람을 부르는 그 타고난 아찔한 매력에 몸을 내던졌을 것이다.

"유 선생하고, 민은아 스토리는 아세요?"

"이 동네에 정설처럼 돌아다니는 스토리가 있지. 거기다 아는 사람과 민은아한테서 직접 들은 얘기도 있고…."

이시후는 "선배는 설마 이 동네에 돌아다니는, 그 얘길 믿으세요?" 한다.

그는 친구인 혜경이 이혼했다는 말을 듣고, 한국대학병원에 다니는 다른 친구와 연락하던 와중에 민은아와 그 남편 얘기를 들었다고 했다. 그리고 뒤늦게 민은아에 대해 취재하는 과정에서 이 희곡작가와 남편에 대한 소문도 들었다는 것이다. 그리곤 자신이 주혜경에게서 옛날부터 들어서 알고 있던 얘기와 너무 달라서 당황했다고도 했다.

"이 동네 소문의 야마는, 민은아가 주치의인 순둥이 선생 유정하를 꼬였다는 거잖아요. 그리고 민은아에 대해선 굉장히 삐딱하게 얘기하더라고요. 그런 걸레, 죄송합니다. 이건 그냥 남들의 평이구요, 어쨌든 그런 걸레를 만나서 유능한 의사 하나가 인생을 조졌다고요. 그런데 왠지 제 느낌은 그렇지가 않아요. 오히려 그 여자, 저돌적으로 밀어붙이는 유 선생을 거절하지 못한 게 아닌가 하는 생각이 들어요. 저는 취재를 할수록 그 민은아라는 여자가 궁금해요. 기사 쓸 건 아니고, 그냥 개인적으로 궁금해지더란 말이죠. 선배가 잘 아시니까 말씀 좀 해주시겠어요? 다른 남자 선배들은 다 민은아를 씹더라고요. 그래서 실은 언젠가 선배하고 민은아 얘기를 하고 싶었어요."

'참! 신기한 녀석이다. 이 이시후라는 애는…….'

문득 그가 다시 보인다. 나는 지난 10년 동안 민은아에 대한 편견으로 가득 찬 사람들 속에서 그녀를 보호하지 못했다. 할 수가 없었

다. 모두가 마치 봤거나 큰 증거라도 있는 듯이 그녀의 방탕함을 증언하는 통에 나는 말을 보탤 수가 없었다. 그래서 대부분은 입을 다물었고, 민은아를 위해 변명하지 않았다.

그저 내가 변명하고 덮어준다고 될 일이 아니라는 걸 알았기 때문이다. 누구나 자기가 믿고 싶은 대로 믿으려고 했다. 주로 자극적이고, 될수록 이 매력적인 여자한테 불리한 얘기로만 말이다.

내가 민은아의 편을 들기라도 할라치면 "원래 민은아가 여색을 한다는 얘기도 있더라. 뭔 카페 여자하고는 애인 사이라던데 …" 하는 식의 대꾸가 돌아왔다. 이런 말을 하는 사람들을 볼 때마다 나는 이런 생각도 했다. '내가 매력이 없어 너를 유혹하지 못하는 게 아니라 내가 너무 도덕적이어서 너에게 손대지 않는다'는 식의 자기 위안 내지는 합리화를 위해 그녀를 과장되게 음탕한 여자로 몰고 가는 심보라고 말이다. 어쩌면 사람들은 너무나 매혹적인 이 여자를 무시하고, 냉소하는 것으로 자신의 '매력 없음'을 덮고 숨기려 하는 것인지도 몰랐다.

나는 그냥 민은아에 대한 세상의 편견에 지쳤고, 편히 살고 싶었다. 한데 이 젊은 애는, 민은아를 한 번도 본 적이 없으면서 어떻게 이런 의문을 제기할까. 나는 피식 웃음이 나온다.

"나하고 왜 민은아 얘기를 하고 싶지?"

"취재하면서 보니까 가장 편견 없이 민은아를 보신 분인 것 같아서요. 실은 언젠가 혜경이한테 들었던 얘기가 있어요. 저는 그 유선생이 처음부터 민은아를 좋아했다는 느낌을 받았어요. 제가 들었던 얘기는, 유 선생은 민은아에게서 뺐었던 그 담배와 라이터를 계속 자기 주머니에 넣고 다녔다고 하더라고요. 가운을 갈아입을 때도 주머니를 옮겨가면서요. 그리고 수술하고 난 다음에 민은아가 너무 불쌍하게 깔아져 있었는데, 그 사람은 무릎을 굽혀서 엎어져 있는 민은아와 눈을 맞추고 얘기하곤 했대요. 또 나중엔 수술한 민은아에게 자기가 가지고 다니던 담배를 붙여서 빨게도 해줬다던데요. 그런 얘기를 들으면서, 나는 이 사람이 민은아를 참 좋아하는구나하고 생각했었어요."

"이시후 씨는, 예전엔 몰랐는데 기자로 대성하겠다. 남다른 취재력과 기억력과 후각을 가진 것 같아."

"민은아는 어떤 사람이었어요?"

그는 틈을 주지 않고 취재에 들어온다. 나는 '노코멘트'를 할까, 취재에 응해줄까 잠시 생각한다. 나는 누구하고라도 민은아에 대해선 얘기하고 싶어 하지 않았다. 하지만 오늘 이시후의 열정을 봐서 잠시 얘기를 섞을 생각이다.

"한마디로 말하기가 어려워. 내 첫 느낌은, 참 정이 안 가는 애라는 거였어. 그런데 또 보다보면 수렁처럼 사람을 빠지게 하는 부분이 있어. 말 그대로 수렁이야. 기분 좋게 풍덩 빠져드는 맑은 웅덩

이 같은 게 아니라 사람을 휘감아서 끌어들이는, 그래서 늘 불안하게 하고, 슬프게 하고, 그렇게 감정을 교란시키지. 그 관계에 내 몸을 내맡기게 되질 않아. 그래서 대부분의 시간을 그 수렁에서 빠져나오려고 애쓰면서 점점 더 빠져 들어가는, 그런 느낌? 다들 내가 민은아를 좋아했다고 하는데, 그렇지 않아. 단지 빠져나오지 못했을 뿐이지, 빠져나오면 다신 뒤도 돌아보고 싶지 않은 그런 수렁일 뿐이었어."

"그럼 선배도 민은아가 유정하를 찍고 꼬여서 엎어뜨린 걸로 생각하시는군요."

"아니. 민은아는 사람을 그리워하지만 사람하고 관계 맺는 걸 두려워하는 이중성이 있어. 사람을 경계하고, 관계를 유지하는 노하우도 없고, 누군가 가까이 가면 움찔하고…. 가장 가까운 사람이 만우절의 이 여사일 텐데, 내가 보기엔 이 여사하고도 전부 다 얘기하는 사이는 아닌 것 같고. 사실 이 여사는 민은아와 말을 맞추기에는 지적인 능력이 좀 떨어지는 사람이지. 다만 이 여사가 따뜻한 사람이니까 그 온기를 찾아다닌 것 같아. 그런데 누군가에게 덜미를 잡히면 그냥 꼭두각시처럼 끌려 다녀. 저항하지도 못하고. 그 의사 아들놈이 민은아의 덜미를 잡은 첫 놈인 거지. 실은 나도 그 유 선생이라는 사람과의 관계를, 이시후 씨가 생각했던 것 같은 그런 관계가 아니었을까 생각해. 난 민은아가 어렸을 때부터 사람들의 관계 속에서 학대를 당한 게 아닌가 하는 생각이 들어."

"학대요?"

"응, 학대. 학대를 당한 사람들은 수동적이잖아. 공포 때문에 오히려 학대하는 대상한테 순종하게 되는 것. 민은아는 사람 관계에서 자기가 먼저 다가가지 않거든. 그런데 누구든 오면 내치지도 못해. 그냥 수동적으로 끌려 다니지. 민은아랑 나는 십 몇 년째인데, 나도 그 친구도 서로 다가가지 않았지. 서로를 바라만 보고 있는 거야. 그래서 그 세월 동안 쌓인 얘기에 비해 친하지 않아."

　'학대라….'

　나는 이시후와 얘기하면서 처음으로 그 단어를 생각해냈다. 말이 한 번 밖으로 나오고 나니 왠지 그 말이 진실성과 신빙성을 갖춘 것처럼 느껴진다. 그리고 아예 실제로 그런 일이 있었던 것처럼 믿어지기도 한다.

　나는 이제 얘기를 끊는다. 원래 민은아에 대한 얘기는 길게 하지 않는다. 그녀에 대한 얘기를 하려면 내가 너무 지치기 때문이다. 이시후는, 민은아에 대해 궁금한 게 많은 듯하다. 하지만 시간이 이미 9시 가까이 됐고, 얘기를 끊어도 될 만한 타이밍이 된 걸 핑계로 나는 그 얘기에서 빠져나온다.

취재원

요절한 천재 여류 시인
윤세린 딸 민은아
제일여대 인문대 수석합격,
엄마와 동문

올 제일여대 인문대 수석 합격자인 민은아(19, 국문과) 양은 14년 전 파리에서 요절한 천재 여류시인 윤세린의 딸로 밝혀졌다. 이로써 민 양은 이 대학 불문과 출신인 윤 시인과 동문지간이 됐다. 민 양은 전화 인터뷰에서 "수석으로 합격해 장학금을 받게 된 게 기쁘다"고만 말했다. 윤 시인에 대해선 말을 아꼈다.

현재 윤 시인의 어머니인 외할머니와 함께 살고 있는 민 양은 고등학교에서도 장학금을 받고, 휴일과 방학 중엔 아르바이트를 하며 생활비를 벌었을 정도로 어려운 생활을 했다. 학원엔 한 번도 다니지 않았다는 그는 "학교수업을 충실히 따라간 게 유일한 공부 비결이었다"고 말했다. 그의 고교 담임인 강충식 교사는 "어려운 생활 속에서도 이를 내색하지 않고, 궁금한 점이 있으면 언제나 담당교사들을 찾아다니며 물어서 공부했다"고 말했다.

민 양은 "원래 글 쓰는 걸 좋아해서 체계적으로 문학공부를 해

언젠가 작가가 되고 싶다"고 장래 포부를 밝혔다. 모녀작가가 나올지 기대되는 대목이다.

나는 민은아와 대부분의 경우 '불가근불가원'의 관계를 잘 유지하고 있었다. 너무 멀지도, 너무 가깝지도 않은 사이. 이건 기자와 취재원의 가장 이상적인 간격이었다. 나는 대부분 그녀의 인간적인 일이나 개인적인 일에 관여하지 않았다. 하지만 이를 무너뜨린 몇 번의 경험이 있었다. 그것도 내가 자청해서 ….

그렇게 하고 나선 늘 별로 기분이 좋지 않았고, 생각지도 못한 파장이 생겼지만 그래도 당시엔 피할 수가 없었다. 그녀는 때때로 그렇게 기자인 내게 인간을 일깨워내곤 했었다.

그중 한 번이 민중기 변호사를 만난 일이다. 내가 민 변호사를 찾아간 건 4년 전 은아가 첫 발병을 하고 난 직후였다. 은아가 척추암에 걸렸다는 얘기를 듣고, 병문안을 갔었다.

"죽는 건 싫지 않은데, 아프게 죽는 건 싫어지네요. 그런데 너무 아파요. 요즘 제가 알게 된 게 있어요. 물리적으로 아픈 게 제일 아픈 거라는 거요. 삶의 아픔과 고통 같은 건 이런 물리적 아픔에 비하니까 너무 사변적이어서 우스운 거 있죠."

은아는 이렇게 자기의 고통을 남의 얘기하듯 했다. 마음이 좋지 않았다. 그래서 그 병실에서 나와 카페 만우절로 갔다. 이 여사의 얼굴엔 시름이 가득했다.

"한 기자님! 그렇잖아도 좀 뵙고 싶었어요."

그녀는 나를 붙들고 앉아 넋두리를 했다. 그녀의 고민은 아주 현실적인 것이었다. 은아의 병원비 문제였다. 은아는 병원에 들어가면서 이 여사에게 자기 할머니의 집을 팔아달라고 했다는 것이다. 그것밖에는 그녀가 투병할 돈을 마련할 길이 없었다.

"그런데 아시다시피 지금 당장 어떻게 집을 팔아요? 집 주인이 저렇게 들어가 있는데 내가 무슨 자격으로. 그리고 당장 나오면 은아는 어디에 가서 살아요? 그래서 말인데⋯, 한 기자님이 이런 은아의 어려운 처지를 기사로 써주면, 좀 각계의 온정이 쏟아지지 않을까요?"

이 여사가 생각한 건 이런 '앵벌이 기사'를 통해 돈을 끌어 모으는 것이었다. 그러나 나는 그 말에 거부감이 확 올라왔다. 민은아를 위해 내가 앵벌이에 나서는 것도 싫었지만 민은아에게 근거도 없이 손가락질한 많은 사람들이 돈 몇 푼을 내놓고는, 자신들이 타락한 여자에게 자비를 베푼 것 같은 도덕적 쾌감을 느끼도록 하는 것도 싫었다. 나는 이 여사의 청을 거절했다. 민은아가 아프다는 기사는 쓰겠지만 경제적 어려움에 처해 있다는 건 쓰지 않겠다고 했다. 그녀는 실망했다.

"한 기자님이 그러시면 누구한테 부탁하나?"

그녀는 자기의 아이디어를 포기하지 않으려고 했다. 그래서 나는 그녀에게 말했다.

"민은아가 앵벌이까지 해서 목숨을 부지해야 한다는 게 너무 비참하지 않나요? 그렇게까지 하면 민은아는 너무 존엄성이 없어 보여요."

이 말 덕분이었는지 이 여사는 자신의 계획을 포기한 듯했다.

하지만 어쨌든 은아의 경제적 어려움을 알게 됐다. 또 어쩌면 가장 효과적일 수도 있었던 그 타개책을 내가 막아버린 것이다. 결국 그 짐은 내 어깨 위로 옮겨 왔다. 그래서 나도 움직일 수밖에 없었다. 병든 그녀가 돈 문제 때문에 전전긍긍하는 모습을 보는 것도 싫었다. 부유한 그녀의 아버지에게 돈 문제는 떠넘기는 게 낫겠다고 생각했다. 그건 은아도 이 여사도 하지 못할 일이었기 때문에 내가 나설 수밖에 없었다고 나는 지금도 믿는다.

법조 출입기자에게 부탁해서 민 변호사의 휴대폰 번호를 알아냈다. 그리고 그에게 전화했다. 내가 민은아 일로 얘기할 게 있다고 했을 때, 그는 잠시 아무 말도 하지 않았다. 그러더니 "저는 은아와 관계된 것으론 인터뷰하지 않습니다"라고 말했다.

"저도 민 변호사님과 인터뷰할 생각은 없습니다. 인터뷰해도 마땅히 실을 지면도 없고요. 다만 따님에 대해 제가 말씀을 드릴 거고, 변호사님은 그저 들어주시면 됩니다."

민 변호사는 약속장소에 나왔다.

여자를 긴장시킬 수 있는 수컷의 매력이라곤 없는 사람이었다.

세상에 아주 흔한, 거세된 듯한 중년 인텔리 남자의 무료함과 의전적인 태도가 몸에 배어 있을 뿐이었다. 별로 길게 말을 섞고 싶은 사람도 아니었다. 그래서 곧바로 본론으로 들어갔다.

"어쩌다 보니 제가 민은아 작가하곤 기자와 취재원으로 인연을 맺은 지 꽤 됐습니다. 그러다 보니 이런 일도 하게 되네요. 조만간 신문기사도 나겠지만 민 작가가 암에 걸렸습니다. 척추암이라고 하더군요."

나는 담담하게 얘기했는데, 그는 엄청나게 충격을 받은 모습이었다. 그는 입을 벌린 채 나를 바라봤다. 나는 그에게 질문할 틈을 주지 않고 곧바로 본론으로 들어갔다. 그저 그 자리를 빨리 끝내고 싶었다.

"그런데 지금 수술비도 병원비도 없답니다. 민 작가 친구들이 제게 이런 어려운 사정을 기사화해서 각계의 온정을 받도록 도와달라고 했는데, 제가 거절했습니다. 전 지금까지 민 작가처럼 남들의 입방아 위에서 그렇게 존엄성을 짓밟으며 살아온 사람을 본 적이 없습니다. 그래서 부유한 아버지를 두고, 병치레 비용까지 세상에 구걸하도록 하고 싶지 않았습니다. 저는, 제가 거절한 데 대한 책임감 때문에 변호사님을 만나 제 짐을 덜어놓으려는 것입니다. 변호사님이 거절하신다면, 어쩌면 저도 싫지만 앵벌이 기사를 쓸 수도 있겠죠. 사람이 먼저 살아야 하니까요."

민 변호사는 바보 같은 멍한 표정을 짓고 앉아 있었다. 나는 잠시 그를 기다렸다. 하지만 그는 계속 그렇게 말없이 앉아 있기만 했다.

아무것도 묻지 않은 채. 나는 그에게 민은아의 병원과 병실 번호를 적어서 주고는 일어나려고 했다. 그때 그가 나를 불렀다.

"한 기자님! 제가 이제 가서 그 애한테 뭐라고 하면 될까요?"

"저한테 들었다고 하세요. 아니면 이번 주 안에 신문마다 다 날 테니 신문 보고 오셨다고 하든가요. 예전에 민 작가한테서 얘기를 들으니 돈에는 인색하지 않았던 것 같더군요. 그래서 도와주실 거라고 믿고 찾아온 겁니다."

"은아가 제 얘기를 했다고요?"

"예."

"무슨 얘기를 하던가요?"

"자기가 대학에 입학했던 기사가 난 뒤 찾아오셔서 등록금하고 생활비를 주셨다고요. 그 뒤 대학 졸업할 때까지 줄곧 통장에 등록금과 생활비를 넣어주셨다고 하더군요. 그런데 민 작가는 대학에 수석입학해서 4년간 전액 장학금을 받았는데 그건 관심이 없으셨던 것 같다고요. 그리고 아마 민 작가가 수술을 받으려면 변호사님이 수술 동의를 하셔야 하는 것 같더군요."

민 변호사는 또다시 입을 다물었다. 그는 읽을 수 없는 냉정하고 담담한 표정으로 앉아 있었다. 나는 일어나 나왔다. 그는 잠시 후 따라 나오더니 고맙다며 병원비는 자기가 책임지겠다고 말했다.

그렇게 하고 나서 나는 기분이 좋지 않았다. 순간적으로 민은아가 나를 조종한 것 같다는 생각도 들었다. 민중기 변호사를 떠올린 건, 실은 은아를 병문안하고 있는 중에 그녀가 준 힌트 때문이었다.

그녀는 내게 보호자에 대한 얘기를 했다.

"여기에선 모두들 보호자 타령을 하네요. 입원한 첫날 간호사가 보호자는 어디 있느냐고 하더니 이젠 의사들도 보호자를 데려오라고 하는군요. 수술하려면 보호자가 사인해야 한다면서요. 그래서 제가 물었죠. 도대체 당신들이 말하는 보호자가 누구냐? 그랬더니 그게 민중기 변호사를 말하는 거예요. 그런데 우습죠? 민 변호사가 나를 언제 보호했다고, 세상은 그 사람을 내 보호자라고 할까요? 그분은 내가 학교 다닐 때 받아온 가정통신문 보호자란에 사인도 한 번 해준 적이 없는데 … . 지금은 척추암이라는 병명보다 그 보호자라는 단어가 더 거슬려요. 번거로워서 수술을 하지 말까 봐요."

이 얘기를 들으면서, 나는 민은아가 내게 도움을 청하고 있는 거라는 느낌을 받았다. 그녀는 대놓고 부탁하는 일이 없었다. 이렇게 우회적으로 자신의 상황을 설명했다. 그러면 이상하게도 나는 그녀의 부탁이 무엇인지 잘 알아들었고, 또 몸을 움직여 그녀의 부탁을 들어줬다.

그러고 보니 민은아는 일반적으로 알려진 조용한 이미지와는 달리 말을 많이 했다. 언젠가 나는 그녀가 부모님 사랑을 제대로 받고 자랐으면 수다스러운 공주병 환자가 됐을 거라는 생각을 한 적도 있었다.

하나 그녀에게 부모는 없느니만 못한 사람들이었다. 그녀는 자기 아버지인 민중기 변호사에 대해 아버지라는 이름으로 부른 적이 없었다. 거의 애기를 하지 않았고, 어쩌다 애길 할라치면 '민 변호사'라고 불렀다.

"민 변호사와 전 집에서 마치 서로에게 말을 걸지 않는 내기시합을 하는 사람들 같았어요. 부닥칠 일이라는 게 대개 어쩌다 같은 식탁에 앉아서 밥을 먹을 때 정도였지만, 어쨌든 서로에게 무관심했죠. 그러다 민 변호사가 먼저 내기에 진 적이 있는데, 그게 중학교 입학할 무렵이었죠. 느닷없이 어느 날 밤, 제 방문을 열더니 '교복은 어떻게 했니?' 하더라고요. 물론 내가 이미 사고 난 뒤였죠. 그래도 민 변호사는 매달 용돈을 봉투에 넣어서 내 책상 위에 올려놓는 건 잊은 적이 없거든요. 그래서 용돈만 모아도 쓸 만했어요. 그래서 내가 '샀어요' 했죠. 그랬더니 그냥 문을 닫고 나가더라고요. 그리곤 잠시 후에 또 문을 열어요. '안 샀으면 내가 사주려고 했다' 그러는 거예요. 그리고 내가 먼저 내기에서 진 적이 있어요. 중학교 졸업식 다음날. 아침식사를 하는 식탁에서 '저는 오늘 이사 갑니다' 라고 했죠. 민 변호사가 '어디로?' 하기에 '외할머니 댁으로요' 했죠. 그랬더니 '네가 나가면 나는 등록금도 용돈도 한 푼도 안 줄 거다'라고 하더군요. 그래서 나는 '그러세요' 하고 짐을 싸서 그 아침에 할머니 댁으로 옮겼어요. 여기까지 1:1이죠. 그 후에 내가 대학에 입학하고 난 뒤에 민 변호사가 전화했더군요. 등록금과 생활비를 대주겠다고…. 결국은 내가 이겼죠."

그녀는 이런 말을 아무렇지도 않게 했다. 〈파랑〉이 대한민국 연극제에서 대상을 받고 난 뒤 카페 만우절에서 자축하던 자리에서였다. 나는 이 말을 들으며 가슴이 서늘해졌었다. 이때였을 거다. 그녀가 결국은 학대의 희생자라는 막연한 생각을 갖게 된 것은⋯. 아이에겐 매를 때리는 것보다 무관심한 것이 더 모질게 괴롭히는 것이라고 나는 진작부터 생각해왔다. 그런데 그 얘기를 민은아가 하고 있는 것이다.

내가 민 변호사를 만나고 난 이튿날, 민은아가 내게 전화했다. 민은아가 먼저 전화한 건 그게 처음이었다.

"저, 내일 수술해요."

그녀는 내가 전화를 받자마자 이렇게 말했다.

"잘 될 거예요."

"그런데 한 기자님! 전 왜 지금 한 기자님이 보고 싶을까요?"

그녀에게서 이렇게 직접적이고 노골적인 표현을 들어본 건 처음이었다. 결국 나는 몇 시간 후 그녀의 병실에 가 있었다. 그녀는 그날 말을 많이 했다. 수술의 공포를 잊기 위한 것이라고 나는 생각했었다.

"세상 사람들은 저를 '자살'이라는, 그 음산한 말하고 연결시켜 보죠. 모두들 저를 손가락으로 가리키며 말해요.

'쟤가 자살한 윤세린의 딸이래.'

윤세린의 딸이라는 말이 얼마나 저를 주눅 들게 한 말인지요. 한 기자님은 아시죠? 엄마 없이 사는 삶이라는 게 얼마나 고단한지 …. 그런데 윤세린의 딸로 사는 삶이란 신산하기 짝이 없는 거였어요. 한 번 안겨본 기억도 추억도 없는 윤 시인은 늘 그렇게 내 인생에 끼어들어 나를 압박하고 고립시켰어요."

그러고는 한동안 말이 없었다. 잠시 후 가라앉은 목소리로 입을 열었다.

"나는 내가 죽음에 초연할 줄 알았어요. 그런데 내 등을 갈라 수술을 하겠다고 하네요. 살려고요. 참, 사람이란 언제까지 어디까지 살아야 하는 걸까요?"

나는 그때 그녀를 위로하지 않았다. 나는 알고 있었다. 수사학적인 위로의 말이라는 게 얼마나 쓸모없고, 때로는 듣는 당사자를 분통 터지게 하는 것인지. 그래서 그냥 그녀의 말을 듣고 있었다.

"한 기자님하고는 꽤 오래 됐네요. 우린 서로 좋아했을까요?"

"글쎄요. 취재원과 기자의 사이였죠. 그 사이에 무슨 감정이 개입돼야 하나?"

그녀는 말끄러미 나를 쳐다봤다. 그러더니 이렇게 물었다.

"그런데 왜 늘 저를 도우려고 하세요?"

"별로 그런 기억이 없는데요."

"아뇨. 기억 못 하실 리가 없어요. 이번에도 민 변호사를 만나셨다면서요?"

"그랬어요."

"왜요?"

"은아 씨 아버지니까. 지금 은아 씨의 경제적 어려움을 해결해줄 수 있는 유일한 사람이니까요."

그녀는 또 나를 말끄러미 한동안 쳐다봤다. 그러더니 뜬금없이 자기 할머니 얘기를 했다.

"저희 외할머니 얘기를 한 적이 있던가요?"

"글쎄요."

은아는 내 대답이 끝나자마자 자기 외할머니 얘기를 했다.

그녀가 외할머니를 만난 건 초등학교 6학년 때였다고 했다. 미국에 사는 고모가 잠시 한국에 다니러 와선 외할머니에게 데려다 줬다는 것이다. 은아가 두 살 때, 윤 시인이 프랑스로 떠나며 그녀를 외할머니에게 맡겼지만 외할아버지가 암투병을 하면서 그녀는 네 살부터 고모 밑에서 자랐다. 그리고 초등학교 입학 무렵 고모는 미국으로 이민 갔고, 그녀는 다시 친할머니 손에 맡겨졌다. 이듬해 민 변호사가 재혼하면서 아버지 집에서 살게 됐다는 것이다. 이렇게 이 손에서 저 손으로 전전하면서 그녀는 고모도 외할머니도 잊었다.

그러던 어느 날 고모가 왔다. 고모는 그녀를 덥석 안아줬다. 그리고 은아의 뺨을 만져주고, 불쌍하다며 울어줬다. 고모는 서울에 있는 내내 은아를 데리고 다녔다. 밖에서 은아에게 먹을 것을 사줬고, 옷도 사줬다. 그리고 지갑에서 돈을 꺼내 주었다. 늘 민 변호사에게서 봉투에 담긴 돈을 받아온 그녀에게 이렇게 알몸뚱이인 돈은 그 자체로 생경하고도 따뜻한 경험이었다. 그리고 고모는 마지막으로 외할머니에게 데리고 갔다. 그날 그녀는 태어나서 처음으로 자신을 사랑한다고 고백하는 두 사람과 있었다.

"고모도 네 외할머니도 너를 정말 사랑한다. 그러니 너는 혼자가 아니야. 고모는 너무 멀리 있으니까 고모가 없는 동안엔 할머니가 널 돌봐줄 거야. 그러니 할머니하고 자주 연락해야 한다."

고모는 떠나기 전에 은아에게 이렇게 당부했다.

그녀는 처음으로 '내 편'을 갖게 됐다는 안도감에다 말로 표현할 수 없는 슬픔까지 밀려왔다.

그녀는 외할머니네 집으로 들어간 후 정서적으로 안정됐다고 했다. 그녀가 이사 간 날, 할머니는 은아를 품에 안고 잤다. 은아는 너무 불편해서 밀어냈는데, 그래도 할머니는 그녀를 끌어안았다. 그리고 말했다.

"은아야! 네 자신이 슬프거나 서글프면 울어라. 우는 걸 두려워하면 안 돼. 그리고 밖에 나가선 늘 웃어야 한다. 그래야 사람들이 널 좋아하고, 네가 더 불쌍해지지 않는다."

하지만 은아는 눈물이 나지 않았다. 다만, 할머니가 불편했다. 그렇게 일주일쯤 지났을까. 그녀는 갑자기 울음이 터져 나왔다. 주체할 수 없는, 밑도 끝도 없는 울음을 그녀는 열흘이 넘도록 울었다고 했다.

"그런데 어느 날 내가 일어났는데 할머니는 일어나지 않았어요. 나는 '할머니!'하고 불렀죠. 할머니는 방에서 자고 있었어요. 그래서 나는 할머니를 흔들었는데, 차고 묵직한 느낌이 내 손끝에서 전신으로 전달돼 왔어요. 나는 일어나려다 엉덩방아를 찧었어요. 집 밖으로 달아났죠. 아파트 밖 화단에 쭈그리고 앉아서 떨고 있는데, 경비원이 와서 물었어요, 무슨 일이냐고. 그래서 내가 할머니가 죽은 것 같다고 말했어요."

거기까지 말하고, 그녀는 한동안 말이 없었다. 그리곤 착 가라앉은 목소리로 말을 이었다.

"할머니는 나한테 처음으로 사는 방법을 가르쳐준 분이에요. 그런 분이 주검이 됐는데도 나는 그 죽음으로부터 도망치려고 했어요. 나는 늘 죽음이 달려들까 봐 두려워했어요. 나는 도대체 뭣 때문에 삶에 이렇게도 미련이 많을까요?"

위로에 서툰 나도 이 시점엔 그녀에게 위로의 말을 해줘야 한다고 느꼈다.

"살아 있는 물건들은 관성처럼 살려고 하니까 그렇겠죠. 그냥 자연의 법칙인 거죠. 삶과 죽음이란 관념적인 문제가 아니에요. 현실적인 문제지. 그러니 아픈 것에 대해서도, 치료하는 것에 대해서도 생각으로 파내려고 하지 말아요. 지금 하고 있는 모든 과정은 그저 자연의 법칙에 따르는 것일 뿐이니까요."

은아는 조용했다. 나는 그만 돌아가려고 일어섰다. 그녀는 나를 올려다보며 말했다.

"한 기자님! 감사해요."

"뭘요?"

"저를 살려주려고 애쓰신 거요."

은아의 수술이 끝난 사흘쯤 뒤에 나는 이 여사와 함께 그녀의 병실에 갔다. 웬 간병인 여자가 그래도 은아를 살뜰하게 보살피고 있었다. 민 변호사가 구해준 사람이라고 했다. 깔아져서 엎어져 있던 그녀는 우리를 보더니 기괴한 표정으로 웃어 보이려고 했다.

이 여사는 그렁그렁한 눈으로 말했다.

"그놈의 수술이 사람 잡는 거더라고요. 수술하고 나면 이젠 덜 아파야지. 상처도 아물 시간이구먼."

그리고 이 여사는, 은아가 수술하고 마취에서 깨어난 후 마치 상처 입은 짐승의 울음 같은 소리를 냈다고 전했다. 한밤중의 병동이 그녀의 울음소리로 가득했고, 다른 환자들과 보호자들도 밤새 그 음산한 소리에 잠을 이루지 못했다고 했다.

"이제 은아 씨는 뼈를 깎는 고통에 대해 말할 자격이 생겼네요."

내 말에 은아는 엷은 미소를 띠었다. 그리곤 낮은 소리로 씹듯이 말했다.

"그러네요. 이젠 살을 에는 고통만 남았나요?"

그러더니 또 말을 한다.

"한 기자님은 왜 얼마나 아프냐고 묻지 않으세요?"

아마도 오는 사람마다 그걸 물어본 모양이다. 사람들은 이상하다. 왜 남의 고통의 강도가 궁금할까. 말로 설명할 수도, 본인이 체험할 수도 없는 것을….

"챙길 필요가 없는 팩트니까요. 신문기사는 짧아서 그런 것까지는 취재해봐야 쓸데가 없거든요."

그녀는 또 희미하게 웃는다.

"혹시 꽝 하고 닫히는 문틈에 손가락을 찧어보셨어요?"

"그럼요."

"머리끝이 쭈뼛하고, 귀는 멍멍하고, 눈앞에는 번쩍 하고 섬광이 일죠. 숨이 탁 막히고, 등줄기로 식은땀이 흐르고…. 이 모든 느낌이 동시에 일어나죠. 그런 충격의 열 배 정도 되는 고통이 사흘간 계속되는 거예요. 뼈를 깎는 고통이라는 건…."

은아는 잠시 말을 끊는다. 은아는 다시 거의 목소리를 내지 않으면서 말을 계속했다.

"눈앞에 섬광이 번쩍이고, 머리끝은 모두 곤두서 있고, 귀에는 아무 소리도 들리지 않아요. 그런 고통이 계속 되니까 내 안에 웅크리고 앉아 일어날 줄 몰랐던 짐승들이 고개를 들고 기어 나와 자기 울음을 우네요. 고통 앞에서 나는 짐승이 되어 버리네요. 고통은 무서운 거예요. 나를 인간으로 살 수 없게 하니까…."

그녀는 그 말끝에 희미하게 웃었다.

"그래도 웃으려고 애쓰는 걸 보니 나아가고 있는 것 같네요. 다행이에요."

자신의 고통을 묘사하는 그녀에게 내가 고작 찾아서 한 위로의 말은 이거였다.

"그러게요. 저는 힘들고 고통스럽다고 생각할 때는 늘 웃었거든요. 캔디처럼. 그리고 그런 나를 자랑스럽게 생각했어요. 불굴의 의지를 가진 은아라고 칭찬도 해줬죠. 그런데 이젠 알아버렸어요. 그래도 웃을 수 있을 때는 덜 고통스러운 거라는 걸요. 진짜 아프면 의지라는 건 아무 소용이 없어요. 자신의 고통을 조절할 수 있는 의지가 있는 한 그건 진짜 고통이 아닌 거죠."

그 무렵이었던가, 아님 그보다 조금 뒤였던가. 어쨌든 그 비슷했던 무렵에 나는 아버지 집에 들렀다. 나는 대학 3학년 때 독립한 이후 아버지 집에는 엄마 제삿날과 아버지 생신날, 그리고 설과 추석에만 들렀다. 그러므로 그 네 날 중 한 날, 아마도 설이었던 것 같다.

그때 새로 알게 된 사실이 있었다. 민 변호사의 새 부인, 그러니까 은아의 계모는 내 계모와 같은 초등학교에서 교사를 한 사이였다는 것이다. 내 계모가 그녀보단 다섯 살 정도 위였는데도 꽤 친한 사이였던 듯하다. 둘 다 딸 하나를 둔 남자와 재혼해서 사는 동지애를 느꼈기 때문일까? 어쨌든 그때 나는 민은아로 인해 그녀의 아버지와 계모 사이에 문제가 생겼다는 얘기를 우리 계모에게서 들었다.

내가 집에 도착했을 때, 아버지는 없었고 계모는 통화 중이었다. 내가 도착한 뒤에도 잠시 동안 그 통화는 끊어지지 않았다. 전화기를 내려놓고, 계모는 내 앞에 앉으며 말했다.

"너도 민은아를 아니?"

"알죠. 내가 취재해서 썼으니까."

그러자 계모는 손바닥을 치며, 내 앞에 다가앉더니 삐죽거리며 말했다.

"걔는 좀 이상한 애 아니니?"

"네?"

"방금 통화한 게, 옛날에 나랑 같은 초등학교에 다녔던 선생님인데, 그 애 아빠랑 결혼했거든. 그분한테서 전화가 왔는데 정말 들을수록 분통이 터진다."

그 순간 나야말로 왠지 모르게 분통이 터졌지만, 포커페이스로 물었다.

"왜요?"

"요즘 아마 그 애가 병에 걸렸나보더라. 그런데 웬 기자를 앞세워서 그 아버지, 그 사람이 지금 큰 법무법인 대표변호사거든, 그 아버지한테 협박해서 돈을 뜯어가더란다. 그래서 나한테 묻더라. 기자들은 그런 일 해주고 얼마나 받느냐고. 그래서 내가 너는 큰 신문사 기자라서 그런 일을 할 리가 있냐고 했지. 애! 넌 아무리 돈이 많이 생기는 일이라도 행여 남을 협박하는 일은 하지 마라. 하여튼, 신 선생님이 그 딸 때문에 정말 속 많이 썩었지. 처녀애가 온갖 지저분한 소문은 다 내고 다니고, 사는 것도 엉망이었다고 하더라. 그래서 아버지도 아예 딸로도 안 여기고 쳐다보지도 않았는데, 어떻게 하겠니? 아프다면서 돈 내놓으라고 생떼를 쓰니. 게다가 그런 집은 기자들을 무서워하잖니. 애가 진짜 영악하다. 약점을 잡고 늘어지네. 어린 애가."

그때 나는 너무 놀라서 숨이 멎는 줄 알았다. 그리고 기분은 이내 시궁창에 처박혔다. 은아와 엮이면 늘 이렇게 뒤끝이 개운치 않았다. 그 즈음, 아버지가 들어왔다. 계모가 아버지에게 "그 신 선생네는 참 걱정이야" 하며 말을 건네고, 아버지가 "그 집은 아직도 그래?" 하며 말을 받는 것으로 봐선 그 사이 뭔가 많은 이야기들이 오고간 듯했다.

저녁을 준비하면서 계모는 은아가, 실제론 얼마나 못된 아이인지 설명하려고 했다. 대충의 요지는 이랬다.

신 선생이라는 은아의 계모는, 우리 계모의 말에 따르면, 어쨌든 불쌍한 은아에게 최선을 다했다고 했다. 그런데 은아는 너무나 이기적이고 도도하고 버릇이 없어서 통제할 수가 없었다. 은아는 집에선 늘 누가 있건 없건 상관 않고, 피아노를 쳐댔다. 신 선생의 친구들이 와 있어도 자기 방에서 피아노를 쳐대는 바람에 사람들이 제대로 얘기할 수 없을 정도였다.

또 은아는 모든 것에 무관심했고, 심드렁했고, 이기적이었다. 집안 식구라고 아빠를 비롯해 누구도 아는 척을 하는 법도 없었고, 자기 방에 아무도 들어오지 못하게 했다. 어린 이복동생이 자기 방에 들어갔을 때, 은아는 아이를 그대로 들어서 마루에다 던져버렸다는 것이다. 그래서 그 집 큰아들은 아직도 은아라면 자다가도 경기를 한다는 거였다.

밥을 먹을 때도 그녀는 한마디도 하지 않고, 자기가 먹고 싶은 것만 쏙쏙 골라 먹었다. 신 선생이 식탁예절이라도 가르칠라 들면, 은아는 머리를 꼿꼿이 들고 그녀를 노려봤다는 것이다. 그런데도 그 아버지는 은아의 그런 안하무인 같은 태도에 전혀 제동을 걸지 않았다. 그래서 아이는 점점 버릇이 없어지더니 결국은 중학교를 졸업하자마자 짐을 싸들고 나가버렸다는 것이다. 그리고 나선 몸을 함부로 굴려 집안의 골칫거리가 됐다고 했다.

그리고 짐을 싸들고 나가던 날, 민 변호사는 딸을 잡기 위해 애를 썼는데 은아는 그런 아빠를 비웃었다고 했다. 이에 충격을 받은 민 변호사가 며칠간을 거의 부들부들 떨면서 괴로워했다고도 했다.

"그런데 그 싸가지 없는 애가 암에 걸렸다나. 그리곤 돈 내놓으라고 협박하고…. 그래도 그 딸이 불쌍하다고, 그 아버진 병원에 다녀와서는 방문을 걸어 잠그고 짐승 같은 소리를 내면서 울더란다. 정말, 딸인지 웬순지….."

나는 그날 집에서 무슨 말을 했는지 기억나지 않는다. 다만, 나역시 부들부들 떨렸다. 이래서 기자는 취재원의 사적인 생활에 관여해선 안 된다. 그걸 알면서도 나는 은아를 외면하지 못했다. 그녀는 무슨 바이러스 같았다.

나는, 며칠은 혼자서 분을 삭이려고 노력했다. 그러나 시궁창에 처박힌 마음을 도무지 건져 올릴 길이 없었다. 그래서 민 변호사에게 전화했다. 그는 내 전화를 꽤 친근하게 받았다. 나는 은아의 병문안을 다녀온 얘기를 했다. 일단은 깨끗하게 수술이 잘 됐다고 하더라며 축하한다는 인사도 했다. 그리고 은아의 경제적 어려움을 해소해준 데 대해 감사 인사도 잊지 않았다.

그는 "한 기자님께 뭐라고 감사해야 할지 모르겠어요"라고 했다.

"정말 그렇게 생각하세요?"

"그럼요."

"그런데 저한테는 다른 말이 들리는군요. 민 작가가 웬 기자를 앞세워 돈을 내놓으라고 협박했다고 한다더군요. 사모님께선 그렇게 알아들으셨나 봐요. 기자가 해선 안 되는 행동을 했다는 점에 대해서 반성하고 있습니다. 그때는 기자라기보다 그냥 민 작가의 오랜 지인의 자격으로 한 것이었는데 여러 가지 오해를 일으켰군요. 그게 민 작가의 뜻도 아니었고, 제 진의도 아니었다는 걸 말씀드리고 싶었습니다."

민 변호사는 말이 없었다. 나는 인사를 하고 전화를 끊었다. 잠시 후 그가 다시 전화했다. 나는 받지 않았다. 그는 '진심으로 사죄드립니다'라는 문자를 보냈다. 그걸로 민 변호사와의 얘기는 모두 끝났다. 그리고 더 이상은 민은아와 엮이지 않겠다고 다짐했었다. 그 이후, 나는 카페 만우절에도 잠시 동안 발길을 끊었다.

이시후와 헤어진 뒤 나는 대학로 큰길에서 택시를 기다리고 있었다. 휴대폰이 울린다. 이수영 논설위원이다.

"거기 서 있는 사람, 승애 씨 맞구먼."

"네?"

"내가 지금 승애 씨를 내려다보고 있어. 거기서 길 건너편 2층을 한번 쳐다봐. 이자카야 같은 집, 하나 있지. 거기서 승애 씨가 만나 보면 좋을 사람이랑 있으니까 올라와요."

이 위원은 거기에 자기 또래로 보이는 한 신사와 그보단 좀 젊어 보이는 또 다른 남자와 앉아 있었다. 이 위원이 그들을 소개했다. 한국대학병원 의사들이었고, 그중 나이 들어 보이는 사람이 이 위원의 고등학교 동창이라고 했다. 이 위원은 나를 소개한 뒤 덧붙인다.

"원래 민은아 담당이야. 지금 그 남편, 유정한가 뭔가를 인터뷰하려고 하는 중이지."

이 위원의 말에 그들은 고개를 끄덕인다. 이 위원은 내게 "들어봐. 얘기 재미있네. 원래 그 민은아 남편이 우리 문용남 선생 밑에 있었다네" 한다.

"정말요?" 하고 내가 물으니, 문 교수는 고개를 끄덕인다.

"다 내가 과장할 때 일어난 일이지. 생각하면 참 딱해요."

그리곤 정종 한 잔을 비운다.

"나는 민은아를 알고 있었거든. 우리 윤세린 딸이잖아. 그래서 민은아 기사가 나면 열심히 읽고 그랬어. 그런데 어느 날 우리 과에 민은아가 진료 받으러 온 거야. 나는 첫눈에 세린이 딸이라는 걸 알겠던데. 물론 에너지나 포스는 달랐지. 세린인 거침없고 강렬한 반면, 민은아는 억눌리고 시니컬했어. 그런데 어떤 부분인지 느낌이 비슷한 데가 있더라고…."

그러더니 문 교수는 느닷없이 껄껄거리며 웃는다. 그리곤 이 위원을 향해 "거, 생각나?" 하면서 뭔가 회고담을 꺼낼 준비를 한다.

"그 찌질이 말이야."

그 말에 이 위원도 뭔가 생각난 듯이 웃음을 터뜨리며 말을 받는다.

"그 찌질인 잘 있나? 지금 산부인과인가?"

"그럼."

나는 "찌질이는 뭐예요?" 하고 물었다.

그건 이 두 어른이 갖고 있는 옛 추억의 한 자락이었다. 이들이 찌질이라고 부르는 건 한국대학병원 산부인과의 꽤 알려진 교수였다. 그는 고등학교 시절, 한마디로 어린 마초였다고 했다. 그래서 늘 '여자들이 꼬리나 친다고 내가 넘어가나' 라는 식의 말을 아무렇지도 않게 했다는 것이다. 그러다 그와 윤세린이 마주쳤다. 무슨 행사인가가 끝나고, 남녀 학생들이 둥그렇게 앉아서 떠들고 있었다고 했다. 그가 그 자리에서 간죽거리다 윤세린에게 걸려 혼이 났다는 것이다. 윤세린은 두말도 않고 일어나 그의 뒤로 돌아가 의자를 밀어 쓰러뜨리고는 의자를 들어 그를 패려고 했다. 주변 사람들이 말린 덕분에 맞지는 않았지만, 이 일로 그는 '못난 놈'으로 불렸다는 것이다. 세린은 신화가 됐고, 그는 고등학교 시절이 암흑이 됐고….

"그런데 이 찌질이가 말이야. 민은아가 입원했다고 하니까 은근

히 들락거리면서 상태를 챙기더라고. 그래서 내가 그랬지. '왜, 그
때 안 맞은 게 고마워서 은혜 갚으려고 그러냐?' 그랬더니 이 녀석이
벌컥 하더라고. 아직도 그때 충격에서 못 벗어났나봐."

문 교수는 또 껄껄거리고 웃는다. 그러더니 짧게 한숨을 쉰다.
이어지는 말에선 톤이 바뀐다.

"윤세린은 정말 거침없었지. 그렇게 야리야리하고 눈 둘 곳 없이
예쁘게 생긴 친구가, 어떨 때는 도도하고 어떨 때는 또 따뜻하고,
거기다 통도 크고, 와일드하고, 그 허스키한 목소리로 재즈라도 한
곡 뽑으면 다들 녹다운이 됐지. 여자처럼 굴지 않아서 남자들하고
친했는데, 실은 사내놈들은 다 세린이한테 매혹돼 있었지."

문 교수는 회고담의 끝을 쓸쓸한 톤으로 마무리했다.

이 위원은 "민변은 병원에 자주 왔나?" 하며 화제를 돌린다. 문 교
수는 "가끔 왔지" 하더니 술 한 잔을 더 하곤 "한심한 인사 같으니라
고…" 하고 덧붙인다.

"그냥 공부나 좀 하던 평범한 놈이 어쩌자고 세린을 찍어 눌러선.
자유롭고, 길들여지지 않는…, 뭐랄까, 바람 같은 세린이랑 그놈
이 어울리기나 해? 능력도 없고, 주제도 안 되는 게 그렇게 들이대
고는 감당도 못 하고….."

문 교수의 말에 이 위원은 고개를 끄덕인다. 그래도 그는 민 변호
사의 편을 들어준다.

"그래도 애는 썼잖아. 시어머니한테서 떼놓으려고 시골 지검으로
자원해서 떠나기도 하고…. 생각해보면 민변 어머니도 자기 잘난

아들 마누라에 대한 기대가 있었을 것 아냐. 적어도 세린인 그 어머니 기준으로 볼 때 괜찮은 며느리가 아니었을 것 같아."

이 말에 문 교수는 곧바로 반박한다.

"그러니 변변찮은 놈이라는 거야. 그 도회적인 세린이를 시골에 주저앉힌다는 게 말이 돼? 내가 보기엔 시어머니한테서 풀어준다는 건 다 핑계고, 자유분방한 마누라를 주저앉히기 위해서 시골로 간 거야. 그러니 그 바람 같은 세린이가 시골에 눌러앉아 살 리가 있나. 결국은 파리로 도망치고…, 그리곤 그 인사, 한다는 짓이 경제지원을 딱 끊어버리는 거니 말이야. 사실 나는 세린이 자살 직전에는 돈이 없어서 굶기도 했다는 말을 듣고는 가슴이 떨렸어. 그렇게 자존심 강한 사람이 굶는다는 건…, 참 말이 안 되는 얘기지."

이 대목에서 두 사람은 숙연해진다. 내가 끼어들어 화제를 돌릴 차례다.

"그런데 문 교수님, 전 민은아를 오래 전부터 알거든요. 그래서 그 남편이 궁금해요. 어떤 사람이죠?"

문 교수는 또 한 번 숨을 길게 내쉰다.

"겉으로는 무뚝뚝한데 마음은 참 따뜻한 인사였어요. 좋은 집안에서 태어나 공부 잘하고 아무 고민도 없는 친구였는데, 내가 잘못한 거야."

유정하를 민은아 담당으로 만든 건 문 교수, 자신이었다고 했다. 그도 역시 은아에 대한 소문은 알고 있던 터라 가장 편견 없이 잘 돌봐줄 수 있는 게 유정하라고 생각했다는 것이다. 유정하는 문화에 대해선 문외한이었고, 여자들한테 들이대는 성격도 아니었다고 했다. 그는 그저 무심했고, 모범생이고, 성실했다.

그러던 어느 날 치프가 찾아왔다. 그는 유정하의 대학 동기여서 누구보다도 정하를 잘 알았다. 그는 문 교수에게 "정하가 환자 민은아에게 대하는 태도가 예사롭지 않다"고 말했다. 틈만 나면 민은아 병실을 들락거리고, 얼마 전엔 수술한 민은아에게 담배를 붙여줘 한 모금 빨게도 해줬다는 것이다. 규칙을 깬다는 건 상상조차 못 해본 듯한 그의 이런 행동에 의국에선 거의 경악을 했다.

"그런데 선생님, 오늘은 보니까 왼손 약지에 붕대를 감고 있는 거예요. 그래서 왜 그러냐고 했더니 문틈에 끼어서 다쳤다고 하더라고요. 처음엔 대수롭지 않게 넘겼는데, 태연이가 그러는 거예요. 민은아가 수술한 후에 자기 통증을 설명하면서 닫히는 문에 손가락이 낀 것처럼 아프다고 했다나 뭐라나. 그 말을 듣고는 문틈에 자기 손가락을 넣고, 진짜 문을 닫아버렸대요. 단순히 환자와의 '라포'라고 보기에는 좀⋯."

그 말을 듣고, 문 교수는 곧바로 은아의 병동을 바꿔버렸다. 어차피 상처는 아물었고, 항암치료를 하면 되는 상태라 굳이 그쪽 병실에 있을 필요가 없기도 했다는 것이다. 그리고 유정하를 불러 점심을 사줬다. 그는 밥을 먹으며 유정하에게 물었다.

"나는 참, 암이라는 놈이 미워. 그건 도무지 종잡을 수가 없어. 아무리 다 도려냈다고 해도 어디서 무슨 짓을 할지 모르고⋯. 암을 완벽하게 치료하려면 어떻게 해야 하니?"

이에 유정하는 "완벽한 치료라는 게 있나요?" 하며 건성으로 대답했다.

"그게 문제야. 우리는 아무리 완벽하게 하려고 해도 병에 이길 수가 없으니 말이야. 참 서글픈 일이지." 그러고는 유정하에게 "너는 민은아가 골절 같은 병으로 입원한 게 아니라는 건 알지?" 하고 말했다는 것이다. 민은아가 병동을 옮겼다는 것도 함께 통보했다.

그때 유정하는 문 과장에게 부탁했다.

"과장님! 민은아 환자는 겉보기하고는 다르게 겁이 많은 사람입니다. 환경이 바뀌면 겁을 먹고, 내색도 못 하고 애를 쓰는 사람입니다. 기력이 회복될 때까지는 그냥 익숙한 환경에서 있도록 해주시면 안 되겠습니까?"

그러나 문 과장은 들어주지 않았다. 대신 그에게 충고했다.

"이미 조치했다. 그리고 이제 민은아 환자는 유 선생 환자가 아니다. 환자한테도 새 환경이 더 나을 거야. 앞으로 자기가 적응해야 하는 환경이니까. 그리고 좋은 의사를 하나 기르는 게 얼마나 힘든 일인지 아나?"

민은아가 그 병동을 다녀갔던 겨울이 끝나고 봄이 왔다. 그 사이 유정하는 물처럼 고요했다고 문 과장은 기억했다. 민은아를 찾아나서지도 않았고, 그녀를 잊은 듯했다는 것이다. 민은아가 그 병동에 입원했었다는 사실은 조용히 잊히는 듯했다. 그 후 초가을 무렵부터 유정하는 꽤 괜찮은 아가씨와 교제를 시작했다. 집안 소개로 만난 아가씨였는데, 문 과장이 주재하는 저녁자리에도 데리고 왔을 정도로 진도가 잘 나가고 있었다. 문 과장과 유정하의 동료들은 그가 곧 그 아가씨와 결혼하게 될 것이라고 믿었다. 둘은 잘 어울렸다. 그 당시 유정하는 이미 서른 살이 넘었다.

그러나 그 해 연말모임에 유정하는 그 아가씨를 데려오지 않았다. 그 자리에서 그는 "잘 맞지 않는 것 같아 헤어졌다"고 이유를 댔다. 그리곤 아무도 더 이상 묻지 않았다. 그리고 문 교수가 유정하와 민은아의 사이를 알게 된 건, 민은아가 다시 입원하게 된 시점이었다.

재 활

척추암을 딛고 일어선 '버지니아 울프의 딸'
〈파랑〉의 작가 민은아, 공연장서 생일잔치

열아홉 살, 명문 제일여대 국문과 수석입학과 연극배우 데뷔/ 스물세 살, 신춘문예에 희곡 〈귀신이 사는 집〉 당선/스물여덟 살, 연극 〈파랑〉으로 대한민국 연극상 수상/스물아홉 살, 척추암으로 투병, 그리고 서른 살….

　최근 연극 〈파랑〉으로 연극계에 새바람을 일으키고 있는 민은아 작가의 이력은 짧지만 예사롭지 않다. 14일 대학로 무지개극장에선 연극 〈파랑〉의 공연이 끝나고 깜짝 생일파티가 열렸다. 막 항암치료를 끝내고 돌아온 민 작가의 스물여섯 번째 생일을 축하하는 자리였다. 오랜 투병생활을 하며 외부에 나타나지 않았던 민 작가가 처음으로 외출한 자리이기도 했다.

　민 작가는 무대 위에서 생일케이크의 촛불을 끄고, 관객들과 짧은 대화를 나눴다.

　"의사들은 제 등을 가르고 제 척추에 붙어 있던 작은 것들을 떼어주었고, 그 뒤엔 엄청난 고통을 남겨주었습니다. 투병생활은 모욕적이었습니다. 그때 전 '이런 고통을 견뎌야 할 이유가 있을까' 하는 생각도 했습니다. 그러나 살아서 이 자리에 서니 좋군요.”

그는 관객들의 기립박수에 이렇게 답했다.

그는 서른한 살의 젊은 나이에 프랑스 파리 센 강에 몸을 던져 자살한 비운의 여류시인이며, ‘한국의 버지니아 울프’로 불리는 고 윤세린 시인의 딸로 등단 당시부터 세인의 관심을 모았다. 그러나 이제는 깊이 있는 주제를 흥미롭게 풀어나간 작품 〈파랑〉으로 고 윤 시인의 딸이 아닌 자신의 이름을 세간에 각인했다. 그녀의 등장은 실로 오랜만에 희곡 분야에 대형작가가 탄생했음을 알리는 것이었다.

그녀가 척추암으로 쓰러진 후 윤세린 시인의 지인들, 연극계 인사들과 팬들은 대를 이은 비극이 일어나지 않기를 기원하는 기도회를 열기도 했다. 그리고 이제 그는 다시 자기 발로 걸어서 대중 앞에 섰다. 그는 관객과의 대화에서 처음으로 자기 부모에 관한 얘기를 짤막하게 하기도 했다.

“윤세린 시인의 작품세계와 자신의 작품세계를 비교해 설명해 달라”는 한 관객의 요구에 그녀는 “윤 시인의 작품은 읽은 적이 없다”고 말했다.

그는 “초등학교 다닐 때, 윤 시인의 죽음이 자살이었다는 걸 알고 충격을 받았다”며, “그 때문에 윤 시인을 알려고 하지도, 이해하려고 하지도 않았다”고 털어놓았다.

국내 굴지의 법무법인 대표변호사인 아버지가 있음에도 불구하고 외할머니와 어렵게 살아왔던 것도 관심을 모았던 대목. 이에 대해 그는 “그에게는 가족이 있었고, 외할머니에겐 가족이 없었기 때문”이라고 설명했다.

그는 앞으로의 계획을 묻는 질문에 “보통 사람들이 느끼는 일상의 사소한 것들을 하고, 느끼며 사는 게 소원”이라며, “빨리 일상

생활로 돌아가기 위해 노력할 계획"이라고 답했다.

김영미 기자

마치 퍼즐을 맞추는 것 같다. 민은아와 유정하를 알았던 사람들을 만나서 이야기하고 나면 내가 몰랐던 공백기 동안 그들의 행로가 짜 맞춰진다. 그들이 모르는 블랭크는 내가 알고⋯. 이 퍼즐을 다 맞춰보면 어떤 모양이 나올까. 그들을 둘러싼 주변 사람들을 만나 취재하면 퍼즐은 얼추 맞춰질 것이다.

나는, 유정하가 물처럼 고요했던 그 봄에 대해선 잘 모른다. 다만, 그 당시 민은아는 항암치료를 받고 있었다는 정도만 알 뿐이다. 나는 간혹 취재차 대학로에 갔어도 카페 만우절이나 무지개극장 쪽으론 가지 않았다. 취재거리도 없었지만 더 이상 민은아와 연결되고 싶지 않았다. 마치 내가 민은아의 행동대장처럼 비춰졌던 그 사건에 대한 노여움이 쉽게 가시지 않았다.

그러다 나를 다시 민은아 앞으로 가게 한 건, 바로 〈한성일보〉의 김영미가 쓴 민은아의 생일공연 기사였다. 꽤 재미있는 기사였는데, 내가 물을 먹은 것이다. 이 기사가 나온 후 민은아를 무지개극장에서 만났다.

은아에겐 말할 수 없이 지독했던 겨울과 봄·여름이 얼추 가고, 무더위가 한풀 꺾였던 무렵이었다. 그 무렵엔 은아도 항암치료를 하면서 한 올 남지 않고 사라졌던 머리카락이 다시 자라기 시작했다.

그날은 그래도 더운 여름날의 뒤끝이 남아 대낮엔 무덥게 느껴졌었다. 그런데 무지개극장에서 만난 은아는 털실로 짠 카디건을 걸치고 있었다. 그녀를 보는 것만으로도 더워 보였다.

"안 더워요?"

내 말에 은아는 고개를 갸웃했다.

"밖에 더운가 보죠?"

"그럼요."

"그렇군요. 나는 더위를 못 느껴요. 늘 오슬오슬 추워요. 내 감각이 세상하고 거꾸로 돌아가고 있는 것 같죠? 올 여름은 모두 더웠다고 하던데, 저는 솜이불 덮고 잤어요."

또 그녀는 느닷없이 짧은 곱슬머리를 하고 있었다. 나는 손가락으로 머리를 가리켰다. 그녀는 웃으며 손가락으로 곱슬머리 한 가닥을 잡아당겼다 놓았다.

"이렇게 펴 봐도 다시 곱슬해져요. 이상하죠. 머리카락이 정신이 나간 것 같죠? 머리카락뿐이 아니에요. 얼굴 좀 보세요. 기미가 있죠. 아침에 거울을 보다 보면 다른 사람이 거울을 들여다보고 있는 것 같아요. 그래도 한 가지 안 건 있어요. 항암치료의 부작용으로 생머리가 곱슬머리도 될 수 있다는 거요."

그녀는 이른바 항암치료라는 것을 시작하면서, 이건 치료가 아니라 '인권유린'이라는 생각이 들었다고 했다. 그녀는 하루 종일 큰 들통을 들고 앉아 속에 있는 모든 것을 토해내면서 '여기가 아수라 지옥이구나' 했다는 것이다. '도저히 못 할 일'이었다. 하지만 그녀는 다음 치료날짜에 맞추어 또 병원을 찾았다. 두 번째로 병원에 가던 날 그녀는 더 이상 자신에게 '삶이란 무엇인가?'를 묻지 않기로 했다. 그녀는 의사들이 시키는 대로 했다. 항암치료를 하라면 했고, '이제 그만 해도 되겠다'고 했을 때 그만 뒀다.

그 지독한 치료가 끝나고도 별로 기쁘지 않다고 했다. 그냥 삶의 또 한 고비가 마무리된 것에 지나지 않는다는 생각이 든다면서 ⋯. 이 고비를 넘는다고 더 밝은 날이 있을 것 같지 않다고도 했다.

"이 와중에 저한테 가장 큰 일이 뭔지 아세요? 바로 먹고 사는 일이에요. 그래서 궁리를 했죠. 내 재원을 어떻게 돌려서 살아야 효율적일까. 그래서 아파트를 팔고, 동숭동에 전세를 얻었어요. 나머지는 투병을 위해서 저축도 하고. 그런데 어쨌든 〈파랑〉에서 돈이 좀 들어오니까 마음이 놓이고 푸근해지는 것 있죠. 뼈를 깎아내고, 생머리가 곱슬머리가 될 정도로 독한 과정을 거쳐 얻은 삶이라는 건 이렇게 사소하고 팍팍하네요."

그때 나는 카페 만우절로 자리를 옮기자고 했었다. 그러나 은아는 배시시 웃으며, "여기서 누굴 만나기로 했어요" 했다. 그게 유정하였다.

"김 기자님이 쓴 기사 보고, 생각나서 연락했다고 하더라고요. 그래서 오늘 여기서 만나기로 했어요. 병원에서 그분이 정말 많이 의지가 됐었어요."

그 말을 들었을 때, 맥이 탁 풀렸다. 그리고 내 머리에 떠오른 건 '이 여자, 또 이런다'라는 것이었다. 자기에게 친절하게 구는 남자한테 한없이 약해지는 것은 그녀의 최대 약점이었다. 내가 아는 것만도 세 놈이다. 어느 놈 하나 그녀에게 상처를 남기지 않은 놈이 없었다. 한결같이 그들의 엄마들은 드셌고, 결국 그들도 은아를 버리고 자기 엄마의 치마폭 뒤로 숨기에 바빴다. 의사 아들은 스토커가 돼서 그 뒤에도 참으로 질기게 그녀를 괴롭혔었고, 아주 잠시 동안 그녀에게 왔었던 다른 두 놈도 변변찮은 인사들이었다. 이 과정에서 속된 말로 개망신도 당했고, 그로 인해 세간의 입에서 걸레가 되기도 했다.

'이 사람은 정말 경험에서 배우는 게 없는 걸까?'

내가 은아를 생각하면, 때때로 답답하고 화가 나는 건 바로 그런 모습 때문이었다. 하나같이 변변찮은 놈들만 만나면서 그들이 자신을 구원해줄 거라는 믿음을 버리지 않았다. 믿음이 강했던 만큼 그들의 배신에 대한 충격도 컸다. 어떨 때는 패닉 상태가 되기도 했고, 어떨 때는 탈진하기도 했다. 그리곤 잠시 사라졌다 다시 나타난다. 얼굴엔 가식적인 미소를 띠고 여유로운 척하면서 말이다.

그래서 나는 그녀와 가까워지지 않았다. 그런 그녀를 보는 것 자체가 속이 터졌다. 그녀와 가까워진다면 아마 만우절의 이 여사처럼 그렇게 매일 전전긍긍하며 마음이 아파야 했을지도 모른다. 매일 속이 터져서 뒤집어졌을지도 모를 일이고.

내 얼굴이 굳어 있었나 보다. 은아는 이내 내 불편함을 알아차렸다.

"걱정 마세요. 한 기자님. 나는 지금 아파요. 아무것도 기대하지 않아요. 그저 그분에게 갖는 따뜻한 느낌 같은 게 있어서 그래요. 지금 저는 너무 춥거든요. 그래서 그 온기를 기억하고 싶어요."

그녀는 유 선생이라고 부르는 그에 대한 기억 하나를 끄집어내서 설명했다.

"수술이 끝나고 마취에서 깨어나던 순간, 엄청난 쇼크가 왔어요. 인간 세상의 것이라고는 믿어지지 않는 고통이 온몸을 짓눌렀고, 눈을 떠도 세상은 까만 암흑이거나 하얀 형광색밖에 없었죠. 세상은 온통 이렇게 두 가지로 색깔로 나뉘어져 있었어요. 상상할 수 없으시죠? 그 색깔이 주는 공포를요. 그건 또 육체를 찢어놓는 고통에 버금가는 공포를 몰고 왔거든요. 할머니를 찾았어요. 그리고 눈을 떴을 때 다른 색깔이 눈에 들어오더라고요. 오렌지색. 그리고 그 색을 따라 올라가니 나를 바라보는 사람이 있었어요. 유 선생이었죠. 그런데 그 사람을 보는 순간 신기하게도 공포가 걷히기 시작하는 거예요. 유 선생은 그냥 아무 이유 없이 저를 동정해주고, 위로해줬던 사람이었어요."

나는 아무 말도 하지 않았다. 그냥 고개를 끄덕이고는 그 자리를 끝내려고 했다. 그녀는 그런 나를 멍하니 바라봤다. 나는 일어나 나오려고 했다. 그녀는 내 등 뒤에서 말했다.

"제가 다른 사람한테서 위로를 받고, 다른 사람의 온기를 빌려서 내 삶에 부족한 온기를 채우려는 게 잘못된 거라고 보세요?"

그녀를 돌아봤다. 그녀의 얼굴에선 그려낸 듯한 가식적인 미소는 사라졌다. 무심한 듯하면서도 처연한 그녀의 가장 밑바닥의 모습이 있었다. 나는 그런 모습을 볼 때마다 가슴이 덜컹 내려앉았다. 그래서 그녀가 가식적인 미소를 띨 때보다 그럴 때가 더 싫기도 했다. 그래서 냉정하게 말했다.

"아뇨, 나는 다만, 세상에서 수모를 당하는 사람이 싫을 뿐이에요. 그리고 수모를 당할 줄 알면서도 자기를 방어하지 못하고, 늘 발을 들이미는 사람도 싫고요. 그런 사람들이 가까이 있으면 불필요하게 내 에너지를 너무 많이 뺏기거든요. 내 삶을 지탱하는 데 써야 할 에너지를 해결도 안 될 일에 소모하는 건 낭비죠."

나는 극장 문을 나서며 그녀를 털어버렸다. 그리고 한 달 정도가 지났고, 그날은 비가 왔었다. 아마 대학로에서 누군가 기자회견을 했었던 것 같다. 그래서 오랜만에 대학로에 갔었고…. 아마도 비가 왔기 때문일 거다. 문득 센티멘털해져서 카페 만우절에 들렀다. 비 오는 평일 낮 시간의 카페엔 손님이 없었다.

"어떻게 이렇게 발길을 딱 끊으셨어요?"

이 여사는 나를 보며 반색했다. 그녀는 나를 은아 자리로 안내하려고 했다. 그런데 나는 그 자리에 가기 싫었다. 그냥 홀에 있는 탁자에 자리를 잡았다. 이 여사는 커피를 만들어다 주면서 내 앞자리에 앉았다. 그녀는 한숨부터 쉬었다.

"역시 한 기자님이 사람을 잘 봐요. 그 유 선생 만날 때 말리셨다

116

면서요."

"저는 말린 적이 없는데요. 그리고 유 선생이란 사람은 본 적도 없고요."

"어쨌든 또 요즘 은아가 시름시름하잖아요."

그러더니 또 한숨을 푹 쉰다.

"은아, 얘도 정말 한심한 애예요."

이 여사는 시키지 않아도 말을 한다. 그러고 보니 나도 은아 얘기가 궁금했었나 보다. 이 여사 말에 장단까지 맞추며 듣고 있었던 걸 보면…. 그 얘기는 내가 극장에서 은아를 마지막으로 봤던 그날 저녁부터 시작됐다.

은아는 저녁 늦게야 유 선생을 데리고 만우절에 왔다. 이 여사는 병원에서 간혹 유 선생을 본 적이 있어서 반갑게 맞이했다. 은아는 둘이 저녁을 먹고 왔다고 했다. 은아가 평소 거의 대놓고 밥을 먹는 밥집에서였다. 올 때, 밥집 아주머니가 싸준 비지찌개까지 들고 있었다. 마침 웬 남자랑 같이 오니까 아침용으로 들려서 보낸 참인 듯했다.

유 선생은 은아에게 밥을 그렇게 안 먹으면 안 된다고 싫은 소리도 했다. 이 여사도 유 선생과 합세해 은아에게 밥을 잘 먹어야 한다고 잔소리를 했다.

은아는 "자꾸 밥 먹는 걸 잊어버려요"라고 말했다. 이 말에 유 선생은 착잡한 표정을 했고, 이 여사에게 밥해줄 사람을 하나 구해달라고 부탁도 했다.

"난 요즘 새로운 걸 많이 알게 됐는데요. 밥 먹는 데도 에너지가 필요한 거 아세요? 밥을 먹어야 에너지가 생기는데, 에너지가 없으면 밥도 먹을 수가 없어요. 아마 밥 먹을 에너지가 떨어지면 죽는가 봐요."

은아는 그 자리에서 아무렇지도 않게 이렇게 말했다.

"그래요 밥 먹을 에너지가 떨어지면 죽어요. 그런데 그 에너지도 밥을 먹어야 생기죠."

유 선생은 이렇게 은아에게 잔소리를 했다.

은아는 원래 자기에게 잔소리를 해주는 사람에게 약했다. 어쩌면 이 여사네 집에 주구장창 가 있는 것도 잔소리를 들으려는 것인지도 몰랐다. 실제로 이 여사도 은아만 보면 잔소리를 해댔다. 은아가 주로 가는 그 밥집 아주머니도 밥을 차려주면서, 밥을 먹고 있는 중에도 은아에게 잔소리를 했다. 나는 그 잔소리 많은 밥집이 싫었다. 그래서 은아와 어쩌다 밥을 먹을 때, 나는 다른 집으로 가려고 했다. 그래도 그녀는 늘 그 집으로 가고 싶어 했다. 그녀의 애정결핍증은 이렇게 이상한 쪽으로 증세를 나타내곤 했다.

그날, 유 선생은 밥집에서 싸준 음식을 들어다주느라 은아네 집까지 갔다. 이튿날 은아는 아주 편안하고 행복한 표정으로 일찌감치 만우절에 와서 자기 자리에 앉아 놀았다. 이 여사에게 그 전날 유 선생과 있었던 이야기를 전부 해줬다.

은아는 할머니와 살던 아파트를 팔고, 동숭동 언덕배기에 있는 연립주택 1층에 세를 들었다. 열세 평짜리 집엔 방 한 개와 거실, 부엌, 화장실이 전부였다. 유 선생은 이 집을 보고는 착잡한 표정을 했다는 것이다. 은아는 정하가 집안을 둘러보는 동안 기운이 없어서 소파에 누웠다. 그러자 유 선생이 "방에 가서 침대에 누우라"고 했다.

은아는 "내가 방에 누우면 가실 거잖아요"라고 했다. 그랬더니 그는 은아를 안아서 방의 침대에 눕혀주었다. 그리고 그는 잔소리 좀 해도 되느냐고 은아에게 물었다. 그녀는 그렇게 하라고 했다. 그러자 그는 잔소리를 시작했다.

"이 집은 환경이 안 좋아요. 일단 햇빛이 안 들고, 책이 너무 많아요. 책들은 미세먼지가 많기 때문에 건강에 안 좋아요. 그리고 냉장고 안이 그게 뭐예요. 아까 밥 먹을 에너지가 없으면 죽는 거라고 했죠? 맞아요. 밥 먹을 에너지도 밥을 먹어야 나오는 거예요. 기운이 없어도 하루 종일 먹을 걸 입에 달고 살아야 해요."

은아는 유 선생의 잔소리가 듣기 좋았다.

이 대목까지 거침없이 말하던 이 여사는 갑자기 한숨을 푹 내쉬었다. 그러더니 이렇게 말했다.

"그래서 은아가 유 선생한테 '등을 좀 빌려 달라'고 했대요."

"그게 무슨 말이죠?"

"원래 은아, 애는 사람한테 안겨 있고 싶어 해요. 가끔씩 나한테도 '언니! 좀 안아줄래요?' 하기도 하고. 그래서 내가 좀 안아서 다

독거려 주면 사람 냄새를 킁킁 맡고 그래요. 그런데 아무한테나 그럴 수 없으니, 가끔씩 남자건 여자건 등에 얼굴을 대고 있는 걸 좋아하거든요. 아마 그때도 사람 냄새가 맡고 싶었겠죠. 그랬더니 유 선생이 등을 대주더래요. 그래서 등에 얼굴을 기대고 있었대요. 그러면서 '나는 늘 체온이 있는 사람한테 기대고 안겨서 사람 냄새를 맡아보고 싶어요. 세상엔 그렇게 사람들이 많은데 왜 나한테는 체온과 냄새를 나눠줄 사람이 이렇게 없을까요?'라고 했더니 이 남자가 돌아앉아서 팔을 벌려 안아주더래요. 그리고 팔베개를 해서 재워주고…. 다음날 아침까지 차려주고 갔나 봐요."

나는 그 말을 듣고 '피식~'하고 웃었다.

"정말 민은아답네요."

나는 상황 설명만 들어도 대충 상상이 갔다. 그녀에겐 때때로 보는 사람 가슴을 서늘하게 하는 그 처연한 표정과, 사람 가슴을 후벼 파는 듯한 특유의 눈빛이 있다.

'그 범생이 의사선생이 그렇게 독특하고 아찔하게 매력 있는 여자를 어디서 봤겠나. 결국은 앞서 나타났던 놈들처럼 정신줄을 놓았겠지.'

내 말에 이 여사는 개의치 않았다. 그녀는 계속 말을 이었다.

"그리고 돌아갈 땐, 앞으로 연락도 하고, 쉬는 날엔 오겠다고 약속했다는 거예요. 그리고 그 뒤에 정말 열심히 연락도 하고, 쉬는 날이면 그 집에 오더라고요. 그런데…."

이 여사의 말끝이 흐려졌다. 그러더니 이내 어두운 목소리로 설명했다.

"한 3주 후쯤 됐는데, 그러니까 지난 주말이에요. 갑자기 은아가 입원했더라고요. 아버지하고 동생이 집에 들렀는데 문은 열려 있고, 은아는 탈진해서 쓰러져 있더래요. 은아 아버지가 저녁에 카페에 왔더라고요. 그 아버지는 병원에서 만난 적이 있었거든요. 은아가 살 만한 집하고, 사람을 좀 알아봐 줄 수 있느냐고요. 마침 이화동에 새로 짓는 빌라가 있어서 소개해줬더니 거기를 계약했다고 하더라고요. 다음 주에 이사 가요. 하여튼 쓰러졌다는 말을 듣고, 밤에 병원에 갔죠. 한 기자님! 무슨 일이 있었을 것 같아요?"

"또 그 유 선생 엄마라도 들이닥쳤나요?"

"아유! 너무 나가시네."

이 여사는 펄쩍 뛰며 손사래를 친다.

"글쎄요. 이 바보 같은 아이가 유 선생이 안아주니까 고맙다고 그랬대요. 실제로 은아는 자기를 안아주는 사람을 고마워해요. 그 말에 유 선생이 왜 그런 말을 하느냐고 그러더래요. 그러니까 이 위인이 뭐라고 했는지 아세요?

'나는 늘 이렇게 체온이 있는 사람하고 붙어 있고 싶었어요. 그런데 그건 세상에서 가장 어려운 일이에요. 여자들은 나하고 안고 싶어 하지 않고, 나를 안아보고 싶어 하는 남자들은 그냥 이렇게 안고만 있으려고 하지 않아요. 그들은 늘 좀더 깊은 걸 원해요. 그래서 섹스를 하죠. 그런데 그게 끝나면 그들은 곧바로 떨어져버려요. 섹스는 너무 허무한 거예요.' 이랬대요. 그랬더니 유 선생이 완전히 나무토막처럼 굳더래요. 그래서 그냥 자기 방으로 들어와 버렸대요. 그러니까 유 선생이 왜 그러냐며 화를 내서, 또 이랬다는군요.

'나한테 섹스 파트너는 많아요. 내가 병이 든 이후 그들이 나를 찾지 않고, 나도 그들을 침실에 들이지 않는 것뿐이죠. 온 세상 사람들이 다 아는 얘기를 모르지는 않았을 것 아니에요.' 그랬더니 유 선생이 그냥 문을 열고 나가버리더래요."

그 얘기를 들었을 때, 나도 충격을 받았다.

'그게 무슨 자랑거리라고 그렇게 떠들고 다니는 거지? 은아는 왜 위악을 부리는 걸까?'

나는 민은아에 대해 의문이 생겼다. 공주병이든지 자학증이든지 가학증이든지, 뭔가 그녀는 잔뜩 비틀려 있는 걸로 보였다. 나는 물었다.

"그런데 민 작가는 지금 왜 아파요?"

"그렇게 유 선생이 문 열고 뛰어나가는 걸 보고 마음은 평화로운데 졸리더래요. 그래서 자기는 무념무상으로 잠을 잤는데, 눈을 떠보니 병원이더래요. 그리고 영양상태도 안 좋고, 그래서 잠시 병원에 있어요. 요즘은 그래도 그 아버지가 왔다 갔다 하면서 애를 쓰는 것 같아요. 또 동생이라는 중학생도 틈만 나면 들르더라고요. 둘째 동생이라고 하던데 요즘 그래도 그 아이하고 잘 맞아서 은아가 조금 화색이 돌아요."

나는 오래된 이 기억과 문 교수에게서 들은 얘기로 대략 날짜를 맞춰본다. 맞다. 유 선생이 은아네 집에서 도망쳤다던 때가 초가을 무렵이었다. 유 선생이 괜찮은 아가씨와 교제한 기간도 그 엇비슷하다. 아마도 은아에게서 도망친 후 그는 잠시 정신을 차렸던 게 분명하다. 그래서 서둘러 자기와 맞는 아가씨를 만나 교제하고, 결혼까지 하려고 했겠지. 그 아가씨가 아마도 공유미가 얘기했던 그 여자였나 보다.

그렇게 제대로 마음을 먹어놓고, 그는 왜 또 그녀에게 돌아갔을까? '저도 민은아의 남자입니다.' 그렇게 얘기했다지. 내가 아는 한 민은아에게 남자란 복이 아니라 혼란이었다. 남난(男難)이라고나 해야 할 정도였다.

'은아와 마지막까지 함께 해줬던 유 선생만 정말 그런 사람이 아니었을까?'

문득 이런 의문이 든다.

나는 유 선생을 본 적은 없다. 하지만 그의 엄마를 본 적은 있다. 그게 아마 유정하와 민은아가 살기 시작한 그 무렵이었던 것 같다. 추운 날이었고, 대학로의 어느 카페에서 누군가를 기다리고 있었다. 그런데 내 자리 뒤편에서 낯익은 목소리가 들렸다. 은아였다. 흘끗 보니 웬 나이 든 부인이 그 맞은편에 있었다. 나는 순간 철렁했다. 어느 놈인가의 엄마가 또 그녀를 때리러 온 게 아닌가 하는 생각이 들면서 내 몸이 팽팽하게 긴장했다. 하지만 생각보다 그 부인은 점잖은 사람이었다.

"말로만 들었는데 직접 보니 정말 예쁜 아가씨네요."

이게 내가 들은 그 부인의 첫마디였다. 그리고 부인은 내쳐 말했다.

"우리 정하랑 어떻게 할 거죠? 결혼하려는 거예요?"

"결혼요? 전 생각해보지 않았는데요."

"그런데 정하는 그 집으로 옮겼잖아요."

"예."

"그냥 단도직입적으로 얘기할게요. 우리 정하를 사랑한다면 그 애를 놔줄 수 없나요?"

"사랑하는데 왜 놔줘야 하죠?"

"우리들은 평범한 사람들이랍니다. 결혼도 안 하고, 남녀가 한집에서 사는 걸 보는 게 그렇고…."

나는 이 말을 들으면서 맥이 풀렸다.

'은아는 또 누군가와 함께 살고 있구나.'

그러는데 내 손님이 왔고, 나는 조용히 그와 인사를 했다. 그때 은아가 돌아보는 기척이 느껴졌다. 나도 은아도 각자의 손님과 얘기에 열중했다. 그러다 문득, 부인의 목소리가 커지는 데 놀라 나는 말을 멈췄다.

"이봐요. 은아 씨. 세상은 나이만 먹었다고 무슨 일이든 다 할 수 있는 건 아니에요. 세상엔 남의 이목도 있고, 도덕이니 윤리 같은 것도 있고…. 우리는 은아 씨처럼 천재가 아니라 그냥 평범한 사람들이기 때문에 남의 이목이 무섭고, 그래서 세상 사람들이 시키는 대로 그렇게 살아요."

나는 이때부터 안절부절못했다.

'지금 이 상태에서 은아가 한 대라도 맞으면, 이 쇠약한 여자는 어떻게 될까?'

나는 신경이 곤두섰고, 내 편치 않은 기색을 느낀 내 손님은 일어나서 돌아갔다. 나는 그 자리에 앉아 만약에 생길지도 모르는 폭력 사태에서 최소한 그녀가 맞지는 않도록 개입할 마음의 준비를 하고 있었다.

그러면서도 나는 내 자신이 한심하다고 생각했다. 이런 상황은 처음이 아니었다. 나는 그 '의사 아들'은 본 적이 없어도, 그 엄마와 아버지는 본 적이 있다. 도대체 어째서 은아의 그놈들의 엄마는 꼭 내 앞에서 은아를 닦달하는지 모르겠다.

민은아가 막 희곡작가로 데뷔했을 때, 나도 다시 연극 담당으로 돌아왔었다. 그리고 그 무렵엔 카페 만우절에 꽤 자주 들르곤 했다. 어느 날인가 카페 만우절에 들어서자 소란스러움이 느껴졌다. '픽' 하며 누군가 때리는 소리와 비명소리가 들렸고, 이 여사가 말리는 소리도 들렸다. 여기서 일하던 아가씨는 발을 동동 굴렀다.

"무슨 일이에요?"

"한 기자님! 어떻게 해보세요. 그 의사 아들 엄마요."

당시 그 의사는 TV나 신문에 나와 꽤나 떠들어대던 인사였다. 그런데 그 의사 이름이 생각나지 않았다. 그래서 카페에서 일하던 아가씨에게 그 의사의 이름을 물었더니 가르쳐줬다. 나는 은아 자리로 갔다. 그 의사 부인은 은아의 머리채를 잡고 흔들고 있었다. 그러다 내가 들어가자 나를 사납게 쳐다봤다.

"한 박사님 사모님이세요?"

내 질문에 그녀는 뜨끔 하는 눈치였다. 나는 명함을 꺼내, 그녀에게 건네줬다.

"언젠가 한 번 한 박사님도 뵌 적이 있어요."

그리고 나는 주변을 돌아봤다. 그리고 시침 뚝 떼면서 말했다.

"민 작가님, 왜 이러고 계세요? 무슨 일이라도 있나요?"

의사 부인은 당황했다. 그리곤 얼른 매무새를 정리했다. 그러더니 갑자기 징그러운 미소를 띠며 내게 말했다.

"아이쿠, 이런 꼴로 뵙다니 ···. 두 분이 아는 사이세요?"

"그럼요. 민 작가님이야 지금, 문화계에선 떠오르는 별이죠. 저같은 사람은 만나기도 힘들어요. 그래서 혹시나 여기 오면 만날 수 있을까 하고 찾아온 거죠. 민 작가님은, 한 박사님처럼 기자를 쫓아다니며 만나달라고 애원하는 그런 종류의 사람이 아니죠."

그녀는 내 말에 기분이 상한 듯했다. 그리고 허둥지둥 자기 짐을 챙겼다. 나는 그녀에게 비꼬듯 말했다.

"이건 재미있는 가십거리인데요. 한 박사님 사모님이 뭣 때문에 대낮에 대학로에서 문화계의 샛별인 민 작가의 머리채를 잡고 있었을까요?"

그녀는 서둘러 나갔다. 나는 그때 절제하는 법에 서툴렀다. 아직도 가슴엔 이른바 돼먹지 않은 정의감과 분노를 지닌, 초짜티를 벗지 못한 서툰 기자였다. 그녀가 떠난 뒤 나는 가슴 속에서 올라오는 울분을 삭일 길이 없었다. 왜 그렇게 분했는지 눈물까지 나려고 했다. 그때는 그저 젊어서 내 자신이 통제가 안 된 때문이었을 거다.

은아는 울지 않았다. 오히려 이 여사가 눈물을 닦고 있었다. 나는 화가 치밀어 올랐다. 그래서 소리를 질렀다.

"왜 이런 수모를 당하고 살아요. 똑바로 살아야지. 엄마도 없는 주제에 왜 남의 엄마한테 얻어맞고 다니느냐고 … ."

그러고는 뛰쳐나왔다. 그 뒤 한동안 민은아 곁에는 가지도 않았다.

그 일이 있은 며칠 후, 회사의 한 선배가 함께 점심식사를 하자고 했다. 꼭 나를 보고 싶어 하는 사람이 있다며. 누군지는 가르쳐주지 않았다. 약속장소에 갔더니, 그 의사 아들의 아버지인 한 박사가 있었다. 우리는 그저 점심을 먹으며 세상 돌아가는 얘기를 했다.

그 점심이 파할 무렵, 그는 내게 "저희 집사람이 결례를 했습니다. 죄송합니다"고 속삭였다. 나는 웃으며, "저도 마찬가지였어요"라고 말했다. 그는 자기가 쓴 책이라며 선배와 내게 한 권씩 줬다. 그걸로 끝난 줄 알았다. 회사로 돌아와 책을 꺼내보니 그 안에 백화점 상품권이 들어있었다.

나는 그걸 들고, 한 박사네 병원으로 찾아갔다. 그리고 정중하게 돌려줬다. 그러자 그는 당황했다.

"죄송합니다. 제가 세상물정에 어두워서 …. 하긴 이걸로 누구 코에 붙이라고, 쓰실 일도 많을 텐데 …."

"상품권 50만 원어치가 적다고요? 아뇨. 저는 필요 없다는 말씀을 드리러 온 겁니다. 그리고 이런 게 저한테 결례를 하시는 거라는 말씀을 드리고 싶어서 온 것이고요."

나가려는데 그는 내 뒤통수에 대고 말했다.

"제가 거기 편집국장도 잘 알고, 부사장이 제 고등학교 동깁니다."

그래서 나도 지지 않고 대꾸했다.

"부인과 아들이 저질이라는 건 이미 소문이 파다해서 잘 알고 있었지만 선생님까진 그렇진 않다고 생각했습니다. 그런데 어쩌죠? 초록은 동색이라 저희 동네에선 매명이나 하면서 이 동네 저 동네 기웃거리고 다니는 취재원보다는 동료의 말을 더 믿습니다. 그게 우리 언론계의 미덕이자 악덕이죠."

사실 이런 다툼은 없느니만 못한 것이다. 게다가 내가 민은아를 대리해 싸워줘야 할 아무런 이유도 없었다. 그녀는 그저 불가근불가원의 내 취재원일 뿐이었고, 나는 취재원의 사생활에 참견해선 안 되는 기자였다. 나는 무척 화가 났지만, 어쨌든 일을 여기로 몰고 온 건 나였다. 찝찝하고 더러운 기분이었다.

나는 그 불쾌했던 기분을 떠올리며, 그 나이든 부인과 은아의 얘기가 끝나기를 기다렸다. 그저 은아가 맞지 않도록, 거기까지는 내가 막아줘야 하지 않을까 하고 인간인 나와 기자인 내가 다투고 있었다. 민은아는 지금 환자니까. 그녀는 내가 있음을 확인하고 나서 그랬는지 점점 용감하고 당당해졌다.

"그럼 결혼해서 살면 되나요?"

은아의 당돌한 말에 상대 부인의 꽤나 당황하는 목소리가 들렸다.

"아니 그런 뜻은 아니고…. 아니 결혼하라는 건 아니구요. 은아 씨는 아가씨이고, 우리 애야 남자니까 어찌해볼 수 있다지만…."

"결혼은 싫으신 거군요."

"알다시피 건강도 안 좋고, 결혼하면 아이를 낳아야 하는데…."

"다른 이유는 없으신 건가요? 제가 남성편력이 화려하고, 암에 걸렸었고, 엄마가 자살해서 싫으신 건 아닌가요?"

"그렇게까지 적나라하게…, 그렇지만 말이 나왔으니 말이지만 우리를 좀 이해해줘요. 사랑하는 사람을 위해 한 번만 희생한다고 생각해주면 안 될까요?"

이제 부인이 애원조였다. 오히려 은아가 당당했다.

"자기가 희생하려면 왜 사랑을 하죠? 사랑하는 사람을 위해 할 수 있는 일은 함께 사는 거예요. 함께 체온을 나누고…. 자기를 희생해도 안 되고, 희생을 요구해도 안 되는 거예요. 저는 가겠다는 사람을 잡아본 적이 없어요. 아마 유 선생도 머지않아 가겠다고 할지 몰라요. 그러면 잡지 않겠다는 건 약속드릴 수 있어요."

나는 거기까지 듣고 밖으로 나왔다. 맞을 걱정은 안 해도 될 것 같았다. 천천히 그 골목을 빠져나오는데 나를 부르는 민은아의 소리가 들렸다. 돌아봤다. 그녀는 애처로운 모습으로 나를 바라봤다. 나는 그녀에게 다가갈 수밖에 없었다.

"추운데 왜 이러고 있어요?"

"한 기자님! 저, 차 한 잔 사 주세요. 너무 추워요."

그녀는 얼굴을 감싸 쥐었다. 그리곤 말했다.

"난 손이 왜 이렇게 작죠? 찬바람을 막을 수가 없어요."

나는 그녀를 데리고 찻집으로 들어갔다. 우리는 말없이 차를 마셨다.

"기자님도 엄마라는 말이 무서우세요?"

"아뇨."

"그럼요?"

"그 말에 대해 생각하지 않아요."

그녀는 나를 물끄러미 쳐다봤다. 그러더니 말했다.

"나는 무서워요. 세상의 모든 엄마들은 나를 싫어해요. 싫어하는 정도가 아니라 욕설을 퍼붓고 폭행도 해요. 학교에 다닐 때도 나를 병균처럼 보는 엄마들이 많았어요. 하긴, 내 엄마도 버린 나를 어느 엄마가 좋아하겠어요? 그래서 나는 '엄마'라는 이름으로 가해지는 모든 모욕과 폭력을 감당할 수밖에 없었어요."

나도, 그녀도 한동안 말이 없었다. 그러다 내가 먼저 물었다.

"그 엄마는 누구 엄마죠?"

"유 선생 엄마요."

"유 선생? 그 의사 선생요?"

"네."

"의사 선생과 살기 시작했군요. 그리곤 그 엄마가 찾아오고, 그 다음은…. 이전과는 다른 결과가 있기를 바랄게요."

"제가 한심한 사람이라고 생각하시죠? 그 엄마의 아들을 탐한 죄로, 엄마들에게 무수히 당하고도 정신을 못 차린 여자라고요. 그래도 전 제게 잠시라도 체온을 나눠주고, 안락하게 해줬던 그 순간의 기억을 잊지 못해요. 나한테 적대적인 또 한 명의 엄마를 위해서 유 선생을 포기할 수 없어요. 지금, 이 추운 날, 나한테 온기를 전해주는 유일한 사람이니까요. 어쨌든 그 사람은 내가 만난 유일한 어른이에요. 그 사람이 그랬어요. 자기는 너무 커서 엄마가 혼낸다고 도망치지 않는다고요. 전 그 말을 믿으려고요."

나는 고개를 끄덕여줬다. 어차피 그건 그녀의 일이다. 내가 보는 앞에서 그녀가 맞는 것을 그냥 볼 수는 없지만, 내가 안 보는 곳에서 일어나는 일까지 내가 참견할 바는 아니다. 나는 일어나서 나오려고 했다. 그런데 그녀가 나를 잡았다.

"왜 한 기자님은 늘 아무 말도 안 하죠?"

"무슨 말을요?"

"나는 알고 싶어요. 한 기자님은 어떻게 그렇게 강할 수 있는지, 어떻게 그렇게 냉정할 수 있는지, 어떻게 그렇게 닫혀 있을 수 있는지…. 저한테 수모당하며 살지 말라고 하셨죠. 어떻게 하면 그렇게 살 수 있죠?"

"기자는 나예요. 취재는 내가 하는 거예요. 은아 씨는 취재원이고."

그런데도 그녀는 고집을 부렸다.

"좀 가르쳐주세요. 난 정말 알고 싶어요. 엄마 없는 딸이 당당하게 사는 방법을요."

나는 그 처연한 표정의 은아를 바라보다 대답했다.

"난 당당하지 않아요. 무심한 척할 뿐이죠. 엄마가 없다는 건, 슬픔 같은 감상적인 문제가 아니에요. 그 자체가 장애죠. 엄마는 창과 방패예요. 엄마 없는 아이들은 무기 없이 전쟁터에 내몰려 상처를 입게 되죠. 그래서 우린 장애인인 거예요. 다른 엄마들은 우리 같은 사람을 바이러스처럼 봐요. 자기 자식들에게 병을 옮길까 봐 걱정하죠. 나는 그런 장애를 인정하는 것뿐이에요. 그렇지만 내 장애를 드러내지 않아요. 숨길 수 있을 때까지 숨기죠. 치부를 드러내는 순간, 사람들은 자유를 얻는 게 아니라 세상에서 무시당해요. 그러므로 자기를 위장할 줄도 알아야 해요. 엄마가 없다는 티를 너무 내지 말아요. 자기 연민도 하지 말고, 불쌍한 척도 하지 말아요. 또 자기에게 가해지는 세상의 테러를 당연하다고 생각하지도 말아요. 세상에 모욕이나 수모를 당해도 마땅한 사람이란 없어요. 자신이 장애인이라 하더라도 세상의 무시와 모욕을 기꺼이 감당해야 할 의무는 없는 거예요."

소 통

소리의 연극 〈파랑〉 1,200회 공연
타계한 작가 민은아 추모공연 겸해

'소리의 연극'으로 불리는 극단 '수풀'의 〈파랑〉이 29일로 1,200회째 공연을 한다. 〈파랑〉은 2008년 1월 서울 대학로의 무지개극장에서 오픈 런 공연을 시작했다. 지난해엔 서울 장충동에 전용극장을 마련, 지금까지 공연하고 있다. 전용극장으로 옮기기 전 석 달 정도의 공백을 가졌을 뿐, 첫 공연을 시작한 이래 쉬지 않고 달려왔다. 매회 평균 200명 이상 다녀가는, 연극계에선 꽤 의미 있는 흥행을 계속하고 있다.

〈그 사람이 왔을까요〉, 〈말로는 설명할 수 없어〉 등 이 연극의 테마 음악들은 이미 대중적으로 큰 인기를 얻었고, 음반으로도 나와 베스트셀러를 기록하기도 했다. 하지만 이 연극의 미덕은 인위적으로 작곡된 음악뿐 아니라 자연이 내는 다양한 소리를 음악보다 더 애절하게 들려준다는 것이다. 물과 돌과 바람 소리가 절묘하게 섞이기도 하고, 거리의 소음과 아름다운 세레나데가 서로 녹아들기도 한다. 현실의 소리만이 아니다. 생각·슬픔·사랑과 같은 관념적인 세계도 소리로 표현한다. 자연과 악기와 음악이 사물의 소리와 섞여 이 같은 관념은 현실이 된다.

이런 소리들을 찾아낸 것은 1일 타계한 작가 고 민은아였다. 작곡가 이순 씨와 테마곡들을 공동으로 작곡하기도 했지만, 대부분의 소리들은 그의 작품이다. 이 때문에 그는 '소리의 작가'라는 애칭도 얻었다. 그래서 그는 희곡의 전달수단을 언어뿐 아니라 소리로까지 확대하며 표현의 영역을 넓힌 첫 희곡작가로 꼽히기도 한다. 그의 연극에선 음악도 소리의 한 장르일 뿐이다. 〈파랑〉에서 이 같은 소리들은, 그동안 업그레이드 돼 왔다. 고 민은아 작가가 새로운 소리들을 찾을 때마다 매번 조금씩 바뀌어왔기 때문이다.

〈파랑〉의 팬클럽 회원인 김수진(34, 회사원) 씨는 "연극의 전체 스토리라인은 같지만 거기에 등장하는 소리들이 달라져 연극을 다섯 번쯤 봤다"며, "볼 때마다 새로운 전율을 느끼곤 한다"고 말했다.

〈파랑〉의 주 장치는 소리다. 한데 실제로 이 연극의 메시지는 사람의 '말'과 '대화'다. 연극에선 끊임없이 새로운 소리들을 만들어내며 관객들의 감성을 터치하면서 관객들에게 묻는다.

"이 소리가 무슨 소리로 들리세요?"

관객들은 제각각 대답한다. 하나의 소리가 관객마다 얼마나 다르게 들리는지를 보여준다. 그리고 배우는 슬프게 말한다.

"제가 만든 소리는 그게 아니었어요. 그런데 한 분도 그 대답은 안 해주네요."

고 민은아 작가는 생전의 한 인터뷰에서 "내가 말하고자 했던 것은 대화이며, 소통이었다. 세상에 존재하는 소리와 음악조차도 진실도 현실도 아닐 수 있다는 말이었다. 각자 자기 식대로 생각하고 듣는 방식이 있는 사람들과 어떻게 소통할 것인가는 계속 나의 과제였다"고 했다. 그리고 "모든 사람이 '이 소리는 그 소리야'

라고 동의하는 소리를 찾고 싶다"고도 덧붙였다.

　어쩌면 그래서 쉬지 않고, 새로운 소리들을 찾아 무대에 올렸는 지도 모른다. 하지만 이제 연극의 소리는 더 이상 업그레이드되지 않는다. 소리의 창조자였던 작가가 타계했기 때문이다. 그래서 이번 1,200회 공연에선 '민은아 추모공연'을 겸해 초창기부터 지금까지 시도됐던 모든 소리들을 재현할 계획이다.

　극단 '수풀'의 정희찬 단장은 "소리별로 정리해보니 초창기부터 지금까지 시즌을 4개로 나눌 수 있었다"며, "그래서 1,200회 공연부터는 한 달간 시즌 1~4를 요일별로 돌아가며 해볼 생각"이라고 했다.

한승애 기자

　〈파랑〉의 1,200회 공연을 앞두고 정희찬 선생을 만났다. 간단하게 취재한 뒤 그는 함께 식사하자고 했다. 장충동 족발골목의 족발집에서 순대와 족발과 소주를 놓고 이른 저녁식사를 대신했다. 최근 공연시장이 어렵다는 얘기부터 그의 넋두리가 시작됐다. 그를 한숨짓게 하는 또 다른 일은 민은아의 유작인 〈초희〉에 관한 것이었다.

　"아! 글쎄 말이야. 이 위인이 그 작품을 안 내놓네."

　"누가요?"

　"누군 누구야. 그 남편이지. 참, 은아도 어디서 꼭 제 애비 같은 놈을 골라서는…. 말이 안 통해."

정 선생은 〈초희〉의 뮤지컬 버전을 무대에 올리고 싶어 했다. 음악을 다듬기 위해 몇 명의 작곡가와 접촉을 해놓았고, 모두 희곡을 기다리는 상황이라고 했다. 그러나 민은아의 남편이 무대에 올릴 뜻이 없다고 했다는 것이다.

"희곡을 못 보셨어요?"

"사본은 있지. 그런데 저작권을 그 꼴통이 가지고 있으니 내 맘대로 할 수가 있어야지. 지금처럼 뮤지컬이 먹히는 시장에서, 더구나 민은아 유작이 무대에 올라오면 대박인데 말이야."

"그런데 왜 막아요? 다른 극단하고 접촉하는 건 아니고요? 다른 데도 관심은 있다고 하던데."

"아니야. 그 사람이 돈에 욕심 있고, 그런 사람은 아니야. 그냥 은아를 좀 쉽게 해주고 싶다나 뭐라나. 그저 그런 위인들은 책상머리에나 붙어 있으면 되는데 왜 우리 동네를 돌아다니면서 거치적거리는지 모르겠어. 예술이라곤 개뿔도 모르면서 모든 걸 현실적인 기준으로만 생각하니⋯."

그는 입맛을 쩝쩝 다셨다.

"예술과 현실적 기준이라⋯. 그 사람이 현실적으로 타협할 수 없는 내용이 그 안에 있나 보네요. 〈초희〉는 어떤 내용이에요?"

연극 얘기가 나오자 정 선생은 얼굴에 가득히 미소를 짓는다.

"재밌어. 아주 재밌어. 우린 허난설헌을 조선시대 최고의 천재 여류시인으로만 알고 있잖아. 그런데 그 배경은 군이 조선시대가 아니야. 아예 시대배경은 없고, 그냥 인간들만 나와. 여덟 살에 이미 천재로 알려진 초희, 초희를 흠모해 구애하고 결혼하는 역시 재능 있는 청년. 그런데 이 남편은 결혼하고 나니 이미 세상은 초희의 명성으로 뒤덮였고, 시어머니는 이 비현실적인 며느리를 미워하지. 남편은 자기의 질투심을 숨기고 시어머니의 치마폭 뒤에 숨어서 조용히 초희를 압박하고. 초희의 명성이 올라가면서 세상의 재능 있는 남자들은 초희를 질투해. 그러면서 초희의 남편을 '마누라 치마폭 그늘에 가려진 위인'이라며 비웃어. 이놈들은 남편을 조종해서 초희를 제거하려고 하는 거야. 그리고 이놈들은 초희가 시인으로 흠모하는 두보의 이름자를 따서 호를 짓고, 그의 시에 감동한 시를 지은 것을 계기로 초희를 '화냥년'이라고 탄핵하는 거야. 그래서 초희는 위기감을 느끼고 세상과 조화하려고 노력해. 여성의 부덕을 지키고, 시어머니에게 순종하고, 남편에게 말로써 자기 노력을 알리려고 해. 그런데 이렇게 변한 초희에게 세상은 더 가혹하게 손가락질하며 비웃어. 그녀는 세상에 지쳐가지. 그리고 자기의 재능을 저주하고, 시를 다 태워버려. 그리고 선녀 옷을 입고, 자신은 지상의 사람이 아니라 선녀라고 주장하는 거지. 더 이상 시를 짓지 않고, 제 정신이 아닌 듯한 행동을 하게 되자 남편도 시어머니도 세상 사람들도 안도하는 거야. 그래서 그녀를 따뜻하게 돌보는 척하지. 그리고 선녀인 초희는 지상의 음식을 거부하고 진짜 선녀가 되는 거지."

대충의 스토리 라인은 알려진 허난설헌의 일생과 비슷하다. 하지만 이 얘기를 들으며, 나는 미묘하게 가슴이 떨렸다.

"초희를 세상에서 학대당하고 테러를 당한 여자로 보는 거군요."

"그렇기도 하고, 대사 중에 이런 말도 있어. '암컷이 함부로 수컷들이 누려야 할 재능을 탐했다면 벌을 받는 게 당연하다.' 그런가 하면 초희는 재능 있는 여자에 대해선 세상 사람들이 아무리 가혹하게 비난하고 학대해도 지당한 걸로 여기는 풍토에 대해서 조롱도 해. 초희가 시어머니에 대해서 이런 대사도 날리지. '아들이 세상의 전부죠? 그런데 어쩌죠. 그 세상이 저렇게 못났으니. 아들 낳은 재주밖에 없는 어머니의 작품이 못난 탓을 저에게 하지 마세요. 그렇다고 분노하지도 마세요. 세상 사람들 대부분이 어머니만큼 못났으니까.' 정말 오만의 극치지. 그런데 나는 이런 부분이 아주 좋더라고."

"들어보니 왠지 민은아가 살아선 무대에 못 올릴 작품 같네요. 살아 있었다면 안티 100만 명을 끌어 모으는 데 이틀도 안 걸렸겠어요."

"진실이잖아. 세상 사람들은 천 층 만 층 구만 층인데, 자기는 특별나다고 생각하잖아. 그러다 잘난 놈들을 만나서야 자기가 아무것도 아니라는 걸 알게 되고, 그러면 당황하게 되는 거지. 특히 천재들은 '네가 결코 특별나지 않다'는 걸 일깨워주는 증언자들이고. 그러니 재능은 없고 자만심만 강한 범인들에게는, 자신들을 좌절시키는 몇 안 되는 진짜 잘난 놈들이 타도의 대상인 거야. 이 희곡은 그런 진실을 얘기하고 있어. 그래서 희곡을 읽다 보면 가슴이 뜨끔뜨끔해."

"진실이어도 불편하죠. 그리고 그런 불편한 진실을 듣고자 하는 사람이 세상에 몇 명이나 된다고 생각하세요? 더구나 천재였던 민은아가 그렇게 얘기하는 건 세상을 상대로 선전포고하는 느낌이에요. 그 남편이 막을 만하네요."

"한 기자도, 보면 냉소적인 인텔리, 그 이상을 넘어가진 못하는 것 같아. 은아나 세린이 모두 그런 냉소적인 세상하고 너무나 어울리지 않았던 사람들이었지."

"은아 씨 남편이 냉소적이었나요?"

"글쎄올시다. 은아한테 잘했지. 인생의 끝에서 만나 함께한 반려로는 최고의 사람이었다고 생각해. 더 일찍 만나지 않은 걸 다행이라고 생각하지. 세린이도 중기하고 인생의 시작이 아니라 끝에서 만났다면 잘 살았을 수도 있었겠다는 생각이 들더라고."

그는 소주 한 병을 거의 혼자 비우더니 윤세린 얘기로 흐른다. 윤세린을 아는 남자들은 모두 어느 순간에는 그녀에 대한 회고담을 풀어놓는다. 그녀가 치명적인 매력을 가진 사람이었음은 틀림이 없는 것 같다.

그의 기억은 윤세린과 민중기가 처음 만났던 그 카니발부터 시작됐다.

"우리 때는 같은 고등학교 출신들이 모여서 노는 카니발이라는 게 있었어. 우리 졸업 직전이었는데, 그때 생전 카니발에는 안 나오던 민중기가 온 거야. 그 친구는 3학년 때 고시에 붙은 수재였거든."

그날 윤세린은 까만 원피스에 빨간 립스틱을 바르고 왔다고 했다. 약간 피부가 까무잡잡한 그녀의 이런 모습은 지상 최고의 '매혹'

그 자체였다. 그녀는 무대에서 샹송과 재즈 등을 잇달아 세 곡 불렀다. 그날, 누군가가 민중기를 윤세린에게 인사시켰다. 민중기도 윤세린도 너무 유명해서 서로 이름은 알고 있는 터였다. 그때 세린은 약간 취해 있었다. 그녀는 민중기를 끌고 무대로 올라가더니 "여러분! 수재 민중기 아시죠? 이 샌님을 제가 오늘 남자로 만들어줄까요?" 했다. 그러더니 그의 볼에 뽀뽀를 해 선명한 립스틱 자국을 남겼다. 카니발에 왔던 사람들은 함성을 질렀고, 거의 열광의 도가니였다. 그녀는 그를 밀어서 무대 밖으로 내보낸 뒤, 춤을 추고 노래를 불렀다.

"세린인 남자들을 능란하게 희롱할 줄 알았지. 그런데 애로만 생각했던 중기가, 알고 보니 만만찮은 놈이었던 거야."

민중기는 세린의 부모님을 찾아가서 자기는 처음 뽀뽀한 여자하고 결혼하려고 했는데 세린이가 자기한테 뽀뽀했기 때문에 결혼해야겠다고 했단다. 그리고 그 다음은 거의 스토커 수준이었다. 세린이 친구들과 노는 장소에 민중기는 자주 나타났다. 주로 술 먹고 놀기도 하고, 고고장에도 가고…. 그때마다 세린은 주로 노는 데 치중했고, 별로 중기를 돌아봐주지도 않았다. 그래도 그는 우직하게 앉아 있다가 놀다 지친 세린을 업고 가곤 했다. 이런 일이 계속되면서 세린은 점점 당황했다. 그리고 부모님들을 설득해 프랑스로 유학을 가려고 했다.

하지만 그녀의 부모님은 그녀를 설득했다. 외동딸인 세린을 멀리 보내는 것을 꺼려했고, 어쨌든 민중기는 세속적인 기준으론 최고의 신랑감이었다. 세린의 마음을 바꾼 건, 민중기의 눈물이었다고 했다. 눈물을 보이며, 자신의 마음을 몰라주는 세린에 대한 야속한 마음을 호소한 것에 세린은 움직였다. 그리고 그로부터 1년도 채 안 돼 결혼했다는 것이다.

"은아가 〈인형의 집〉 공연을 할 때, 중기가 공연을 보러 온 적이 있어. 우리 친구들은 사실 그 인사를 인간같이 안 보거든. 세린이를 가난으로 몰아넣고, 세린의 딸을 그렇게 소외시킨 걸, 참 용서하기 힘들었지. 그런데 극장에서 딱 마주친 거야. 나는 피하려고 했는데, 그 친구가 '차나 한 잔 하자'고 하더군. 그래서 차를 했지. 은아에 대해서 이것저것 물어보더라고. 그래서 내가 좀 핀잔을 줬어. 그런데 그 친구가 그러더군. 자기는 아직도 악몽을 꾸고 있는 것 같다고. 그리고 '세린이 와야 이 꿈에서 깨어날 텐데 …' 하고 생각한다는 거야. 자기는 아직도 세린을 기다린다고."

누구하고든 얘기를 하다보면 이렇게 말들은 두서없이 흘러간다. 은아의 유작인 〈초희〉에 대해서 말하다 윤세린과 민중기의 얘기로 샜다 이젠 다시 다른 쪽으로 물꼬를 돌릴 차례다.

"그런데 얘기가 왜 여기까지 왔죠?"

내 말에 정 선생은 고개를 갸웃한다.

"그러게. 왜 여기까지 왔더라~. 아! 그래. 냉소적인 인텔리들. 민중기가 세린이 친구들의 공공의 적이 된 건, 세린이 그렇게 된 것도 있지만 그 자가 윤세린의 시집을 발간하지 못하게 막았기 때문이지."

"윤세린 시집 있잖아요."

"그건 윤세린 살아 있을 때 나온 거고, 나중에 여기저기 발표됐던 것들하고 써놓았던 걸 모아서 유고집을 내려고 했는데 말이야. 민중기가 못 내게 한 거야. 몇몇 친구들이 흥분해서 그래도 내겠다고 하니까 그 친구가 법적 권리는 자기한테 있다고, 만일 맘대로 하면 법적으로 조치하겠다나? 그러니 뭐, 법이야 검사님이 더 잘 알겠지. 우리가 아나. 그래서 그만 뒀지."

그러더니 정 선생은 껄껄거리며 웃었다.

"왜 그런 줄 알아?"

"모르겠는데요."

"시 중에 〈카니발〉 연작이 있었거든. 카니발을 혼돈과 야만의 야합이라고 쓴 시도 있고, 여하튼 자기가 보기에 뜨끔했겠지."

그리곤 한숨이 길다. 그러더니 내뱉듯이 말한다.

"그런데 은아 신랑이라는 놈도 똑같은 행세를 하네. 내 원 참. 천재는 개인의 소유가 아니라 세상의 소유라는 걸 모르는 놈들이야. 공부만 잘한 것들은 원래 엉덩이가 질긴 놈들이지. 세상을 흔드는 재능이 뭔지, 천재성이 뭔지는 꿈에도 모르는 놈들."

정 선생은 유정하에게 감정이 많아 보였다. 나는 그를 위로했다.

"기다려보면 언젠가는 생각이 바뀔 수도 있겠죠."

"바뀐다고? 그 의사 선생이 민중기보다 더 꼴통이라니까. 그리고 보니 세린이 모녀는 사자 돌림을 좋아했네."

정 선생은 유정하와 얽힌 몇 가지 에피소드도 늘어놓았다. 은아가 유정하랑 살 때 극단 사람들이 가끔씩 낮에 그 집에 놀러가곤 했다. 그러면 은아는 희한한 보양식들을 들고 나와 나눠줬다고 했다. 유 선생이 건강원에 대놓고 보양식을 사들인다며, 양이 줄지 않으면 먹으라고 닦달하기 때문에 도와 달라고 했다는 것이다. 양의사인 유 선생은 은아를 만나면서 보양식과 민간요법 쪽을 기웃거리기도 했더란다. 집에 쑥뜸을 사다놓고 은아에게 뜸을 떠줬다는 말도했다.

"정말요?"

내가 깜짝 놀라며 되묻자 정 선생은 고개를 끄덕인다.

"하는 짓이 답답하긴 해도 그래도 고마운 사람이긴 해. 그 의지할데 없는 은아를 그렇게 지극정성으로 돌봐줬으니 말이야."

나는 정 선생에게 유정하에 대해서 더 묻는다. 정 선생이 얘기하다 말고, 갑자기 뚝 끊는다.

"한 기자, 나를 상대로 유정하에 대해서 사이드 취재하는 것 같은데…."

"말씀 다 하셔놓고, 이제야 눈치 채셨어요? 실은 인터뷰 하나 따야 해요. 요즘 존엄사 문제로도 시끄럽고, 웰 다잉 문제도 제기되고있고…."

그는 고개를 끄덕거린다. 그러더니 말한다.

"만나기 쉽지 않을 거야. 그 친구는 은아 주변 사람들을 별로 좋

아하지 않았어. 우리 극단 애들도 낮에 놀러 갔다가 갑자기 그 친구
가 들이닥치는 바람에 중간에 나오기도 하고 그랬어. 은아 피곤하
게 하는 걸 싫어했거든. 그런데 모르겠어. 그게 진짜 이유였는지
는. 민중기도 그랬거든. 세린이 친구들하고 어울리는 걸 싫어했어.
그래서 아예 시골로 데려가기도 하고 그랬지. 나는 그게 수컷들의
정복욕 같은 거라고 생각해. 세린이나 은아나 모두 남자들 눈을 많
이 탔거든. 게다가 자기 분야에선 천재잖아. 그 재능을 억누르고 자
기 울타리 안에서만 살도록 길들이려는, 그런 본능 같은 게 있거든,
수컷들한테는."

〈파랑〉 1,200회 공연 기사를 마감하고, 부장은 나를 부른다.
"남편 인터뷰는 추진하고 있냐?"
"사이드 취재를 하고 있어요. 뭘 알아야 인터뷰를 하죠. 얼추 프
레임은 짜 놨으니 이제 슬슬 만나봐야죠."
"그래. 너무 늦으면 김샌다."
"예. 알아요. 1,200회 기념공연 직전이나 그 무렵을 타이밍으로
생각하고 있어요."
"그래. 지금은 좀 아웃 오브 이슈 같고, 그때쯤이면 적당하겠다."
그러고 나니 문득 윤세린의 유고시집 생각이 난다.
"그런데 부장, 어제 정희찬 선생한테서 들은 건데요. 윤세린 유
고시집을 내려던 걸, 그 남편이 막았다고 하던데…. 그 얘기, 들
은 적이 있으세요?"

"글쎄다. 왜 막아?"

"잘 모르겠어요. 하여튼 그 사건 때문에 민중기하고 윤세린 친구들이 완전히 적이 됐다고 하더라고요."

"그래? 뭔가 재미있을 것 같다. 그것도 한번 취재해 봐. 요즘 민은아 때문에 다시 윤세린이 뜨고 있잖아. 민중기 변호사 한번 만나보지 그래."

천형의 가계

윤세린 시인, 암 투병 중 강에 투신
남편 민중기 변호사, 24년 만에 밝혀
윤 시인의 미발표 시 모아 '시집' 발간도 검토

이달 초 암으로 타계한 희곡작가 고 민은아의 어머니인 고 윤세린 시인이 1984년 프랑스 파리 센 강에 투신해 자살하기 직전까지 암 투병을 해온 사실이 새로 밝혀졌다. 이는 고 윤 시인의 남편인 민중기 변호사가 17일 기자를 만나 털어놓은 내용이다.

민 변호사에 따르면, 윤 시인은 투신 직전에 국제전화로 "희망이 없는 고통까지 감당하고 싶지 않다. 품위 있게 생을 마무리하는 방법을 생각하는 중"이라고 말했다는 것이다. 그리고 이튿날 그의 투신자살 소식이 날아왔다.

윤 시인은 사망 1년 전, 폐암으로 아버지를 잃었으며, 남동생을 어린 시절 소아암으로 잃기도 했다. 윤 시인이 민 변호사에게 보낸 마지막 편지에는 이런 대목이 있다.

은아에게 내 병에 대해선 말하지 마세요. 엄마 없이 살아야
하는 것도 그 애에겐 작지 않은 일일 거예요. 거기에다 우리
가계에 흐르는 천형의 고리까지 알게 된다면 공포를 느끼겠

죠. 슬픔과 분노는, 어쨌든 사람을 성장시킬 수는 있는 에너지를 가진 감성이죠. 그 아이가 당신과 나의 자질을 타고 났다면, 분명 뭔가 성취해 내겠죠. 하지만 공포는 아무것도 할 수 없게 만들어요.

민 변호사는 "윤 시인의 뜻에 따라 이 사실을 딸인 민 작가와 세상에 숨겼다"고 했다. 그러나 "딸마저 암으로 잃고 나니 더 이상 숨길 게 없어졌다"고 덧붙였다.

그는 윤 시인이 파리에서 썼던 미발표 시들을 모아 '시집'을 발간하는 문제도 적극 검토하겠다고 밝혔다. 미발표 시들 가운데는 윤 시인이 발병 사실을 알게 된 직후 쓴 〈천형의 가계〉를 비롯해 투병과정을 묘사한 시들이 다수 있다.

고 윤세린 시인은 53년 서울에서 태어나 서울여고 재학 시절부터 '시 쓰는 여고생'으로 이름을 날렸다. 제일여대 불문과 3학년 때, 〈문학세상〉을 통해 등단했다. 등단과 함께 가장 주목받는 여류 시인으로 명성을 날렸다. 대학을 졸업하던 해, 민중기 변호사와 결혼한 뒤 1일 작고한 희곡작가 민은아를 낳았다. 그리고 민 작가가 두 살 나던 81년 홀로 프랑스 파리로 유학을 떠난 뒤 3년 만에 센 강에 투신해 생을 마감했다.

한승애 기자

민 변호사는 나를 기억하고 있었다. 나는 그의 법무법인 사무실이 우리 회사와 이렇게 가까운 데 있다는 걸 처음 알았다. 그는 사무실에서 나를 기다리고 있었다. 여비서의 안내로 그의 방으로 들어갔을 때, 나는 깜짝 놀랐다. 장례식장에서 멀리서 봤을 때는 잘 몰랐는데, 가까이서 본 그는 아주 늙어 보였다. 3년이란 세월이 사람을 이렇게도 늙게 만드는지 놀라울 뿐이었다.

"좀 달라지셨네요."

"늙었다고요? 다들 그래서 놀라더라고요. 실제로 늙기도 했을 거고, 귀찮아서 염색을 안 했더니 그렇기도 할 거고 ···."

그리고 나는 할 말이 없다. 이 슬픈 아버지한테 죽은 딸의 얘기를 꺼내기도 그렇고, 그렇다고 일 얘기로 곧바로 들어가기도 그랬다. 그의 분위기는 정말 어두웠다. 잠시 할 말을 생각하고 있는데, 그가 먼저 말을 꺼낸다.

"그렇잖아도 한 기자님은 한번 뵙고 싶었어요. 은아한테 잘해주셨고, 우리 부녀 사이에 있던 풀리지 않던 매듭을 풀 수 있는 길도 열어주셨고 ···."

"민 작가한테 잘해준 건 없습니다. 어쨌든 화해하셨다니 다행입니다."

"화해라고요?"

그는 초점 없는 눈으로 허공을 바라봤다. 그런 아버지를 동정하는 건, 내 일이 아니다. 그래서 나는 고리를 만들어 본격적인 취재에 들어갈 참이다.

"민 작가, 그렇게 되고 나서 심란해서 여러 사람을 만나게 됐어요. 그러면서 맥락이 닿지 않는 여러 가지 얘기를 듣게 됐어요."

민 변호사는 그제야 다시 나한테로 주의를 돌린다.

"여러 얘기요? 어떤 얘기요?"

"민 작가의 마지막 작품 얘기도 좀 나오는 것 같던데요."

"아! 〈초희〉. 그것 때문에 요즘 좀 시끄럽죠."

그리곤 말이 없다.

나는 뒤이어 "윤세린 시인의 미발표 시 같은 얘기도 있더군요. 그리고 변호사님이 윤 시인의 유고시집을 내지 못하도록 해서 세상 사람들과 적이 됐다고…" 하고 말을 이었다.

그는 퍼석퍼석한 소리를 내며 웃는다.

"오늘 나를 취재하러 오신 건가요?"

"네."

"아! 그렇군요. 어제 전화하셨을 때 그런 말씀을 안 하셔서….."

"죄송합니다. 제가 어쩌다 한 번 쓰는 트릭이에요. 일단 만나고 보는 게 상책일 때는 굳이 그런 설명을 안 할 때도 있어요. 그런데 어제 취재냐고 물어보셨다면 그렇다고 대답했을 거예요. 최소한 거짓말은 안 하거든요."

"그래요. 그렇군요. 그렇다면 오프 더 레코드를 걸면 그건 지켜 주시나요?"

"그렇죠. 그건 기자와 취재원 간의 신사협정이니까. 대신 너무 남발하면 안 되는 거죠."

그는 또 잠시 생각을 했다. 그러더니 천천히 입을 연다.

"알고 싶으신 내용이 … ?"

"윤세린 시인의 미발표시에 대한 거예요. 왜 출간을 막으셨고, 앞으로는 출간계획이 없으신지 … . 그리고 개인적으론 민 작가가 편히 갔는지도 궁금하고요."

그의 눈빛이 흔들린다. 윤 시인 얘기 때문인지, 민은아 얘기 때문인지는 잘 모르겠다.

"은아한테 이런 말을 했어요. 엄마 없이 살게 해서, 그래서 슬프게 해서 미안하다고. 그랬더니 은아가 이러더군요. 슬프지 않았다고. 단지 사는 게 힘이 들었다고요. 나는 세린일 잃고 정말 사는 게 힘이 들었어요. 오랫동안 말이죠. 그런데 언젠가부터 날이 갈수록 슬퍼지네요. 비가 와도, 눈이 와도, 햇빛이 쨍쨍해도 … . 계절이나 날의 패턴은 어쩌면 이렇게 똑같은지. 정말 지긋지긋하게도 그 모든 날들에 세린이 기억이 박혀 있어요. 나이가 들면, 요즘 일보다 옛날 일이 더 생생하게 기억이 나죠. 그래서 매일매일 조금씩 더 슬픔의 진폭이 커져요. 얼마까지 슬퍼지면 나도 죽는 날이 올지, 요즘은 그걸 기다려요."

그러더니 그는 내게 제안을 한다.

"잠시 제가 생각하고, 정리해 볼게요. 약속드리죠. 며칠 내로 꼭 연락을 드릴게요. 생각들을 정리해서 … . 그때, 다시 뵐 수 있을까요?"

나는 그러자고 했다. 그리고 그날은 거기에서 마무리했다. 며칠

후, 정말 민 변호사에게서 연락이 왔다. 그와 나는, 민 변호사의 단골로 보이는 시내의 한 멤버십 와인바에서 만났다.

"이젠 세린이한테 씌어졌던 누명을 벗겨줄 때가 된 것 같아요."

그의 첫마디는 이거였다.

"누명요?"

"예. 한 기자는 잘 모르겠지만, 세린이 죽고 난 직후, 갖가지 흉한 루머들이 많았어요. 입에 담지도 못할⋯. 무책임한 입만 달린 자들이 떠드는 소리에 가슴이 너덜너덜해질 정도로 상처를 받았지만, 진실을 말할 수 없었어요. 은아가 있어서⋯. 아마 그래서였던 것 같아요. 어린애한테 그러면 안 되는 거였는데, 그때는 내가 견디는 게 너무 힘이 들었어요. 그래서 은아를 밀어냈어요. 어느 날 정신을 차리고 보니까 둘 사이에 간격이 너무 벌어져서 어떻게 다시 좁힐 수가 없게 돼 있더라고요."

그는 알아들을 수 없는 말을 두서없이 했다. 그러더니 가방에서 봉투 하나를 꺼내 내게 밀어줬다. 불어로 쓰인 진단서 같은 거였다. 나는 불어를 모른다.

"이게 뭐죠?"

"세린이 진단서예요. 여기에 위암이 걸린 걸로 나와 있죠. 그리고 이건 그 이후에 다시 정밀검사를 한 진단서예요. 세 군데서 암이 발견됐죠. 세린인 이 진단을 받은 뒤 한 달이 채 안 돼 강물로 뛰어들었죠. 장인어른이 암으로 돌아가신 지 1년도 채 안 됐을 때죠. 이 사실을 아는 건 장모님과 저, 그리고 친한 친구 몇 명밖에 없어요.

그 집안엔 유독 암 환자가 많았어요. 우리 은아가 가고 난 뒤 그 가계는 이제 끊어졌죠."

나는 충격으로 멍해졌다.

"어떻게 이런 사실이 알려지지 않았을까요?"

"시대가 우리 편이었으니까요. 그때만 해도 외국에서 일어나는 일들이 한국에 전해지는 루트가 제한적이었거든요."

그는 편지 한 장을 꺼냈다. 아주 오래된 항공봉투에서 나온 편지다. 윤세린의 자필편지가 거기 있었다. 나는 민 변호사에게 편지를 복사해줄 수 있는지 물었다. 그는 고개를 저었다. 사적인 내용이 많아서 곤란하다는 것이었다. 나는 거기에서 기사에 쓸 부분만 양해를 얻어 메모했다. 그리고 읽어본 편지의 내용은 의아했다.

세상의 입 달린 자들에 따르면, 윤세린은 딸과 남편을 팽개치고 도망을 갔고, 남편은 그녀에게 경제적 지원을 끊어버렸다. 그래서 시인은 굶다가 지쳐 강물에 몸을 던졌다. 그러나 그녀의 편지에선 나의 이런 사전지식을 만족시켜줄 만한 내용이 전혀 없었다. 그녀는 민 변호사에게 친근한 애칭을 썼고, 내용은 우호적이었다. 이런 대목도 있었다.

애처로운 사람! 슬퍼하지 말아요. 이젠 그대의 마음과 일상에 마련해뒀던 내 자리를 밖으로 밀어내 버려요. 이젠 돌아가지 못할 테니…. 그 자리를 비워두지 말아요. 당신의 공허가 너무 크면, 그로 인해 나는 너무나 아플 테니….

내 머릿속은 텅 비어버렸다. 물론 나는 진작부터 알고 있었다. 어떤 팩트 뒤에 숨어 있는 생각과 진실이란 한 개가 아니라 인구수만큼이라는 것을. 그래서 나는 진실의 힘보다 팩트의 힘을 믿었다. 어떤 일이든 그 뒤엔 너무나 많은 진의와 생각들이 얽혀 있어서 어쩌면 실제론 진의도 진실도 없고, 주장만 난무하는 것인지도 모른다고 생각했다. 그래서 나는 객관적으로 벌어진 일의 순서와 증거를 찾아내는 것으로 끝나는, 내 일이 만족스러웠다. 그런데 이 편지는, 내게 팩트마저도 의심하라고 일러준다.

나는 편지를 항공봉투에 다시 넣고, 항공봉투의 우표 위에 찍힌 소인의 날짜를 확인하고 봉투의 바랜 정도를 확인한다. 봉투와 편지지, 어느 것도 위조된 것 같지는 않다. 나는 봉투를 민 변호사에게 돌려준다. 그는 소중히 받아 다시 자기가 가져왔던 큰 봉투 안에 넣는다. 나는 할 말을 찾지 못한다.

'이 황당한 시추에이션은 뭐지? 어디서부터 물어봐야 하지?'

믿어 의심치 않았던 팩트가 깨지고 나니 나는 사뭇 당황스러웠다. 민 변호사는 나의 당황을 눈치 챈 듯했다.

"세상이 알고 있는 것과 달라서 당황하신 거죠?"

"그러네요. 두 분 사이에 전혀 교감이 없었던 줄 알았어요. 윤 시인은 도망치듯 파리로 갔고 … ."

"그 말을 믿으셨나요?"

"네."

"왜요?"

"그러게요. 왜 그랬을까요? 아마도 돌아다니는 얘기가 그럴 듯해서 그랬겠죠. 이 편지와 민 변호사님이 꺼내놓은 진단서를 제외하고, 세상의 얘기는 한결같았거든요."

"그 얘기는 세월이 지나면서 신화처럼 하나로 가닥을 잡은 것뿐이죠. 세린이 프랑스로 떠났을 때, 세린이 죽었을 때, 수만 갈래의 얘기들이 나왔었어요. 그러더니 이십 수년이 흐르는 사이 그 얘기들은 서로 합쳐지고, 어떤 얘기는 버려지고, 그러더니 하나로 통합이 되더군요. 진실은 전혀 개의치 않고 '정설'이라는 이름을 달고 말이죠."

"그러면 왜 진실을 설명하지 않았죠? 왜 엉뚱한 얘기들이 세상을 지배하게 하고 어지럽게 만드신 거죠?"

"복잡한 사연이 있었죠. 실은, 파리도 내가 보낸 거예요. 지금 생각하면 파리로 혼자서 몰래 갔다는 게 그럴 듯해 보이지만, 그때는 해외에 그렇게 쉽게 못 나갔어요. 생각해 보세요. 세린이 파리로 간 건 1981년이에요. 아주 험했던 시절이었죠. 쿠데타가 일어났고, 광주사태가 일어난 직후의 삼엄한 때였죠. 해외여행도 자유화되지 않았던 때고요. 그때, 무슨 재주로 보호자인 나도 모르게 파리로 갑니까? 내가 검찰에 있었고, 법무부에 부탁해서 수속을 밟을 수 있었죠. 다만, 그걸 내가 주선했다는 걸 알리지 않은 것뿐이에요. 그리고 그 일을 도모할 땐, 우리가 그렇게 오래 헤어져 있게 될 줄 몰랐어요."

"그게 무슨 말씀이죠? 그럼 변호사님도 파리로 갈 생각이었나요?"

"그랬어요. 그런데 얼마 후 우리 아버지가 앓아 누우셨죠. 1년을 않다가 돌아가시고, 그 이듬해는 장인어른이 돌아가시고, 그 다음엔 우리 어머니가 류머티즘과 관절염으로 거의 거동을 못 하셨어요. 그렇게 모든 일이 꼬여만 갔어요."

나는 정말 궁금했다. 그들이 왜 그런 일을 도모했는지. 그래서 그에게 물었다.

"기사에 쓸 수는 없는 얘기일 것 같지만, 제가 믿었던 팩트가 무너진 게 당황스러워서 그럽니다. 혹시 왜 그러셨는지 설명해주실 수 있나요?"

그는 짬을 두었다 말을 꺼낸다. 그가 얘기해준 스토리는 이랬다.

시작은 '어머니' 때문이었다고 했다. 그의 어머니와 세린은 상극이었다. 그는 구체적으로 설명하지 않았지만, 2남 1녀 중 장남인 그에 대한 어머니의 집착은 거의 병적이었던 듯했다. 그들은 결혼 직후, 모든 장남이 그러하듯이 집으로 들어갔다. 하지만 자유분방한 며느리는 곧바로 시어머니 눈 밖에 났고, 그가 보기에 어머니가 세린을 의도적으로 괴롭히는 것 같았다. 세린이 신경쇠약으로 입원했을 정도였다. 그래서 그가 세린을 데리고 분가했고, 이는 또 다른 갈등을 만들어냈다.

그 어머니는 거의 매일 아들의 집으로 들이닥쳤다. 그래서 세린은 아침에 민중기와 함께 집을 나와 떠돌다가 그가 퇴근할 때 만나서 함께 집에 들어가곤 했다. 이런 그녀의 행동은 어머니를 분노케 했다. 그 당시, 일찌감치 결혼한 세린을 놓고 말들이 많았다. 세상은 중기를 질투했고, 그와 더불어 많은 말들이 만들어졌다. 그의 어머니는 세상에 돌아다니는 말들을 잘도 주워 날랐다. 그는 어떤 말들이 만들어졌는지는 구체적으로 설명하지 않았다. 지긋지긋했다. 더구나 은아가 갓 태어났을 때, 세린은 심한 산후 우울증에 걸렸다.

이때, 그의 어머니는 "그 아이가 진짜 우리 집 자손이 맞느냐"는 막말도 했다. 결국 그는 세린을 데리고 피하는 길밖에 도리가 없었다. 그래서 가능한 서울서 멀리 떨어진 지방검찰청에 자원했고, 갓 태어난 은아와 우울증에서 회복하지도 못한 세린을 데리고 지방으로 내려갔다.

공기 좋은 시골에서 그들은 잠시 동안 평화로웠다. 그러던 어느 날, 집에서 일하던 아이가 그를 다급하게 찾았다. 세린이 아이도 내팽개친 채 급히 나가버린 뒤 돌아오지 않는다는 거였다. 그는 여기저기 수소문해봤지만 그녀를 찾을 수 없었다. 그리고 오후에 그의 어머니가 들이닥쳤다. 세린은 어머니가 온다는 연락을 받고 황급히 도망쳐버린 것이었다.

어머니는 대로했다. 도저히 '감당 못 할 인사'라며 이혼하라고 종용했다. 그 사이, 세린은 서울에서 친구들과 나이트클럽 등을 돌아다니며 놀았다. 이 사건을 계기로 '시골생활에 적응을 하지 못한 세린이 드디어 자유를 선언했다'는 식의 소문이 나돌았다. 그의 어머니는 이런 소문을 물어다 아들을 들볶았다.

그는 세린과는 아무 문제도 없었고, 그저 행복했다고 했다. 그는 윤세린에 대해 얘기할 때는 감상적이 됐다.

"한 기자는 우리 세린일 모르죠? 은아하고는 달라요. 거침이 없었어요. 감수성이 아주 예민했고, 세상의 기쁨·슬픔·분노와 같은 감정들을 다른 사람들이 상상하기 힘들 정도로 깊고 크게 느꼈어요. 그 정도가 아니라 그걸 표현해낼 줄 알았어요. 이전에 나는 그런 것들이 이 세상에 존재하는지도 몰랐었죠. 나는 세린을 통해서 세상의 감상들과 만났어요. 세린인 내 희로애락을 지배했고, 나는 노예 같았어요. 물론 이게 가정주부한테는 치명적인 결함이긴 했어요. 참을 줄을 몰랐고, 쉽게 좌절했고, 절망의 늪에 빠져서 허우적거리기도 했어요."

그는 그런 세린을 탄압하는 어머니와 처음엔 대립했다. 세린을 보호하기 위해 어쩔 수 없었다고 했다. 그의 어머니는 세린에 대해 '마약' 혹은 '마귀'라고 지칭했다. 결국은 세린이 민 변호사의 앞길을 막고, 인생을 망칠 거라고 주장했다. 그 이유는 대단히 샤머니즘적이었다. 주로 점쟁이나 무당들의 예언을 들이댔다. 나중에 세린이 파리에서 투신하고, 아들이 검사에서 물러나는 과정을 지켜보며, 어머니는 그 용한 점쟁이와 무당의 말을 듣지 않았던 아들을 원망했다.

어쨌든 이 과정에서 두 젊은 부부는 지쳐갔다. 두 사람의 부부싸움은 한동안 치열했다. 그렇게 싸우고 나면 세린은 은아를 데리고 서울로 가버렸다. 그때마다 민 변호사는 그녀를 수소문해 찾아다녔고, 다시 데려오기를 반복했다. 민 변호사는 이런 과정을 거치면서, "나는 세린이 없으면 살 수 없는 사람이라는 걸 깨닫게 됐다"고 했다.

이들이 이렇게 삐걱거리는 모습을 보이면서 세상엔 말과 소문이 넘쳤다. 두 사람의 파경을 예언하기도 했다. 은아의 출생이 외도에 의한 것으로, 이를 민 변호사가 알고 서로 다툼이 잦아졌다는 악의적인 소문도 있었다.

하지만 바깥의 예상과는 다르게 이들은 다툼의 과정을 통해서 평화를 찾아가고 있었다고 했다. 부부가 지쳐가는 와중에도 아들을 지키려는 민중기 어머니의 모성애는 날로 강성해져 갔다. 그래서 그들은 다툼 대신 함께 살 길을 모색하기 시작했다. 그래서 짜낸 꾀가 프랑스로 도망가는 것이었다. 먼저 세린을 보냈다. 그리고 그는 한국 일을 정리하는 대로 은아를 데리고 가 그곳에서 합류할 생각이었다.

이들의 비극은 여기서 시작됐다. 일은 생각대로 흘러가지 않았다. 집안 어른들이 돌아가며 몸져누웠다. 그는 세린의 옆으로 갈 수가 없었다.

"그런데 왜 세상 사람들은 민 변호사님이 경제적 지원을 딱 끊고, 나중엔 돈이 없어서 굶기도 했다고 알고 있는 걸까요?"

"그게 재미있으니까 그렇게 믿고 싶은 거겠죠. 실제로 우리 어머니도 친구분들한테 우리 사이가 끝났다는 얘길 과장해서 하고 다니셨고, 우리 아버지와 장인어른이 차례로 편찮으실 땐 몇 달간 돈을 못 보내기도 했어요. 나중엔 병 때문에 아예 못 먹기도 했고…. 세린이 그렇게 되고 나서 집을 조사해보니 먹을 게 하나도 없었다고 하더라고요. 그 겁 많은 사람이 그 낯선 땅에서 혼자 병과 싸웠을 걸 생각하면 지금도 자다가 가위에 눌릴 지경이에요."

나는 그의 얘기를 들으면서도 수많은 의문들이 생겼다. 어쩌면 그의 이야길 믿지 않기 위한 여러 가지 증거를 찾고 있는 중인지도 모른다. 이미 내게 형성된, 꽤나 논리적인 구조가 탄탄한 이전의 지식을 또 다른 논리구조를 갖춘 새로운 지식이 '거짓'이라고 공격하면 누구나 저항감을 갖게 될 것이다. 기존 지식에 대한 의심도 생겼지만, 이 새 지식에 대한 믿음은 확고해지지 않았다.

민 변호사는 이런 나의 의심을 눈치 챈 듯했다. 그는 내게 묻는다.

"정희찬, 강수런, 이런 사람들이 세린이와 얼마나 친했다고 생각하십니까?"

돌이켜보니 그에 대해서 생각해본 적이 없었다. 그저 친구라는 것만 알고 있었을 뿐이다. 민 변호사는 내가 이전에 가지고 있던 정보들이 사이비임을 증명하려고 했다.

"그 사람들은 세린의 언저리 친구들이에요. 한 번도 진심으로 대화한 적은 없는, 어쩌다 가끔씩 놀 때나 만난 친구들이죠. 그들은 단지 자신들이 모든 걸 알고 있다며 떠벌리는 빅 마우스일 뿐이에요. 세상 모든 일에 참견하고, 그렇게 함으로써 자신들은 선한 사람이라고 믿는 부류죠. 세린과 정말 친했던 친구들은 따로 있어요. 그들은 이런 내막을 알지만 말을 아껴요."

그는 봉투 안에서 또 몇 장의 사진을 꺼냈다. 거기엔 세 명의 여학생들이 있었고, 그중 한 명은 윤세린이었다. 이 세 사람은 여고부터 대학까지 함께 사진을 찍었다.

"이 세 사람이 가장 친했어요. 한 사람은 지금 미국에서 살고, 여기 이분, 이수진 여사는 여기 살아요."

윤세린의 친구로는 한 번도 등장한 적 없는 이수진 여사는 가정주부였다. 다만, 몇 해 전부터 한 종교관련 자선단체에서 자원봉사로 일을 하고 있다고 했다. 나는 그녀의 연락처를 받아 적는다. 그리고 정신을 가다듬는다. 다시 여기에 온 목적을 생각해낸다. 나는 윤세린의 미발표 시에 대한 취재를 하려고 왔다.

"아! 윤 시인의 시에 대해 얘기하려고 했는데, 계속 다른 얘기만 했네요."

"미발표 시라~."

그는 또 봉투에서 오래된 노트 한 권을 꺼냈다.

"자! 보세요. 세린의 시작 노트입니다."

그 노트의 맨 앞엔 '천형의 가계'라는 제목이 씌어 있었다. 아버지의 암 발병 소식과 사망, 그리고 자신의 암 진단 등을 소재로 쓴 시들이 빼곡했다. 민 변호사는 파일도 하나 꺼냈다. 낱장에 써놓은 시들을 모아 파일로 묶어놓은 것이었다.

거기엔 그 유명한 문구, '나, 자유롭게 태어났으니 품위 있게 살기를 원하노라'가 쓰인 종이도 있었다. 나는 친필로 휘갈기듯 쓰인 그 종이를 뚫어지게 보았다. 그런데 거기엔 정희찬 선생이 얘기했던 〈카니발〉 연작은 없었다.

"〈카니발〉 연작이라는 시가 있다고 들었는데요."

그 말에 그는 가방 안에서 또 다른 파일을 꺼냈다.

"이거 말씀이신가요?"

그는 인쇄된 시들만 따로 모아놓은 파일을 내게 내밀었다. 그건 윤 시인이 파리에서 국내 문학잡지에 기고했던 것이라고 했다.

"언젠가는 시집으로 묶어주려고 했어요. 다만, 은아가 있어서 미뤄뒀을 뿐이에요. 딸이어서 그 아이가 온 식구가 암에 걸린 집안 아이라는 게 알려지는 걸 피하고 싶었죠."

나는 〈카니발〉 연작시들을 본다. 갑자기 인간 군상에 대한 역겨움이 밀려든다. "거기에 〈카니발〉 연작시가 있었거든" 하며 킬킬거렸던 정희찬 선생의 얼굴이 떠오른다. 그는 문학잡지에 발표된 시를 놓고 미발표작이니 뭐니 했던 것이다.

'사람들은 드러난 것만 알면서 마치 다 아는 듯이 군다. 윤세린의 시 〈카니발〉은 민중기를 비웃기 위한 그들의 소품에 불과한 것이었다.'

민 변호사는 나를 읽은 듯이 말한다.

"세린이하고 처음 인사한 게 대학 카니발에서였죠. 하지만 윤세린을 내 여자로 찍은 건 이미 제가 고등학교 다닐 때부터였습니다. 나는 한 단계씩 나를 키워 그 사람 앞에 나설 수 있는 만큼의 자격을 갖춘 사람이 됐고, 그 뒤에 그 앞에 나타난 것뿐이죠."

믿었던 사실에서 뒤통수를 얻어맞은 건 비단 이번만은 아니다. 나는 진실이 어떻고, 실제가 어떻고 하는 말에 냉소적이다. 그래서 나는 몇 날 몇 시 어디서 무슨 일이 있었는지만 따진다. 최소한 객관적으로 벌어진 일만은 거짓말을 안 한다는 믿음은 내 일을 지켜주는 마지막 보루다. 하지만 요즘은 팩트도 배반을 한다. 팩트를 한 삽 떠내고 들여다보면, 그 뽀얀 얼굴의 뒷면은 기괴하게 일그러진 상들이 서로 얽혀 있을 때가 많다. 팩트는 중립적이지만 이를 보고 듣고 전달하는 사람들의 의도까지 중립화시킬 만한 힘은 없기 때문이다.

그런데 민 변호사는 왜 이렇게 자세한 자료까지 준비해 나를 만난 것일까? 내가 만나자고 해놓고도 갑자기 그게 궁금해졌다. 사실, 취재라는 건 취재원이 알려주지 않으면 기자는 모르는 것이다. 그런데 그는 기사를 쓸 수 있는 완벽한 자료를 들고 내 앞에서 자세히 설명한다. 게다가 팩트를 확인할 수 있는 취재원까지 섭외해놓고 말이다.

"그런데 좀 뜻밖이에요. 변호사님이 이 모든 자료를 꺼내놓고 저를 만나시는 게 말이죠. 이건 저한테 기사를 써달라는 말이잖아요."

그는 순간, 움찔한다. 그러더니 길게 숨을 내쉰다.

"그러게 말입니다. 저도 그게 이해가 안 가네요. 이렇게까지 해야 하는 건지도 모르겠고요. 진실을 밝히겠다, 뭐 그런 것도 아닌 것 같고. 내가 왜 이럴까요? 이렇게 해서 나한테 좋은 일이 뭐가 있다고 …. 아마 지쳐서겠죠. 세상 사람들은 저희들이 다 아는 것처럼 떠들어대잖아요. 한 사람이 피를 토하듯 살아온 인생조차도, 진

실은 하나도 모르면서 술상의 안주거리로 만들어버리는 게 세상이
니까요. 아마도 안주로 씹혀도 이젠 제대로 된 얘기로 씹히고 싶은
거겠죠."

이수진 여사를 웨스틴조선호텔의 커피숍에서 만났다. 단아한 귀
부인 같은 인상이었다. 이전에 내가 알던 윤세린의 친구들과는 완
전히 분위기가 다른 사람이었다.

"민 변호사한테서 전화가 왔더군요. 연락이 오면 만나보라고요.
그 사람은 좀 사람을 귀찮게 하죠. 그래도 세린이의 명예를 회복하
기 위한 것이라고 하니까 나왔어요."

그녀는 꽤 넉넉하고 여유로운 미소를 가진 사람이었다. 나는 그
녀에게 웃어보였다.

"윤세린 시인 친구분 같지 않아요, 분위기가."

이 여사는 고개를 갸웃한다.

"세린이를 알아요?"

"저는 전해오는 이야기로만 들었죠. 직접이야 알 수가 없지요."

"세린이는 그런 얘기로만 들으면 괴물이에요. 바깥으로 알려진
건 세린의 단면, 아주 지엽, 말단적인 단면뿐이죠. 지금 밖에서 떠
드는 친구들은 실은 세린이하곤 한두 번 정도나 만난 아이들일 걸
요. 세린이만 나오면 항상 등장하는 친구 정희찬, 강수련 같은 이들
말이에요. 본인들은 친구라고 믿고 싶겠지만 실제로 말이나 제대로
붙여 봤을라나?"

이번엔 내가 고개를 갸웃한다.

"그래도 민은아를 나서서 돕고, 윤 시인과의 많은 추억이 있는 것 같던데요."

"은아를 이용한 건 아니구요? 그들의 추억담이 정말 자기와 윤세린 사이의 추억이에요? 자기가 본 것이거나 들은 것은 아니던가요?"

그러고 보니 그랬다. 그들의 추억담은 자기 자신과의 관련성이나 구체성이 떨어졌던 것 같다.

그녀의 기억에 의하면, 윤세린은 아주 낯가림이 심한 사람이었다. 그런데 남자들이랑 어울리면 이상하게 씩씩했고 지나치다 싶을 정도로 너무 나갔다. 지나치게 남성적으로 굴고, 그들을 제압하려고 했다. 그런데 이상하게도 남자들은 그런 세린이하고 친하고 싶어했고, 자신들의 우상으로 만들어버렸다는 것이다. 윤세린은 이런 남자들을 늘 무시했다. 이 때문에 윤세린에게 연애하자는 놈들은 없었다는 것이다. 그저 모두의 동경의 대상이었다고나 할까? 그런데 한 살 아래 후배인 민 변호사가 연애하자고 달려들었다는 것이다.

"이건 취재는 아닙니다만, 최근 들은 윤 시인에 대한 이야기가, 제가 이전에 확립해 놓았던 윤세린의 상과 너무 달라서, 이젠 잘 모르겠네요. 어떤 분인지요."

"세린인 단순하지 않은 아이에요. 실제론 끝없이 조용히 혼자 있고 싶어 했는데, 사람들이랑 어울리면 좌중을 압도하고 혼자서 떠들어댔죠. 공부도 잘 했고, 시도 잘 썼고, 허무주의적이고, 이기적이었어요. 그런데 자기가 사랑하는 사람, 자기 부모님과 나와 또 다른 친구에겐 한없이 약했어요. 또 누구의 부탁이든 거절하지 못하기도 했어요. 민 변호사와 결혼한 것도 그런 성격 탓이었다고 생각해요."

그녀는 민 변호사와의 결혼을 얘기하며 약간 찡그렸다.

나는 "민 변호사님하고는 친하지 않으세요?" 하고 물었다.

그러자 그녀는 펄쩍 뛴다. 윤 시인이 죽은 후 오랫동안 만나지 않았다가 최근에야 다시 만나게 됐다고 했다. 민은아가 병원에 입원했다는 얘기를 듣고, 찾아간 병원에서 민 변호사와 부닥쳤다는 것이다. 그녀는 민 변호사에 대해서 그다지 탐탁해하는 것 같지 않았다. '자기 어머니 하나를 어쩌지 못해 세린을 고생시킨 사람'이라는 원망도 하고 있었다. 그리고 은아가 태어난 뒤, 한동안 둘 사이가 좋지 않았다는 것도 확인해줬다. 그 당시 민 변호사는 세린에게 시를 쓰지 말라며 시작 노트를 뺏어 찢어버리기도 했다는 것이다. 이 여사는, 민 변호사도 결국 그 어머니의 사주에 한동안 흔들렸다고 했다.

"그 어머닌 정말 대단했어요. 나도 그 어머니 얘기를 들으면 자다가도 경기를 할 정도였으니까 … . 그런데 나도 엄마가 되고 보니 이런 생각도 들더라고요. 그 어머니는 세린이 자기 아들에게 위험한 사람이라는 걸 본능적으로 느낀 게 아닐까 하는 생각이요. 그런데 그걸 해결하려는 방법이 너무 무식하고 폭력적이었던 거죠. 그래서 자기 아들도 저 모양으로 만들고, 손녀딸도 못 살게 하고, 모두가 불행해진 거죠."

그러더니 그녀는 문득 "그런데 저한테 궁금한 게 뭐였죠?" 한다.

나도 퍼뜩 정신을 차리고 본론으로 돌아온다.

"몇 가지 팩트를 확인할 게 있어서요. 윤세린 시인이 센 강에 투신하기 직전에 암이 걸렸었다고 하던데요."

이 여사는 고개를 끄덕거렸다.

"그랬어요. 세린이 죽기 한 달 전쯤 저한테 전화가 왔어요. 민 검사, 그때는 검사였어요, 민 검사한테 전화가 안 된다며, 연락해서 자기한테 전화 좀 하라고 해달라고. 그래서 나도 민 검사를 수소문했어요. 그런데 잘 연락이 안 되더라고요. 일주일쯤 뒤에 세린이 또 전화했어요. 급한 일이니 꼭 연락하라고. 그래서 어찌어찌 민 검사를 찾았더니, 굉장히 바빴다면서 연락하겠다고 하더라고요. 그러더니 한 일주일이 더 지났을 거예요. 민 검사가 와들와들 떨면서 나한테 왔더라고요. 세린이 편지를 가지고. 그 당시엔 무슨 휴대폰이 있던 것도 아니고, 국제편지는 보통 열흘에서 보름까지 걸리는 게 일쑤였으니. 그 편지에 암에 걸렸다는 내용이 있었어요. 전화는 해 봤느냐고 했더니 연결이 안 된다고 하더라고요. 내가 어찌어찌 해서 겨우 통화가 됐어요. 그랬더니 세린이 '나한테 무슨 일이 생기면 은아를 좀 챙겨봐 줘' 하더라고요. 그게 마지막 통화였어요."

그러더니 이 여사는 울컥한다. 나는 그녀에게 다시 묻는다.

"민 변호사님은 원래 윤 시인이 먼저 떠나면 그 다음에 곧바로 합류하려고 했다더군요."

내 말에 이 여사는 나를 빤히 본다.

"그 말을 믿으세요?"

나는 깜짝 놀란다. 이런 반응은 또 의외였다.

"글쎄요. 민 변호사님이 그랬다고 말씀하신 거죠."

"나는 그렇게 안 봐요. 세린일 프랑스에 보내는 걸 보면서 이런 생각을 했어요, 은아를 인질로 잡고 세린일 풀어주지도 않으면서 적당히 자기가 편하게 사는 방법을 찾았다고요. 그래서 한동안 그 생각만 하면 분했어요. 자기가 다 수속 밟아 서둘러서 보내놓고, 세상 사람들은 세린이 마치 도망간 것처럼 믿도록 만들었어요. 민 변호사는 자기를 희생자인 양 만든 거죠. 약아빠진 사람인 거죠. 난 그런 점들이 용서가 안 됐어요. 그 좋은 머리를 그렇게 밖에 못 써먹는다고 생각했어요. 그래서 세린이가 죽고는 아예 연락도 딱 끊고 지냈어요. 그러다 은아가 재입원한 뒤엔 한번 찾아봐야겠다는 생각이 들어서 갔었죠. 그런데 어떤 일이 있었는지 아세요? 그때, 은아 가족들이 다 같이 검사를 받았다고 하더라고요. 은아 치료를 위해서 혈액이나 뭐 그런 것들을 기증할 수 있는지 알아보는 거였다고 하더라고요. 그런데 그 결과 민 변호사하고 은아가 가장 유사성이 높은 걸로 나왔어요. 그걸 보고 그 사람은 거의 넋을 잃었어요. 그리곤 끝내 통곡을 하더군요. 은아가 태어난 뒤, 그게 다른 사람 자식일 거라는 소문이 돌았었어요. 근거 없는 루머였는데, 그걸로 세린이 많이 괴롭힘을 당했어요. 그 시어머니와 시집 식구들한테서. 민 변호사는 마치 자기는 추호도 의심하지 않는 척했어요. 한데 나중에 병원에서 그 광경을 보면서 나는 생각했어요. 민 변호사도 오랫동안 은아를 의심했구나 하고요. 하긴 그러니까 그 어린애를 그렇게 고립시키고 쌀쌀맞게 대했겠죠."

그녀는 점점 흥분하면서 신랄해졌다. 그러더니 확신에 찬 목소리로 덧붙였다.

"맞아요. 그 사람은 한 번도 은아를 내 딸이라고 한 적이 없어요. 세린이 딸이라고 했죠. 예전에 은아의 대학 입학 기사가 신문에 난 적이 있어요. 그런데 제 친구 남편이 민 변호사 직속 선배거든요. 그래서 그 사람이 민 변호사한테 '왜 딸을 그렇게 방치하느냐'고 한마디 했대요. 그랬더니 민 변호사가 그러더래요. '우리 세린이 딸이 그렇게 가난하게 살았다는 게 너무 슬프다. 내 잘못이다' 라고요. 내 친구가 그러더라구요. 민 변호사는 은아가 자기 딸이 아니라고 생각하는 게 아닌지 모르겠다고요. 그러나 우리는 알아요. 세린은 순진한 아이예요. 절대로 외도를 할 아이가 아니죠."

나는 그녀에게 물었다. 도대체 왜 윤세린은 외도를 했다고 의심을 받았느냐고. 그녀도 똑 부러진 대답을 가지고 있진 못했다. 다만 몇 가지 추론과 의심을 늘어놓았다. 그 한 가지, 그녀가 가장 확신하고 있는 듯한 이유는 '시어머니의 음모론'이었다. 윤세린 시인이 남자들에게 인기가 많다는 건 다 알려진 사실이었고, 이를 역이용해서 아들과 사이를 이간하기 위해 떠들고 다녔다는 것이었다. 은아의 삼칠일에 친구들이 아기를 보러 갔을 때도, 시어머니는 친구들을 향해 '누구 새끼인지 알간?' 하고 대꾸해 경악하게 했다는 것이다.

"민 변호사가 이제 와서 뒤늦게 세린이 명예를 회복하느니 뭐니

하는 것도 웃기는 일이죠. 이제야 은아가 제 자식인 걸 확신하곤 두 모녀를 기망한 자기 죄가 너무 크다는 걸 깨닫기라도 한 건가요? 난 누구보다도 그 사람이 용서가 안 돼요."

'너무 많이 들었다. 이제 그만 이 자리를 정리해야겠다.'

여기까지 들었을 때, 나는 지긋지긋했다. 그러다 슬며시 화가 났다. 그래서 나는 그녀에게 물었다.

"그런데 왜 이제까지 조용히 계셨던 거죠? 윤세린 시인이 천하의 방탕한 여자처럼 알려지고, 남편과 자식을 팽개치고 도망가고, 자기 분을 못 이겨 자살한 여자로 이십 수 년이나 알려져 불명예를 짊어지고 있는 동안 진실을 알고 계신 친구분들은 왜 아무 말씀도 안 하셨나요?"

그녀는 눈을 아래로 내리깔고 잠시 조용히 있었다. 그러더니 천천히 말했다.

"누구한테 이 얘기를 했으면 됐나요? 누가 우리 얘길 들어주나요? 세상은 이미 입 크고 목소리 높은 사람들이 떠들어대고 만들어낸 이야기를 기정사실처럼 믿고 있는데, 우리 얘기가 먹혔을까요? 나중에 내가 세린이 도망간 게 아니라고, 민 변호사가 다 수속을 했노라고 아무리 설명해도 내 주변 사람들조차도 내말을 믿지 않았어요. 나는 그저 가정주부일 뿐이에요. 이른바 윤세린 친구라고 나서는 언론계·학계·문화계 인사들이 다 구축해 놓은 이야기 속에 이런 얘기가 과연 먹혔을까요?"

나는 생각을 한다.

'그들이 이런 얘기를 했다면, 정말 세상에 먹혔을까?'

그러는데 이 여사는 말을 잇는다.

"윤세린과 관련해 세상에 알려진 얘기는 드라마틱하고 재미있잖아요. 그런데 내가 한 얘기가 재미있나요? 너무 일상적이고 지루하고 두서가 없잖아요. 사람들은 진짜 어떤 일이 일어났는지 아무도 몰라요. 그러니 진실에 대해서도 관심이 없죠."

나는 그녀를 본다. 가정주부라는 이 사람은 꽤나 세상을 잘 간파하고 있다는 생각이 문득 들었다. 그녀는 내게 한마디를 덧붙인다.

"은아랑 오래 아는 사이라고 들었어요. 저도 관심이 있으니 은아에 대한 소식들은 챙겨 들었죠. 그런데 들리는 소문들이 다 흉하더군요. 정말 그 아이가 그렇게 형편없이 살았나요?"

"그렇지 않아요. 민 작가는 그저 외롭고 겁이 많고, 약한 사람이었다고 봤어요. 상당 부분은 음해하는 내용이죠."

"그러면 그 무서운 펜을 잡고 계신 기자님은, 은아가 그런 모략에 빠져 있다는 걸 알면서도 왜 변명해주시지 않았죠?"

"뭘요? 민은아를 둘러싼 소문들은 신문에 난 내용이 아니잖아요. 나는 그저 신문에 기사를 쓰는 사람일 뿐이에요. 그런 소문들은 말이 말을 낳고, 인터넷에 악플로 돌아다니고 하는 얘기들이죠. 말씀대로 내가 민은아는 그런 사람이 아니라고 했다 하더라도 '네가 뭘 아느냐'며 달려들 사람들이 10만 명은 넘었을 걸요."

나는 그렇게 얘기했지만 찜찜했다. 실제로 나는 민은아에 대해서 적극적으로 변호하지 않았다. 어쩌다 내가 그녀를 옹호라도 할라치면, 세상 사람들은 말했다.

"네가 민은아랑 친하니까 … ."

"네가 걔 침실을 들여다봤어?"

"걔는 여색도 하나보더라 … ."

어쩌면 나는 내가 오해받고 싶지 않아서 그 험한 말들 속에서 그녀를 보호하려 하지 않았는지도 모른다. 누구나 나만큼 용기가 없는 게 당연하다.

나는 윤세린과 민중기의 진실에 대해서도 관심을 끊는다. 모든 건 그들만이 알 일이다. 지금 설명하는 건, 그저 그들이 해석해내고 추론한 것들을 주장하는 것일 뿐. 나는 과거에 일어났던 팩트들을 모아 단순하고 건조하게 기사를 쓴다.

기사가 나간 뒤, 제일 먼저 이수영 위원이 반응을 보였다. 그는 내게 전화를 했다.

"승애 씨! 윤세린이 암이었대?"

"그랬다네요."

"거, 민중기가 그래? 그게 정말 맞아? 그런데 그 인사는, 왜 이제사 그런 얘기를 하나?"

"예. 진단서도 확인했고, 윤 시인이랑 제일 친했다는 친구도 만나서 확인했어요."

"누구?"

"이수진 여사라고 아세요?"

"모르겠는데."

"중학교부터 대학교까지 같은 학교에 다니면서 친하게 지냈던 삼총사가 있었다고 하더라고요. 그중에 한 분이에요. 그분하고도 암에 걸린 문제로 직접 통화도 했대요."

"정말? 참 딱한 일일세."

나는 문득, 윤세린과 관련해 무슨 소문이 돌았는지 궁금해졌다. 그래서 이 위원에게 자리로 가겠다고 하곤, 그를 찾아갔다. 이 위원은 나에게 소파에 앉으라고 했다.

"들으니 윤 시인이 은아 씨를 낳고 난 뒤, 그리고 파리로 간 뒤에 흉한 소문도 많이 났다고 하던데 들으신 게 있으세요?"

그는 고개를 갸웃거렸다.

"그래. 뭔가 소문이 많았던 것 같아. 그런데 지금은 기억이 잘 안 나네."

"민은아가 다른 사람 아이라는 소문도 있었던 것 같던데요."

"그래? 그럴 리가⋯. 윤세린은 원래 남자 알기를 제 발톱의 때만큼도 안 여기는 스타일인데, 그런 소문이 왜 나. 내가 기억하기론 시어머니랑 사이가 안 좋아서 민변하고도 멀어졌다는 얘기가 있었던 것 같고⋯. 또 세린을 아주 좋아하던 친구가 있었는데, 그렇게 결혼할 줄 모르고 고백도 못 한 채 군대에 갔다가 그 소식을 듣고 충격을 받아서 행군 도중에 실종됐다는 말도 있었지. 그래서 탈영이냐 뭐냐 시끄러웠는데, 나중에 길을 잃고 방황하는 걸 찾아서 다시 부대로 복귀시켰다는 말도 있었어. 그냥 뭐 그런 저런 가십거리 정도는 있었는데, '출생의 비밀' 이런 말은 처음 듣는데 … . 그런데 그런 말을 누가 해?"

말이라는 건 가닥이 너무 많다. 이쪽 가닥을 잡고 있는 말과 저쪽 가닥을 잡고 있는 말은, 같은 뿌리에서 나왔어도 서로 모르고 있는 경우도 많은 것 같다. 실체는 하난데 어째서 이렇게 말은, 복잡한 걸까?

비 문

'저, 이제 쉴게요.'
은아의 '비문'은 이랬다.

'은아 씨 다행이네요. 이젠 쉬게 되어서 ⋯.'
나는 이 한마디를 은아에게 바쳤다.

'나는 무엇 때문에 취재원의 안택까지 찾아와 이 비문을 읽는 것
일까?'
그저 다만 쉬는 날이었고, 갈 곳이 없었고, 문득 민은아가 생각
났고, 그녀가 어디에서 잠들었는지 보고 싶어서였다.

추모공원에 도착했을 때, 나는 방향의 갈피를 잡을 수 없었다.
그래서 관리소에서 "혹시 민은아~"라고 말을 꺼냈다. 그러자 관리
소 직원은 '이리로 직진, 저리로 좌회전 ⋯' 하며 거의 기계적으로
알려줬다.
"어떻게 그렇게 잘 아세요?"

"요즘 찾아오는 사람 많아요. 주말엔 백 명 이상 올 걸요."

민은아는 물론 유명했지만 대중적 스타는 아니었는데, 어째서 이런 현상이 생겼을까. 이런 의문을 안고 그녀 앞까지 갔다. 쉬겠다는 그녀의 비문 앞에는 싱싱한 생화들이 제법 놓여 있었다. 내가 잠시 머무는 동안에 두 명의 중년 여성과 장년층의 부부가 다녀갔다.

"아이고! 딱해라. 이렇게 예쁜데 … ."

한 사람이 말하자 그 곁의 사람은 연신 '쯧쯧' 하며 혀를 찼다. 말하던 사람은 계속 말을 했다.

"이젠 쉬겠다네. 아이고 딱해라."

이렇게 '딱해라'만 연발한 두 사람은 더 이상 다른 말은 남기지 않고 돌아갔다. 나는 왜 그들이 여기를 찾았는지 궁금했다. 하지만 묻지 않았다. 그녀는 혼자 있는 걸 싫어했었다. 그런데도 그녀는 살아 있는 동안 늘 혼자였다. 혼자 살지 않겠다며 했던 시도에서 그녀는 끊임없이 내버려졌었고, 그 과정을 홀로 견뎌야 했다. 그리고 이제는 쉬겠다는데, 사람들은 무슨 심보로 여길 찾아다닐까.

그들이 돌아가고, 또 다른 장년층의 부부가 왔다.

"여기 있네."

남편이 먼저 민은아를 발견하고 부인을 불렀다.

"여기 있네."

부인이 그 말을 그대로 받았다.

"딱할세 그려."

부인이 말을 덧붙였다.

이젠 정말 궁금했다. 그래서 물어봤다.

"뭐가 딱하죠?"

남편이 말했다.

"일찍 죽었으니 딱하지. "

"여긴 어떻게 오셨어요?"

부인은 이렇게 묻는 나를 흘끗 보며 묻는다.

"아는 사람이에요?"

"예."

"우리는 그저 이 근처에 왔다가 이 사람이 여기 있다는 기사를 언제가 본 적이 있어서 한 번 보러 온 거지."

부인이 답했다. 나는 또 부인에게 물었다.

"왜요?"

"그냥 유명한 여자잖아. 엄마도 유명했고. 딱하기도 하고 … . "

'그렇구나. 민은아는 죽어서도 구경거리가 되고 있구나. 언제나 쉬려나. '

생각 한 줄기가 머릿속으로 빠르게 지나갔다.

나는 돌아 나오다 뒤를 돌아본다. 조금 전, 내 곁을 스쳐간 학생이 눈에 익었다 싶었는데 역시 민은아 앞에 서 있다. 나는 그의 곁으로 간다. 키가 훌쩍 큰 고등학생이다.

"은아 씨 동생이죠?"

그는 나를 돌아보며 꾸벅 인사를 한다.

"나, 기억나요?"

"죄송합니다만, 잘~"

"그렇겠지. 그때, 여러 명이 함께 봤으니까. 예전에 가수 김산 씨 하고 몇 명이 밥집에서 밥 먹을 때 … ."

"아~네! 저, 거기 있었어요."

"나는 한승애, 신문기자죠."

"알아요. 아! 한승애 기자님이시군요."

"나를 알아요?"

"누나한테 들었어요. 누나가 어려울 때, 진심으로 도와준 사람에 대해서 말해준 적이 있어요. 다섯 사람 정도가 있었는데, 그중 한 분이 한 기자님이었어요. 그래서 기억해요."

"정말? 별로 도와준 게 없는데 … ."

이 아이는 참 밝은 아이였다. 예전에 대학로 밥집에서 몇 명과 밥을 먹고 있는데, 은아가 중학생이었던 동생을 데리고 왔다. 은아는 모든 사람에게 '동생'이라며 인사를 시켰다. 그때 사람들은 모두 의아해 했다.

'은아에게 동생이라니?'

은아는 우리 자리에 합류하라는 데도 마다하고 동생과 둘이서만 따로 밥상을 받았다. 그 아이는 밝았다. 은아는 그 아이와 앉아 모처럼 밝게 웃었다. 내가 지금껏 본 은아의 표정 중에 가장 편안하고 밝아 보였다. 그 아이 자체가 밝은 아이였다. 그 나이 또래의 반항도 없어 보였고, 은아가 가졌던 음울한 분위기도 없었다.

언젠가 은아는 동생에 대해 이런 얘기를 했었다.

"어느 날 갑자기 키가 훌쩍 큰 아이가 오더니 '제가 누나 동생이에요' 하더라고요. 그래서 집으로 들였더니 여기저기 기웃거리면서 이것저것 꼬치꼬치 묻는 것 있죠. '그런데 왜 왔니?' 했더니 음식을 가져왔다는 거예요. 그러더니 자기가 차리겠다며 부엌에 들어가서 덜그럭거리는 것 있죠."

그때 그녀는 그 말을 한 뒤 까르르 웃었다. 처음으로 보는 자연스럽고도 행복한 웃음이었다. 은아를 아무 잡념 없이 처음으로 행복하게 웃게 해준 건 이 아이뿐이었던 걸로 기억된다.

카페 만우절의 이 여사도 유 선생과 헤어진 뒤 힘들어하던 은아에게 동생이 얼마나 힘이 되는지 모른다고 했었다. 아이가 다정해서 자주 찾아와 주고, 심부름도 잘해준다고 했다. 늘 자기중심적으로만 생각하던 은아가 처음으로 누군가를 위해 뭔가를 해주려고 한 것도, 이 아이에게가 처음이라고 했다. 은아는 동생을 위해 책을 고르고, 동생이 좋아할 만한 먹을거리를 사다 날랐다고 했다. 은아에게 진정한 의미의 가족이 되어 준 사람은, 실은 지상에선 이 아이뿐이었는지도 모른다.

나는 그를 데리고 추모공원 안에 있는 산책로를 걸었다. 그 사이 알게 된 건, 그의 이름이 은수이고, 민 변호사의 둘째 아들이며, 고등학교 1학년이라는 것이었다. 은수는 중간고사가 끝난 참이어서 왔다고도 했다. 나는 은수와 공원 안에 있는 벤치에 앉았다.

"저희 누나를 오래 전부터 아신다면서요?"

"한 10년쯤."

"정말요? 저는 누나를 본 게 3년도 안 됐는데. 우리 누나 어땠어요?"

"뭐가?"

"음~ 저한테 누나는 우상 같은 존재였거든요. 유명하고, 신문에도 나고, 예쁘고, 아는 것도 많고…. 뭐라고 할까, 좀 신비한 분위기도 있잖아요. 아마 같이 자라지도 않고, 완벽하게 유명한 사람일때 처음 만나서 그런가 봐요."

"그럼, 그런 사람이겠지. 뭐."

"네?"

"나도 내가 어떤 사람인지 모르는데, 남에 대해선 더 모르는 게당연하지. 각자 보이는 대로 보는 게 답일 거야. 그러니 남의 말이나 평가에 귀 기울이지 말아요. 자기가 느끼는 것, 자기가 아는 것이 중요한 거지."

"우리 누나 희곡은 얼마나 훌륭한 거예요?"

"연극은 본 적 있어?"

"네. 〈파랑〉요. 재미있었어요."

"그 연극만큼 훌륭한 거지."

그는 진지하게 고개를 끄덕였다. 그 모습에 웃음이 나왔다. 나는 그에게 그 끄덕거림이 무슨 뜻이냐고 물었다.

"그냥요. 누나를 처음 봤던 날, 저는 누나한테 왜 시나 소설을 쓰지 않고 희곡을 쓰느냐고 물었거든요. 그랬더니 '먹고 살려고 쓰지' 그러더라고요. 그래서 희곡을 쓰면 돈을 많이 버느냐고 물어봤죠. 그런데 '그렇지 않아' 그러더라고요. 그런데 기자님 말씀하시는 게 누나랑 비슷해서요. 대답은 쉬운데, 뭔지 쉽지 않고, 어리둥절하게 만드는 거요. 그런데 왠지 궁금증은 풀려요."

나는 이 아이의 설명에 뜨끔하고 놀란다.

"이렇게 먼 데까지 온 것 보니까 누나를 많이 좋아했구나."

"예. 그렇기도 하고 미안하기도 해서요."

"뭐가 미안하지?"

"나는 옛날엔 누나가 있다는 건 알았는데, 그게 은아 누나인지는 몰랐거든요. 그냥 아주 이기적이고 못돼서 사람들이 상대도 안 했대요. 은중이 형도 누나는 아주 무서웠다고 기억하더라고요. 그런데 나중에 은아 누나가 병이 났다면서 아빠가 왔다 갔다 하고 엄마가 화를 내고, 싸우고 그랬어요. 누나에 대한 얘기는 작은 엄마한테 들었어요. 희곡작가 민은아가 우리 누나라고요. 그래서 인터넷으로 찾아봤어요. 기사들도 많이 났고, 굉장히 유명하더라고요. 기사마다 천재라고 부르더라고요. 그걸 보고 한번 만나보고 싶어졌어요. 그런데 하루는 아빠가 아침식사를 하면서 은아 누나가 퇴원했는데 제대로 못 먹는다면서, 엄마한테 곰국을 끓여다 주라고 했어요. 엄마가 처음엔 화를 냈는데, 아빠가 그러라니까 어쩔 수 없이 그러겠다는 거예요. 그래서 제가 국이 다 되면 제가 갖다 주면 안 되냐고 했더니 아버지가 그러라고 했어요. 그래서 그걸 갖다 주러 가서 처음 만난 거예요. 그 전에 내가 누나를 못된 사람으로 생각했던 것도 미안하고 … ."

"그랬구나. 만나보니 못된 누나가 아니어서 미안했구나?"

"예. 누난 너무 예뻤어요. 제가 귀찮게 막 물어봐도 다 쫓아다니면서 대답해주고요. 친절하더라고요. 왜 그런 누나를 그렇게 못된 사람이라고 했는지 이해가 잘 안 됐어요. 그런데 사는 게 너무 가난하더라고요. 그래서 마음이 아팠어요."

"내가 아까 그랬지. 남들이 하는 사람에 대한 얘기는 다 사실이 아닐 수 있어. 그냥 자기가 해석한 내용을 전달하는 거야. 너는 어린데 현명한 아이구나."

그는 수줍게 씩 웃었다. 나는 돌아갈 채비를 한다.

"그런데 너는 여기 어떻게 왔어? 누가 데려다 줬나?"

"지하철 타고, 버스 타고 왔어요. 집에 들어가기 꿀꿀해서요."

"왜?"

그는 아이답지 않게 길게 한숨을 쉬었다.

"무슨 일이라도 있니?"

내 질문에 그는 땅바닥을 박박 긁고 있는 자기 발만 내려다보고 있었다. 나는 그를 기다려 준다. 그는 한참 동안 땅바닥을 긁어대더니 이젠 긁어낸 흙을 다시 덮고 있다.

"그런데요. 신문기사라는 건 어떻게 나는 거예요?"

"왜?"

"요즘 우리 집이 기사 때문에 뒤집어졌거든요. 우리 엄마도 또 한 번 뒤집어지고."

"왜? 무슨 기사?"

"그게요. 기자님도 아마 들으셨을 수도 있어요. 윤세린 시인이라고 있는데요. 그 사람이 원래는 자살한 걸로 돼 있었는데, 사실은 암에 걸렸었대요. 그런데 지금까지 알려지지 않았던 거래요. 그 시인이 우리 누나 엄마래요. 지금 그 시인의 가족은 남편밖에 없는데, 그 사람이 우리 아버지라던데요."

나는 침을 꿀꺽 삼켰다. 은수는 내가 쓴 기사 얘기를 하고 있는 거다. 물론 이 기사는 그 후 다른 신문사와 통신, 방송사가 다 받아서 기사화했다. 잡지들은 윤세린의 행적을 쫓는 기획을 마련 중이다. 이로써 세상이 다 아는 얘기가 됐다. 그리고 지금은 다시 잠잠해졌고, 조만간 여성지들이 쓸고 지나가면 다음 달 즈음이면 세간의 관심에서 사라질 것이다. 그 뒤엔 다시 잊혔다 시집이 나오면 다시 한 번 관심이 화르르 일어날 것이고, 또 이내 수그러들 것이다. 말이란 그렇게 생성되어서 창궐하다, 또 그렇게 소멸되는 것이다.

"그런데?"

나는 담담하게 그 말을 받았다.

"골치 아파서요."

"뭐가?"

"그 기사 때문에 이번엔 우리 아버지가 집을 나가셨고, 엄마는 아예 싸고 누우셨어요."

"그게 무슨 말이지?"

"예전에 한 번 아버지는 엄마를 내쫓았거든요. 엄마가 은아 누나 한테 가서 막 뭐라고 그랬고, 아버지가 알고 나선 엄마를 밖으로 쫓아버렸어요. 엄마는 누나 애기만 나오면 이성을 잃어요. 너무 싫어하고, 그래서 내가 누나랑 친해진 다음엔 나까지도 미워했어요. 실은 그때도 내가 누나 영향을 받아서 나빠진다면서 엄마가 은아 누나한테 따지러 갔던 거예요. 그걸 아버지가 아시고, 엄마 옷가지들하고 엄마를 정원으로 밀어내 버렸어요. 그런데 이번엔 아버지가 아예 짐을 싸서 나갔어요."

나는 멍해졌다. 기사를 떠올린다. 그 기사엔 단순히 팩트만 나열돼 있었다. 감상적인 내용은 하나도 없었고, 민 변호사에 대한 애기도 객관적인 것밖에 없었다. 기사로선 어느 대목 하나 문제될 게 없었다. 나는 그저 은수를 쳐다보고 있었다. 그는 고개를 절레절레 흔들며 혼잣말하듯 한다.

"엄마는 누나가 재수가 없어서 누나가 나타나니까 집안이 시끄러운 거라고 했어요. 저한테도 절대로 가까이 하지 말라고, 그러면 나도 재수 없어진다고 했어요."

"그건 아닌 것 같은데…. 지금 일어난 문제는 누나하고 아무 상관이 없는 거잖아. 누나가 일부러 세상에 알린 것도 아니고. 그건 그냥 일어났던 일이잖아. 아주 옛날에 말이야. 그게 이제야 알려진 것뿐이지. 알려지지 않았다고 없는 일이 되는 것도 아니고, 있었던 일을 있었다고 하는데 그게 재수하고 무슨 상관이야?"

은수는 나를 멍하게 본다. 그는 내 말을 곰곰이 생각하는 듯하다. 그러더니 이런 의문을 제기한다.

"그러게요. 있었던 일이 없던 일이 되는 것도 아닌데 왜 그걸 뒤늦게 알려야 하죠? 그것 때문에 우리 집이 너무 불안해졌잖아요."

"그건 말이야. 사필귀정이라는 말 알지? 모든 일은 바른 데를 찾아서 돌아간다는 말이잖아. 그런데 모든 일이 그냥 놔두면 바른 데로 가는 건 아니야. 세상 사람들이 거짓이나 잘못된 것을 바로잡으려고 노력하기 때문에 그런 거지. 우리는 잘못된 것을 바로 잡아야 할 의무가 있는 거야."

그는 고개를 끄덕끄덕하며 듣는다.

"듣고 보니 그런 것 같네요. 그게 지금이었다는 게 문제였죠."

"왜? 그건 언제든 밝혀질 일이잖아."

"그러니까요. 우리 엄마랑 아빠가 사이가 좀 좋아진 다음에 밝혀졌으면, 이렇진 않았을 텐데, 누나가 아프면서 두 분이 엄청 사이가 안 좋았고, 조금씩 좋아지려고 하는데 그런 문제가 또 터지니까 우리 엄마가 완전 돌아버린 거죠."

나는 은수를 내 차에 태워서 서울까지 데려다 줬다. 그리고 나선 아버지 집에 갔다. 일정에 없던 나의 방문에 아버지도 계모도 놀란 듯했다. 나는 계모에게 넌지시 민 변호사네 사정 얘기를 물었다.

"윤세린 기사, 네가 쓴 거라며?"

계모는 내 질문에 이렇게 받아쳤다.

"네."

"지금 와서 그게 뭐 중요한 일이라고…. 죽은 사람, 그냥 덮어두지. 그것 때문에 산 사람들만 괴롭고…."

"왜 괴로워요?"

"너도 입장 바꿔서 생각해봐. 어쨌든 아들을 둘이나 낳고 십수 년을 산 남편이 자기 전 마누라 추모시집을 내니 뭐니 하며 떠들고 다니면 기분이 좋겠니? 네 입장에서 생각하지 말고, 입장을 바꿔서 그 부인이라고 생각해보란 말이다."

"그래서 무슨 일이 있대요?"

"넌 민은아랑 친했니?"

"친하긴요. 취재원은 취재원이지, 친하고 말고가 어디 있어요. 그냥 기사가 되면 쓰는 거죠."

"그 앤 천재라서 일반인들이 이해하기 어려운 구석이 있어서 그런가. 좀 독특한 것 같더라. 살아서도 시끄럽더니 죽어서도 주변 사람들을 조용히 놔두질 않네."

계모는 나와 민은아가 무슨 사이라고 생각한 건지, 단어 선택을 상당히 신중하게 한다. 원래 무슨 말이든 강하고 호들갑스럽게 하던 태도를 누그러뜨리고 되도록 중립적인 단어를 선택하려고 하는 것이다. 그래도 나는 재차 아무렇지도 않게 묻는다.

"왜요? 무슨 일이 있는데요?"

계모는 대략 거를 건 걸러 가며, 얘기를 해준다. 대충 이런 내용이었다.

윤세린의 기사가 나가고, 민 변호사의 집에 각종 미디어의 기자들이 찾아오거나 전화를 걸어대는 통에 정신이 없었다는 것이다. 이에 민 변호사 부인은 민 변호사에게 '아이들이 공부를 하는데 집 안이 너무 시끄럽다'고 약간 불평을 했다는 것이다. 그러자 그는 다짜고짜 짐을 싸서 나갔다고 했다.

또 민 변호사가 원래부터 엄청나게 싸늘하고 이기적인 사람이었다고 했다.

"그 민은아가 집에 있을 때도 어린애한테 말도 한마디 안 걸었단다. 그러니 어린애가 중학교 졸업하고 집을 나가고 그랬겠지. 하여튼 그 민 씨 집안사람들은 문제가 많더라."

계모는 민 씨 집안사람들이 문제가 많다는 걸 증명하는 여러 사례들을 늘어놓았다. 몇 년 전 은아가 척추암 수술을 하고 난 뒤부터 그 집 둘째 아들이 누나라며 찾아다녔다. 그 아이는 원래 말도 잘 듣고, 착한 아이였는데 은아한테만 다녀오면 아이가 변했다는 것이다. 엄마에게도 대들고, 아버지에게도 퉁명스럽게 굴었단다. 이에 민 변호사 부인은 아들이 걱정스러웠다. 그래서 은아에게 음식을 싸다주며, 좋은 말로 타이르려고 했다.

그녀가 은아에게 "은수 좀 놔둬라. 그 애가 여기만 다녀오면 아주 망나니가 된다"고 말했다는 것이다. 그러자 은아는 아주 거만하게 "그러세요. 그럼 다신 오지 말라고 하세요" 하곤 뒤도 안 돌아보고 방으로 들어갔다. 이 때문에 그녀는 어른된 입장에서 은아를 불러다 훈계하고 있는데, 이번엔 웬 남자가 들어왔다는 것이다. 그러더니 그 남자가 그녀를 끌어내 밖으로 내쫓았다고 했다.

"그 은아라는 애는 도대체 어떻게 그렇게 막 사는 거니? 나중에 보니까 그놈하고 붙어살다 결혼하긴 했다 하드만…. 어쨌든 그 무렵에 민 변호사가 집도 사주고, 그 은아라는 애도 연극이 흥행해서 돈도 잘 버니까 재산을 노리고 한 건지 알 수 있냐?"

어쨌든 그녀는 은아 집에서, 모르는 젊은 놈한테 쫓겨나 가뜩이나 열을 받고 있었다. 그런데 느닷없이 민 변호사가 집에 뛰어들어와 자기 부인의 옷을 대충 꾸리더니 짐과 부인을 현관 밖으로 밀어내더라는 것이다. 그 부인은 영문을 몰라 무슨 일이냐고 물었다. 그러자 민 변호사는 "은아한테 가서 무슨 말을 했느냐"고 다그쳤다. 그새 연놈이 짜고 아버지와 계모를 이간질했다는 것이다. 이에 "어른으로 타일렀을 뿐"이라고 대답했다. 그러나 민 변호사는 다짜고짜로 그녀를 밀어내며 한마디 했단다.

"나는 우리 세린이를 밀어서 그 찬 강물에 빠뜨려 죽게 한 사람이야. 너 하나쯤 어떻게 하는 건 나한테 일도 아니야."

그 말을 듣고, 그 부인은 남편에게서 정이 뚝 떨어졌다. 그러나 어린 아들들도 있고 해서 어쩔 수 없이 다시 '희생정신'으로 노력하며 살고 있는데, 이번에 이 일이 터졌다는 것이다.

"아이고! 신 선생님도 사연 많은 남자랑 결혼해서 고생도 많더니, 내내 이렇게 말썽이 끊이지 않네. 그런데 나도 그 기사를 네가 썼다고는 말 안 했다."

"왜요?"

"그래서 좋을 게 뭐 있니? 그리고 앞으로는 그런 기사, 쓰지 마

라. 어쨌든 한 가정을 풍비박산 내는 일이잖아. 아무리 기자가 험한 일이어도 그렇게 남의 가정을 못살게 하는 건 아니잖니?"

왜곡된 해석이 많이 개입된 이야기였지만, 어쨌든 지금 민 변호사네의 상황은 대충 짐작이 갔다. 그래도 당황스러운 건 당황스러운 것이었다. 내가 쓴 기사의 여파가 한 가정의 안위에까지 연결되는 건 작은 일이 아니었다.

'정말 민은아랑 꼬이면 제대로 되는 일이 없다.'

나는 또 짜증이 났다. 그러면서도 '오죽하면 비문에 이제 쉬겠다고 했겠나' 하는 안쓰러운 마음도 들었다.

인터뷰

"민은아의 죽음은 웰 다잉 아닌 병사,
마지막 순간엔 연명치료 포기 못 했다."
― 민 작가 남편, 유정하 씨 입장 밝혀

"의사로서 남편으로서 마지막 순간엔 연명치료를 포기하지 못했습니다."

1일 지병으로 작고한 희곡작가 고 민은아의 남편 유정하(전 한국대학병원 의사) 씨가 20일 처음으로 기자를 만나 입을 열었다. 그는 지난해 말 척추암이 재발해 입원했던 민 작가의 치료를 포기하고 자연스럽게 투병과 죽음을 받아들이도록 함으로써 '웰 다잉'의 논란을 일으킨 인물이다. 특히 현직 의사가 자기 아내에 대한 병원의 수술과 치료를 거부하고 퇴원시킴으로써 의료계에 충격을 주기도 했다. 하지만 그도 마지막 순간까지 고 민 작가의 생을 연장시키기 위해 다양한 의료적인 시도를 했었다고 밝혔다.

그는 고 민 작가의 유작으로 알려진 〈초희〉의 발표시기와 관련해선 '노코멘트'했다. 〈초희〉의 발표 여부는 현재 연극계의 초미의 관심사지만, 이에 대해선 "나중에 밝히겠다"고 말했다. 그는 사진 찍는 것은 거부했다. 다음은 일문일답.

뒤늦게 알려졌지만, 민 작가의 수술 및 치료 거부는 우리 사회에 큰 충격을 줬다.

거부라기보다는 모험을 하지 않은 것뿐이다. 당시 오랫동안 작품을 쓰느라 너무 기진한 상태에서 발병 사실을 알게 됐고, 기력이 너무 없었다. 수술 후의 치료는 고사하고, 수술대 위에서 버틸 만한 에너지가 있는지도 자신이 없었다. 그래서 못 하게 한 거다.

어쨌든 생명연장을 위한 수술이 과연 환자의 인권에 옳은 것인가 라는 화두를 던졌다.

그런 생각은 안 했다. 의사는 무슨 일이 있어도 환자의 생명을 연장시키기 위해 치료를 할 의무가 있다. 아내에게 버틸 만한 체력이 있다는 확신만 있었다면, 그 사람이 아무리 수술을 안 하고 싶어 했다 하더라도 나는 수술대로 보냈을 것이다. 암 치료에서 수술은 지금까지 알려진 어떤 치료보다도 신뢰할 수 있는 치료방법이다.

아내의 '웰 다잉'을 실천해준 것이 아닌가.

잘 죽는 방법이란 게 있을까. 아내는 웰 다잉이 아니라 병사한 거다. 마지막 순간에 너무 고통스러워해서 선배의 호스피스 병원으로 옮겼고, 나는 거기에서 하루라도 더 버티라고 내가 할 수 있는 모든 치료를 했다. 나는 아내를 하루라도 더 살리려고 했고, 어느 순간 내가 지쳐서 포기한 거다.

민 작가의 마지막 말은 무엇이었나. '엄마'를 불렀다는 증언도 있었는데.

혼수상태에 들어가기 전에 내게 한 말은, '저, 이제 쉴게요' 라는 거였다. 그 사람은 고통 때문에 신음할 때도 엄마를 부른 적은 없었다. 하지만 본인도 정신을 잃었을 때, 무의식적으로 '엄마'라고,

일종의 감탄사처럼 말한 적은 있었다.

'저, 이제 쉴게요'는 민은아의 비문이다.
아내는 비문으로 뭘 써달라는 걸 남기지 않았다. 그래서 그 사람의 마지막 말을 비문으로 적은 것이다. 이젠 정말 아내가 잘 쉴 수 있었으면 좋겠다.

민 작가의 유작인 〈초희〉의 발표를 미루고 있다고 들었다.
그 애긴 하고 싶지 않다.

아내로서의 민은아는 어떤 사람이었나.
민은아는 한 사람이었다. 내가 본 그녀는 세상을 사랑했고, 세상 사람들과 어울리고 싶어 했던 천사 같은 사람이었다. 다만 세상 사람들이 그녀를 각각 다른 이름으로 부르며, 다른 사람처럼 만들어 놨을 뿐, 그 사람은 처음부터 끝까지 한결같았다.

민 작가와는 환자와 의사로 만났다고 들었다.
첫 발병 당시 병원에서 만났다. 그리고 퇴원한 지 1년 후쯤부터 다시 만나게 됐다. 내가 먼저 찾아갔고, 그 사람은 나를 반겨줬다.

민 작가와의 만남으로 많은 평지풍파를 겪었다고 들었는데.
그냥 많은 일이 생겼다. 하지만 그 전에 닥쳤던 많은 일들 중에 아내를 잃은 것보다 더 큰 일은 없었다.

민 작가와의 결혼을 후회하지 않나.
내가 후회하는 건, 왜 좀더 일찍부터 돌봐주지 못했을까 하는 거다. 퇴원 직후부터 내가 돌봤다면, 이렇게 허무하게 병이 재발했을까 하는 생각도 한다.

마지막으로 요즘 어떻게 살고 있으며, 앞으로 병원으로 돌아갈 것인가.
병원으로는 돌아가지 않을 것이다. 앞으로의 계획은 없다. 나도
쉬고 싶다. 그리고 지금은 쉬고 있다. 당분간은 아무 일도, 아무
생각도 하지 않으려고 한다.

한승애 기자

추모공원에 다녀온 이튿날, 나는 오후 3시 무렵에 카페 만우절로 갔
다. 이때는 늘 한가해서 이 여사와 얘기하기에 좋은 시간대였다. 나
는 아예 이 여사에게 부탁해 유정하 선생을 불러달라고 할 생각이었
다. 빨리 유정하의 인터뷰를 끝내고, 민은아와 연결된 모든 일에서
벗어날 요량이었다.

카페에서 일을 도와주는 아가씨가 '이 여사는 은아 자리에 있다'
고 알려줬다. 나는 은아 자리로 들어갔다. 거기에 내가 찾던 유 선
생이 와 있었다. 그는 마르고 초췌했다. 눈빛의 반짝거림으로 인텔
리라는 느낌을 받을 수 있을 뿐이었다.

이 여사는 깜짝 놀라며 나를 돌아봤다. 나는 유 선생을 알아보았
고, 그래서 그냥 자리에 앉았다.

"유정하 선생님이시군요."

내가 먼저 인사했다. 그는 의아한 눈으로 나를 쳐다봤다. 이 여

사가 나서서 나를 소개했다.

"〈대한일보〉한승애 기자님."

유 선생은 고개를 크게 끄덕이며, 인사를 건넸다.

"말씀은 많이 들었는데 처음 뵙습니다."

"누구한테서 무슨 말씀을 들으셨어요?"

"은아한테서요. 얼마 전엔 윤세린 시인에 대한 기사를 쓰셨죠?"

이 여사는 차를 가져오겠다며 잠시 자리를 비웠다. 나는 얘기의 고리를 만들기 위해 머리를 굴렸다. 그리곤 전날 추모공원에 다녀온 얘기를 꺼냈다.

"어제 민 작가에게 다녀왔어요. '저, 이제 쉴게요'라고 적혀 있더군요. 그런데 그걸 보면서 슬프기보다는 다행이라는 생각이 들었어요. 아~ 이 말을 나쁘게는 생각하지 마세요. 그냥 이젠 쉴 수 있어서 다행이다, 뭐 그런 생각을 했어요. 그 비문은 민 작가가 미리 남기고 간 건가요?"

"아뇨. 혼수상태에 빠지기 전에 한, 마지막 말이었어요. 그래서 그냥 적어 넣었죠. 그 사람은 비문을 짓지 않았어요."

"정희찬 선생님은, 마지막으로 한 말이 '엄마'였다고 하던데요."

"그래요? 사실 저는 그 말은 들어본 일이 없었어요. 보통 아플 때는 신음소리 내지는 감탄사로 엄마라고 하잖아요. 그런데 그 사람은 그럴 때조차도 엄마라는 말은 하지 않았어요. 그런데 정신을 잃었을 때 무의식적으로 '엄마'라고 하는 것 같더군요. 너무 고통스러우니까. 그때 정희찬 선생님께서 은아가 엄마를 찾았다며 우시더라고요. 모르겠어요. 그게 그 엄마인지는…. 그런데 그게 뭐 중요한가요."

그는 지친 듯했고, 심드렁했다. 그때, 이 여사가 들어왔다. 나는 이 여사 쪽으로 주의를 분산시키지 않으려고 하면서, 그가 도망가지 않을 소재를 골라 계속 말을 걸었다.

"개인적으로 감사한 것도 있어요. 민 작가가 평화롭게 가게 도와주신 거요. 요즘 그걸 놓고 웰 다잉이라고 하잖아요."

그는 내 말에 멍하니 나를 쳐다봤다.

"잘 죽는 방법요?"

그러더니 그는 자신이 왜 수술을 포기했는지를 담담하게 설명했다.

"유작이 〈초희〉라고 했죠? 그건 언제 발표하실 거예요?"

그는 거기서 입을 다물었다.

"혹시 취재하시는 건가요?"

"네."

"이게 기사로 나가나요?"

"그렇게 하려고요."

"왜요?"

"인터뷰를 해야 하는 게 제 미션이거든요. 그래서 이렇게라도 인터뷰를 한 거예요."

기자들의 취재엔 단도직입적으로 '나는 지금 너를 취재하려고 한다'고 선언하고 취재하는 정공법이 있고, 취재가 아닌 듯 우회적으로 취재하는 우회법이 있다.

　나는 대부분의 경우 정공법을 사용한다. 그동안의 내 경험으로 비춰볼 때, 정공법이 훨씬 분명하고 기사화된 이후에도 말썽이 적은 방법이다. 하지만 취재당할 준비가 안 된 대상에게 정공법은 실패할 확률이 높은 방법이다. 그래서 이번엔 그냥 우회적인 취재를 했던 것이다. 이런 경우는 대상한테서 사후 동의를 받아야 한다. 인터뷰는 본인의 동의 없이 게재될 수는 없다. 이럴 경우, 상대방을 짧은 시간 내에 설득하고, 공감을 얻어내야만 한다. 이제 10장 정도의 분량을 쓸 내용은 취재가 됐다. 여기서 취재를 멈춰도 아쉬울 건 없다. 다만 동의만 얻으면 된다. 이젠 설득작업을 해야 한다. 이런 땐 정공법으로 솔직하게 나가는 게 최선이다.

　"준비가 안 되신 건 압니다. 하지만 저도 이젠 민은아에게서 벗어나 제 일상으로 돌아가야 해요. 이달 들어 지금까지 저는 민 작가한테 매달려 있었어요. 부음기사부터 시작해 장례식 기사, 그리고 얼마 전 윤세린 시인 기사까지. 민 작가와는 기자-취재원의 관계였지만, 어쨌든 10년 넘는 기간을 부대끼면서 살았어요. 때로는 지긋지긋했고, 가슴 아팠고, 화가 났고, 슬펐고…. 민 작가랑 얽혀서 어느 한 번 상쾌하고 즐거웠던 적이 없었어요. 그래도 무슨 인연인지 이렇게 얽혀서 돌아가네요. 생각지도 못했는데 얼마 전에 쓴 윤세린 시인 기사로 민 변호사님 댁이 편치 않은 것 같더군요. 그런데 저는, 유 선생님의 인터뷰를 하기 전엔 이 일에서 벗어날 수 없어요. 이 일을 끝으로, 이제 저는 민 작가한테서 벗어나고 싶어요."

그는 미동도 않고, 내 말을 듣는다. 그리곤 천천히 입을 뗀다.

"언젠가 저희 어머니랑 은아가 만날 때, 그 곁에서 지켜주셨다고요."

"지켜준 건 아니에요. 저는 민 작가를 지킨 적이 없어요."

그는 쓸쓸한 미소를 보였다.

"재미있네요. 자기를 지켜준 몇 사람 중의 한 사람으로 한 기자님을 꼽았는데, 한 기자님은 아니라고 하네요. 그런데 은아를 돕고 지켜줬다고 주장하는 그 많은 사람들은, 은아가 그 도움을 기억하지 못하더라고요."

그러더니 그는 고개를 끄덕였다.

"이걸로 저도 한 기자님을 도와드린 건가요?"

"네."

그는 고개를 끄덕이더니 일어나서 나가버렸다. 나는 그걸 인터뷰 기사에 대한 동의의 표시라고 이해했다.

'휴우~'

그가 자리를 떠나고, 나는 소파에 파묻히며 길게 한숨을 쉬었다. 이 여사는 내게 묻는다. 왜 한숨을 쉬느냐고. 그래서 나는 대답했다. 이제야 민은아를 내 삶에서 완전히 내보낼 수 있는 길을 찾게 돼서 다행스러워서 그렇다고. 나를 보는 이 여사의 눈빛이 참 묘하다. 나도 눈빛으로 물었다. 그 눈빛의 의미가 뭐냐고…. 그녀는 입을 열어 대답한다.

"우리 셋은 다 엄마 없는 딸들이었는데 ⋯. 은아랑 그런 얘기를 한 적이 있어요. 그래도 한 기자님은, 아마도 좋은 아버지를 가졌나 보다고요. 우리는 둘 다 아버지로부터도 거의 버림을 받았잖아요. 그래서 한 기자님은 늘 우리랑은 거리를 두려고 했죠. 우리랑은 자란 게 다르니까."

"그래서 두 분은 서로 의지해서, 그 엄마 없는 딸이라는 장애를 극복하셨나요?"

"그게 극복이 되나요? 다만 서로 위로하고 의지하며 산 거죠."

"제가 왜 결혼도 안 하고, 혼자 사는지 아세요?"

"왜요?"

"내가 일찍 죽어서 내 딸을 혼자 남겨두게 될까 봐 겁이 나서요. 그래서 결혼하고 싶은 남자의 엄마한테서 '엄마가 없는 너는 내 아들과 결혼할 수 없다'는 말을 듣게 할까 봐서요. 그리고 엄마 없는 다른 딸들 때문에 자기가 상처받고, 속상하고, 그렇게 살까 봐서요. 엄마 없는 딸들끼리 의지하고 위로한다고 해서 세상이 그들 앞에 더 유순해지지는 않아요."

기사가 나가고 난 뒤, 나는 '유정하의 엄마'라는 이의 전화를 받았다. 그녀의 목소리는 분노에 차 있었다. '왜 그 재수 없는 여자랑 자꾸 엮어서 우리 아들을 못살게 구느냐'는 게 요지였다.

'오~, 네버 엔딩 민은아! 이번엔 또 그 사내의 엄마까지 ⋯.'

그녀는 전화로는 분이 풀리지 않은 모양이다. 끝내 회사로 달려왔다. 자그마한 부인이었다. 그녀는 나를 보더니 한풀 꺾인다. 내가 부모님께 감사하는 것 중의 하나는, 큰 키와 싸늘하고 사나운 표정을 물려주셨다는 거다. 누군가 그랬다. 나는 찔러도 피 한 방울 안 나게 생겼다고. 그래서인지 대부분의 사람들은 나를 보면 금세 공손해진다.

그녀는 격분하는 대신 하소연으로 방향을 튼다. 그녀의 첫 질문은 "결혼했나요?"라는 것이었다. 아니라고 대답하자 실망하는 표정이 확 번졌다. 그녀는 길게 한숨을 쉬었다.

"그럼 아이도 없을 테니, 부모 마음을 다 이해할 수 있을라나 모르겠네요."

그녀의 예상은 적중했다. 나는 여기까지 쫓아온 그녀의 마음을 이해할 수 없었다. 나는 다만 표정을 감추고 들어줄 뿐이다.

"지금도 생각하면 그저 아깝고, 억울하고, 분해요. 내가 화병이 생겼다니까요. 아들 잘 낳아 공부 잘 시켜서 그 어렵다는 의대 보내 의사까지 만들어 놨는데, 어디서 양의 탈을 쓴 여우가 나타나서 애를…. 얼마나 복장이 터지는지 이해할 수 있어요?"

"글쎄요. 하지만 애가 타실 것 같네요."

내 심드렁한 반응에도 그녀의 모성애는 수그러들지 않았다. 그녀의 하소연은 길고 지루했다. 다 기억나지도 않는다. 어쨌든 그녀의 말에 따르면, 그녀의 아들은 잠시 눈에 뭐가 씌었고, 민은아 부녀의 꼬임에 빠져 구렁텅이에 빠진 게 분명했다. 민 변호사는 집안에서 허락지 않은 결혼을 몰래 시켜놓고, 혼수라는 명목을 들이대면서 돈으로 해결하려 한 파렴치한이었다. 팜므 파탈과 파렴치한의 공세에 가엾은 그녀의 아들은 위태로운 지경에 빠졌고, 그녀의 가족들도 큰 상처를 입었다는 것이다. 나는 그 얘기들을 들어준 뒤 자리를 정리하기 위한 '정리 멘트'를 했다.

"예, 잘 알겠습니다. 더 하실 말씀 있나요? 저는 이제 그만 일을 해야 하는데요."

"우리 아들을 더 이상 들쑤시지 말라는 말씀입니다. 요즘 그렇잖아도 그 극단인가 뭣인가에서 사람들이 와서 애를 못살게 굴던데…. 하여튼 나쁜 년 같으니라고. 제가 다 해결하고 죽을 일이지 뭐 잘났다고, 컴퓨터는 둘러엎어서 산 사람까지 못살게 구는지 모르겠어요."

이제껏 영양가 없는 얘기만 했던 이 부인이 갑자기 귀에 쏙 꽂히는 얘기를 한다.

'컴퓨터를 둘러엎었다고?' 드디어 머리가 돌기 시작한다. 나는 아무렇지도 않다는 듯한 심드렁한 목소리로 새로운 정보를 캐내기 위해 그녀를 유도한다.

"그것 때문에 유 선생이 많이 괴롭힘을 당하는가 보군요."

그녀의 한숨이 또 길다.

"그러게요. 그 물건이 죽기 전에 다 없앤 걸, 우리 아들이 뭔 수로 살려낸답니까. 제발 그만들 좀 하세요. 정말 내가 이러면 극단으로 찾아가서 둘러엎든지, 아니면 경찰에 고발이라도 하든지 해야지. 이게 무슨 일이랍니까. 정말 그 여자는 엄마도 그렇더니만 딸도 재수가 없어."

이 말에 반감이 확 들었지만, 그건 지금 그녀가 던져놓은 '사냥감'에 비하면 내 마음을 움직일 만한 강도엔 미치지 못했다. 항의하는 사람들은 대부분 잘만 들어주면, 제풀에 꺾여 돌아가고 개중엔 이렇게 쓸 만한 정보도 흘리고 간다. 그녀도 항의보다는 하소연을 하고 싶었던 사람이었다. 내가 잘 들어준 선물로 그녀는 내게 중요한 단서 하나를 주고 갔다.

나는 추리에 들어간다. 다 없앴다는 건, 아마도 희곡 〈초희〉인 듯했다. 원본은 지금 이 지구상에 남아 있지 않은 것이다. 유 선생이 내놓지 않는 게 아니라 없어서 못 내놓고 있는 게 분명하다.

내 머릿속에선 취재 루트가 그려진다. 기자들하고 통로가 늘 열려 있는 정희찬 선생 등 연극계 인사는 가장 마지막 순간에 접촉하기로 한다. 이 여사는 의외로 은아의 작품과 같은 공적인 일들은 잘 모른다. 또 그 카페엔 민은아를 아는 많은 기자들이 드나드는 곳이다. 일단은 취재원서 제외시킨다.

먼저 민 변호사를 사이드 취재처로 삼는다. 그리고 이를 토대로 유 선생을 취재해 모든 뼈대를 구축한 뒤 정희찬 선생은 출고 직전에 전화로 확인을 해야겠다. 그렇잖아도 유정하의 인터뷰가 나간 뒤 타사 기자들이 유정하를 수소문하고 다닌다는 '첩보'가 있었다. 빨리 움직이지 않으면 누군가 뒷걸음질 치다 쥐를 잡을 수도 있겠다.

'정말 민은아는 '네버 엔딩 스토리'다. 살아서도 말 속에 살더니 죽고 나서도 말들이 끊이지를 않는다.'

초 희

고 민은아 작가, 타계 직전 모든 작품 없애
연극계의 컴퓨터 복원 주장에 남편은 거부

고 민은아 작가가 투병 중 썼던 것으로 알려진 〈초희〉를 비롯해
에세이와 일기 등 모든 작품과 기록을 사망 직전에 없앤 것으로 밝
혀졌다. 유족에 따르면, 고 민 작가는 2월 경 자신의 컴퓨터를 포
맷해 기존의 모든 파일을 없앴다는 것이다. 또 외부 인사에게 보
여줬던 〈초희〉의 초고를 회수한 뒤 노트와 일기장, 원고 등과 함
께 태웠다.

　이 사실이 알려진 뒤 극단 '수풀' 등 〈초희〉의 공연 의사를 밝혔
던 일부 극단들은 유족인 남편 유정하 씨를 상대로 컴퓨터를 복원
하자고 제안했다. 하지만 유 씨는 이를 거부하고 있다. 이에 연극
계 인사들은 법원에 유 씨를 상대로 컴퓨터를 복원하기 위한 가처
분 신청을 내는 방안도 검토하고 있다.

　유 씨는 "아내가 '작품을 비롯해 자신의 얘기가 세상에 남는 걸
원치 않는다'며 하드디스크를 파쇄해 달라고 부탁했다"며 "결코 작
품을 복원하는 일은 없을 것"이라고 말했다. 고 민 작가는 작품을
태우면서 "말이 사람에게 해코지를 하며 달려드는 세상에 내 언어

를 남겨두고 싶지 않다. 조선시대의 초희도 같은 생각을 했다는 걸 깨달았다"고 말했다는 게 그의 설명이다.

그러나 연극계는 입장이 다르다. 극단 '수풀'의 정희찬 대표는 "한 천재작가의 작품은 개인의 소유물이 아니라 사회와 역사를 위해 남겨놓아야 하는 것"이라며 "민 작가가 투병과정이 아니라 정상적인 상태였다면 결코 그런 결정을 하지 않았을 것이라는 점에서 다시 생각해봐야 한다"고 말했다.

연극계 원로배우인 이제현 씨는 "민 작가는 이 시대에 가장 주목받은 희곡작가 중 한 사람으로 관객의 소리에 귀 기울여야 할 의무가 있다"며 "지금 관객들은 모두 〈초희〉를 기다리고 있다"고 말했다.

이에 정 대표를 비롯한 몇몇 연극인들은 민은아 작품 복원을 위한 연극인 서명운동을 벌이고, 법원에 컴퓨터 복원을 위한 가처분 신청을 내는 방안을 논의 중이다. 하지만 법조계에선 이런 개인 기록물을 복원토록 법원이 결정할지는 알 수 없다고 보고 있다. 한편, 정 대표는 "현재 〈초희〉 초고분의 사본 한 권을 가지고 있다"고 주장하고 있다.

한승애 기자

민 변호사의 편한 시간을 골라 그의 사무실을 방문했다. 윤세린 관련 기사를 쓴 뒤 처음으로 연락한 것이었다. 그는 풀이 죽고 지쳐보였다. 내 기사가 나간 뒤 신문·방송·통신이 한 번 훑고 지나갔고, 아직도 각종 잡지들에서 연락이 오고 있다고 했다.

은아 생전엔 그녀와 이리저리 얽혀 들더니, 죽고 나선 그녀의 아버지와 남편과 얽혀 들어간다. '전생에 인연'이라는 게 있다더니 실제로 있는지도 모르겠다. 아마도 그녀와 나는 전생에 뭔가 모진 인연으로 얽혀 있는 게 분명하다. 나는 민 변호사에게 은수를 만났던 이야기를 했다. 그는 그 일을 알고 있었다.

"어쨌든 죄송하게 됐어요."

내 말에 그는 손을 크게 휘젓는다.

"오히려 혼자서 있으니 생각들이 정리되고 좋은 일도 있습니다. 걱정 마세요."

그리고 그는 내 용건을 들을 자세를 취한다. 민 변호사의 이런 태도는 마음에 든다. 기자를 앞에 앉혀두고 한참 동안이나 자기가 얼마나 훌륭한 인격체인지를 떠들어대는, 이른바 지식인들이 너무나 많은 데 비해 이 사람은 그런 부류는 아니다. 부담 없이 본론으로 들어갈 수 있으니 좋다.

"민은아 작가가 〈초희〉 원고를 없앴나 보죠? 그것 때문에 연극계가 지금 난리던데 …."

내 말에 그는 소파에 기대앉으며, 고개를 끄덕인다.

"내 딸이지만 그 애를 이해할 수가 없어요. 그렇게까지 할 일이 뭐였는지. 실은 장례가 끝나고 며칠 뒤에 사위한테서 연락이 왔어요. 은아 컴퓨터를 켜봤더니 포맷이 돼 있다고. 날짜가 2월쯤이었어요. 그렇잖아도 그 무렵에 밖에 있던 원고들을 다 회수했고, 뭔가를 잔뜩 태웠었어요. 내가 그 애들이 머물던 암자에 갔던 날, 유 서

방은 뭔가를 태우고 은아는 옆에서 담요를 둘러쓰고 앉아 있었죠. 그래서 물어봤더니 '자료들'이라고 하더군요. 그때 다 태운 거예요. 자기가 썼던 모든 걸 …. 컴퓨터는 나중에 발견한 거죠."

그렇다는 걸 대충 알고 취재했지만 막상 확인을 하니 충격이 확 온다.

"그렇군요. 아깝네요. 그런데 왜 그랬대요?"

"모르겠어요. 말들을 안 하니 …."

그리곤 그도 나도 말이 없다. 민 변호사에게서 확인할 내용은 다 확인한 셈이다. 그러니 내가 말이 없는 건 당연한 거였다. 한데 민 변호사는 더 할 말이 있을 텐데, 아무 말이 없다. 그래서 내가 묻는다.

"저한테 더 하실 말씀 없으세요?"

"한 기자, 오늘 시간 있으면 나가서 저녁이나 하실래요?"

나는 유 선생도 부르자고 했다. 그는 내 앞에서 전화를 한다. 유 선생은 나오겠다고 했다. 그와 나는 약속장소로 자리를 옮긴다.

"유 서방은 나를 별로 좋아하지 않아요. 지금은 그저 함께 해결해야 할 일이 있다 보니 나한테 물어보는 것뿐이지."

"무슨 해결해야 할 일이라도 생겼나요?"

"극단 사람들이 가처분 신청을 하겠다고 하나 봐요. 〈초희〉를 쓰기 전에 극단에서 선수금조로 얼마를 줬다나. 그래서 자기들이 희곡에 대한 권리가 있다고 하고."

"그렇게 되면 어떻게 되나요? 극단에 승산이 있지 않나요?"

"선수금을 뭘로 증명하겠소? 영수증도 없고, 말뿐인 걸. 그리고

〈초희〉라는 작품이 있었다는 설만 있을 뿐, 지금은 실체가 사라져 버렸는데….”

“정희찬 선생님이 사본을 가지고 있다고 하던데요.”

“얘기는 들었어요. 초고 상태에서 기획안보다 좀더 자세한 스토리라인 정도예요. 오히려 그걸 회수해야지.”

참, 세상은 복잡하다. 사람은 갔는데도 무슨 권리와 의무 관계는 이렇게 얽히고설켜 있는지 모르겠다. 어쩌면 이렇게 살아남은 사람들이, 서로서로 빚어내는 복잡한 일상사 때문에 쫓아다니다 보면, 지구 위에선 죽은 사람은 잊히고, 삶만 남아서 복닥거리는 것인지도 모르겠다.

어느새 저녁 먹을 장소에 도착했다. 일식집이다. 독립된 다다미 방에 앉아 민 변호사와 나는 유 선생을 기다린다.

“한 기자, 은아를 오래 봐 왔지요? 은아를 좋아했나요?”

“글쎄요. 그저 조금은 특별했던 취재원이었어요. 그런데 저는 원래 취재원들한테 정을 주는 타입이 아니어서요.”

“그렇군요. 그럼 은아를 아주 객관적으로 봤겠네요.”

“그렇다고 생각해요.”

“어떤 아이였나요?”

이 대목에서 말문이 막힌다. 민은아는 어떤 사람이었을까. 그건 모르겠다. 나는 내가 모르는 것에 대해서는 대답하지 않고, 참견하지도 않는다. 나는 그저 가만히 있다. 민 변호사는 나를 기다리다 지쳤는지 말을 잇는다.

"나는 은아가 자라는 동안, 그 애를 볼 때마다 '저 애는 왜 저렇게 설익었을까?' 하고 생각했어요. 우리 세린인 잘 익은 갈색 미인이었거든요. 그런데 은아는 너무 흰 거예요. 세린이 딸이 세린을 닮지 않았다는 거에 좀 화가 났나 봐요. 그러다 병원에 입원한 은아를 찾아갔죠. 거기서 은아를 보고 깜짝 놀랐어요. 그 애가 뿜어내는 기운이 세린이하고 같더라고요. 세린인 격렬했던 반면에 은아는 차분했고, 세린인 마음이 따뜻했던 반면엔 은아는 냉정한 편이었어요. 그런데 기운은 한가지였어요. 감히 접근하기 힘든 포스가 있고, 자기는 가만히 있으면서 주변 사람들이 움직여서 일을 해결하도록 하고, 자기가 하고 싶은 대로 하는 힘이 있더라고요. 그 앞에서 나는 꼭두각시처럼 춤을 출 뿐이죠."

맞다. 그랬던 것 같다. 나는 은아에게서 부탁을 받은 적이 없다. 그런데도 나는 내 발로 찾아다니며 그녀의 일에 얽히곤 했다. 은아로 인해 겪었던 몇 번의 불쾌했던 기억도, 따지고 보면 다 내가 자청해서 한 일이었다.

유 선생이 좀 늦는다. 민 변호사와 나는 별로 할 말이 없다. 그래서 나는 문득 물었다.

"윤 시인이 암이었다는 말을 민 작가에게 언제 아셨어요?"

"그 애가 병원에서 나와 암자에 들어갔을 때요. 유 서방도 은아도 모두 마음을 비웠고, 나도 그랬어요. 그런데 그건 알려줘야 할 것 같더군요. 그래서 알려줬어요."

"그게 언제쯤인데요?"

"글쎄요. 1월말이나 2월 초쯤 됐겠죠."

"그랬더니 뭐래요?"

"그 앤 원래 아무 말도 안 해요. 그저 아무 말 없이 가만히 있더 군요."

그러는데 유 선생이 들어왔다. 그는 나를 보더니 잠깐 멈칫했다. 그는 목례를 하더니 앉는다.

"기사는 보셨어요?"

내가 먼저 묻는다. 그는 대답 없이 고개만 끄덕인다.

"기사가 났던 날, 어머님이 다녀가셨어요. 그 때문에 다른 기자 들한테 많이 시달리신다고요."

"저는 신경 쓰지 않으니 시달리는 건 아니죠."

분위기가 썰렁하다. 그 사이 민 변호사는 음식을 주문했다.

"한 기자님이 〈초희〉 때문에 오셨네. 어차피 그쪽 친구들도 공론 화하려고 움직이고 있는 판이잖아. 우리가 피하려고 한다고 피해지는 것도 아니고, 이참에 자네 입장을 밝혀두는 것도 좋을 것 같아서 …."

유 선생은 고개를 끄덕였다. 그리고 그는 내게 물었다.

"한 기자님! 언제쯤이면 사람들이 관심을 끊고 조용해질까요?"

"생각보다 길지 않을 걸요. 사람들은 금방 잊어버리거든요. 저도 이게 마지막이길 바랍니다. 그래야 저도 딴 데서 먹고살 거리를 찾 죠. 언제까지 민 작가한테 매달려 있을 수는 없어요. 그런데 모두 공개를 해야 세상은 조용해져요. 뭔가 먹을거리가 더 있다고 생각 하면, 그걸 다 찾아먹을 때까지 떠나지 않거든요."

그는 또 고개를 끄덕였다. 그리고 별 저항 없이 이야기를 시작한다. 학교 다닐 때 공부 잘한 사람들은 이해력도 높지만, 세상에 순응도 잘한다. 그는 그런 부류의 사람인 것 같다.

"은아는 정말 그 작품을 미친 듯이 썼어요. 보는 내가 조마조마할 정도로 말이에요. 어떨 때는 글을 쓰다 말고 대성통곡을 하기도 하고, 갑자기 집 밖으로 뛰쳐나가기도 했어요. 나는 정말 그 모습을 보고 있는 게 끔찍했어요. 그러다 작년 늦가을이었는데, 전화가 왔더라고요. 이제 끝났다고. 그래서 그날 케이크와 와인을 사 가지고 들어갔어요. 그런데 집에 들어가 보니 은아가 쓰러져 있는 거예요. 탈진한 거죠. 집에서 좀 안정을 시키면서, 나는 병원에 정기검진 예약을 했어요. 그런데 며칠을 안정을 시켰는데도 일어나지를 못해요. 힘이 없어서 그런 줄 알았는데 그게 아니더라고요. 검진을 해보니 암이 재발했더라고요."

그는 말을 멈췄고, 민 변호사는 눈물을 닦는다. 나는 기다린다. 누구든 먼저 말을 시작하기를. 유 선생이 말을 이었다.

"2월 초에 나한테 지금 극단에 보내놓은 초고를 찾아다 달라고 하더라고요. 그리고 집에 있던 자기 노트들도 모두 가져다 달라는 거예요. 그래서 가져다 줬어요. 그랬더니 그걸 한꺼번에 태우더라고요. 왜 그러냐고 했더니 이러더라고요. '말이 사람한테 해코지하는 세상에 내 언어를 남겨두고 싶지 않'고요. 그러더니 글을 쓰면서 초희가 죽기 전에 자기 작품들을 왜 모두 태웠는지 이해할 수 없어서 그 부분을 쓰기가 너무 어려웠다고요. 그런데 이젠 알게 됐다고 하더라고요. 초희도 그때 자기와 똑같은 걸 깨달았다는 걸요. 저는 하드디스크를 복원할 생각이 없어요. 그 사람이 원하지 않는 일을 결코 하고 싶지 않아요."

민은아의 그 말은 내겐 이해하기 힘든 것이었다. 그녀는 늘 말하는 걸 좋아했다. 겉으로 나타나는 이미지는 조용하고 폐쇄적인 듯했지만, 그녀는 늘 자신을 설명했고 누군가 말을 걸어주면 고마워했다. 무슨 일이 있었기에 그런 사람이 마지막 순간에 자기의 언어를 다 거둬들였을까?

아무도 말하지 않았다. 사교적인 수사학이 없는 식탁이 얼마나 썰렁한 것인지를 알게 된 저녁자리였다. 젓가락 하나 대지 않고 남겨진 회 접시는 그대로 상 위에서 누군가의 젓가락을 기다리고 있었다. 사람들을 살리기 위해 생명을 잃어야 했던, 우리 식탁 위의 생선들은 소임을 다하지 못하고 물려져야 했다.

'본래 생명이 없는 것들은 사람을 먹여 살리지 못한다. 배추 한 쪽이라도 식탁에 오르는 것은 모두 생명이 있던 것들이다. 사람들은 살기 위해 항상 생명 있는 것들을 죽인다. 이런 살육이 너무 익숙하기 때문일까? 그래서 사람들이 내뱉는 말조차도 다른 이를 해코지하려고 달려들게 된 것일까?'

답이 없는 생각 한 조각을 우리를 위해 죽어야 했던 그 회 접시 위에 남겨두고, 그 자리의 일행은 모두 일어나 뿔뿔이 자기 집으로 돌아갔다.

정희찬 선생 쪽 취재는 전화로 하려고 했다. 하지만 내 전화를 받은 정 선생이 먼저 오겠다고 하더니 한걸음에 달려왔다.

"한 기자, 그 사람 말만 들으면 안 돼. 은아를 잘 알잖아. 연극 〈파랑〉을 봐. 그 애는 늘 사람들과 말하고 싶어 하고, 소통하고 싶어 하고, 그래서 말로 안 되면 소리로라도 소통을 해보려고 하는 사람이잖아. 나는 은아가 초고들을 태운 건 알아요. 그런데 그건 말하자면 청소였어. 어질러진 것들을 먼저 정리하고, 남겨둘 것은 완벽하게 정리하기 위한 ⋯ . 솔직히 말할까? 나는 그 남편이 포맷한 것 같아. 우린 모두 그런 의심을 가지고 있어."

그가 드는 의심의 근거들은 이런 것들이었다. 은아는 병이 재발했을 당시 입원했다가 곧바로 퇴원했다. 수술할 수 있는 기력이 안 돼서 체력을 길러야 했기 때문이다. 그녀는 퇴원한 후 곧바로 극단 사람들을 집으로 불러들였다. 그녀가 탈고하고, 곧바로 입원하는 바람에 누구도 완전 원고는 보지 못한 상태였다. 그녀는 당시, 빨리 연극을 무대에 올리고 싶어 했다. 그래서 낮 시간 동안 사람들을 불러서 작업을 상의하기도 했다. 뮤지컬을 하기 위해 작곡가를 물색해달라고도 했다. 그렇게 적극적이었던 은아가 갑자기 모두 없애버렸다는 게 말이 안 된다는 거였다.

유 선생은 그녀가 연극계 사람들을 만나는 것도, 그녀가 〈초희〉에 대해 얘기하는 것도 싫어했다는 것이다. 한 번은 은아네 집에 몇 사람이 함께 있는데, 유 선생이 대낮에 집으로 들이닥쳤다. 그는 오자마자 베란다로 나갔다. 그러더니 극단 동료 중 누군가 베란다에서 담배를 피운 뒤 버려둔 꽁초를 들고 와서 '누가 담배를 피웠느냐'

고 다그쳤다. 그리곤 모두 쫓아냈다는 것이다.

그리고 유 선생은 은아가 수술하지 않겠다고 했는데도 다시 입원을 시켰다고 했다. 그러다 어떻게 마음이 바뀌었는지 예정됐던 수술일 전날에 은아를 데리고 병원에서 나왔다는 것이다. 정 선생은 그를 '겉보기와 다르게 냉정하고 변덕스러운 사람'이라고 했다. 그는 은아를 독점하려고 했고, 누구든 그녀의 곁에 가는 걸 싫어했다는 것이다. 또 유 선생이 은아를 암자로 데리고 간 것도 연극계 사람들로부터 격리시켜 놓으려고 한 것이라고, 정 선생은 주장했다.

"그쪽 절에 스님이 뜸을 용하게 뜬다면서 데리고 갔어. 그런데 생각해봐. 양의사가 무슨 뜸을 뜨라고 마누라를 데려가겠어? 내가 암자에 갔을 때, 그 사람한테 일단 원고라도 좀 프린트해 달라고 했어. 그건 자료들을 태우기 전이었어. 그런데 그 사람은 '그 작품은 올리지 않을 겁니다' 이러더라고."

"그래서 무슨 득이 있다고 그 사람이 그걸 없앴겠어요? 마누라가 희곡작가인 건 다 알고 결혼했는데 … ."

정 선생은 잠시 입을 다물고는 머뭇머뭇하더니 다시 말을 꺼낸다.

"그거 알잖아. 은아에 대한 평판. 그 샌님은 그것 때문에 은아한테서 도망도 쳤던 사람이야. 그러다 다시 돌아와서는 그런 얘기가 나돌까 봐 무섭게 단속했어. 자기네들도 처음엔 결혼한 게 아니라 동거한 거였잖아. 그래서 소문이 날까 봐 전전긍긍했던 거야. 유 선생 주변에선 아마도 그 가족들 빼고는 아무도 몰랐을 걸. 은아랑 사는 거. 사실은 숨겨진 여자로 데리고 살았던 거야. 은아 주변 사람들도 만난 적이 없어. 그러다 병이 재발하니까 무슨 생각을 했는지 느닷없이 아무도 몰래 결혼했지. 생각해 봐. 한 기자도 그 사람을 본 적이 있어? 카페 만우절에도 거의 간 적이 없었어. 결혼하고 난 뒤에 모습을 드러낸 거지."

"그래도 민 작가가 웬 의사랑 산다는 거 거의 다 알지 않았어요?"

"우리 쪽에서나 알았지. 남자 쪽에선 아무도 몰랐다니까. 친구들도. 생각해 봐. 2년 가까이 그렇게 조용히 숨겨두고 살 수 있는지. 어쩌면 결혼도 몰래 했으니, 자기가 그 남편인 게 밝혀지지 않기를 바랐을 수도 있어."

정 선생의 유 선생에 대한 적개심은 꽤 커 보였다. 어쨌든 그는 많은 의심과 의문만을 제기한 채 돌아갔다. 물론 증거는 아무것도 없었다.

사람의 마음은 간사한 것이어서 내 마음도 흔들렸다. 유 선생에 대한 의심이 고개를 들고 일어났다.

"저는 사람들하고 말을 하고 싶어요. 그런데 저는 숫기가 없어서 누구한테든 먼저 말을 걸지 못해요. 연극만이 유일하게 내가 말을 걸 수 있는 공간인 거죠."

언젠가 그녀는 이런 말을 했었다. 그래, 내가 아는 은아도 '말'을 포기할 사람이 아니다. 사귀던 남자의 엄마한테서 그야말로 개망신을 당하고 연극계를 떠났다가 다시 돌아온 것도 말을 하기 위함이었다. 시나 소설이나 시나리오가 아니라 희곡을 쓰고 무대에 작품을 올린 것도 사람들과 마주보고 대화하고 싶어 했기 때문이다. 그녀는 언제나 자기 얘기를 남들에게 들려주고 싶어 했다. 그녀는 말이 자기를 해코지한다는 것도 알고 있었다. 그 때문에 많은 상처를 받았지만 그래도 그녀는 말 걸기를 포기한 적이 없었다. 그런데 느닷없이 왜 자신의 언어를 거두어 들였을까? 내 마음 속에서도 유 선생에 대한 의심이 무럭무럭 자라났다.

편지

한 기자님.

요즘은 저한테 발길을 끊으신 거죠?

저는 알고 있어요. 수없이 저한테서 멀어졌다간 다시 돌아오신 걸요.

만우절의 언니한테는 다녀가셨다면서요. 왜 그렇게 늘 멀리 떨어져서 저를 걱정하실까요?

염려하셨던 대로 그 사람은 제게 왔다가 금세 가버렸답니다.

그런데 슬프지 않습니다.

그 사람은 병원에 있을 때 제게 말을 걸어줬어요.

민 변호사가 처음 다녀갔던 날, 저는 그분이 돌아간 후 눈물이 났습니다. 영문도 모르게요.

그런데 느닷없이 그 사람이 저한테 와서 제가 물어뜯고 있던 손등을 빼내서 구해줬답니다.

그리곤 이렇게 말했어요.

"손엔 많은 혈관과 신경들이 지나기 때문에 그렇게 물어뜯으면 안 돼요."

이런 생소한 말을 들어본 적 있으세요?

그리고 입원해 있는 동안 수시로 제게 말을 걸러 왔어요.

그 사람이 순식간에 제게 등을 보이고 떠나버렸지만…,

아시잖아요. 저는 그런 상황에 익숙하다는 걸.

그때마다 떠난 사람들을 원망한다면 제 삶이 얼마나 황폐하겠어요.

슬프지도 가슴 아프지도 않습니다.

사람들은 잘 모를 거예요. 이제껏 슬픔이 저를 지배해본 적이 없다는 걸요.

사람들이 생각하는 것만큼 저는 슬프지도 가엾지도 않답니다.

그런데 한 기자님이 그리워요. 왜 그럴까요? 이렇게 냉정한 분을….

저를 너무 미워하지 마시고, 이젠 다시 찾아주세요. ― 은아

보관 메일함을 뒤지다 은아의 메일 한 통을 우연히 발견했다.

그 메일 때문에 은아가 다시 생각났다. 그녀가 죽은 지 벌써 넉 달이나 됐다. 장맛비가 물러가고 이젠 본격적으로 무덥다. 나는 다시 은아를 더듬는다. 〈초희〉 문제로 잠시 시끄러웠지만, 지금은 잠잠해졌다. 불과 넉 달도 안 되는 동안 이제 대부분의 사람들은 〈초희〉를 기억하지 못한다. 다시 메일을 본다.

이건 아마도 은아의 첫 암 투병이 끝났던 그해 가을께였을 거다. 유 선생을 만났다 또 버림을 받았다는 얘기를 듣고는 그녀를 찾지 않았었다. 그때 보낸 안부 메일이었던 것 같다. 이 메일을 보관함에 넣어 놓고도, 나는 메일의 존재를 잊어버렸었다. 편지를 프린트해 다이어리에 넣어 두었다.

대학로에서 점심약속을 끝내고, 나는 이화동 쪽으로 방향을 잡았

다. 그리고 은아가 살았다던 빌라로 갔다. 아직도 유 선생은 거기에 살고 있을까?

벨을 눌렀다. 뜻밖에도 유 선생이 나온다. 그도 나를 보더니 깜짝 놀란다.

"아직도 여기 사세요?"

내 말에 그는 어리둥절한 표정이다. 나는 머뭇거리며 설명했다.

"그냥 우연히 민 작가가 생각이 나서요. 여기에 살았다는 건 알았는데, 한 번도 온 적이 없어서. 유 선생님은 당연히 본가로 들어갔거나 이사 갔을 줄 알았어요. 그냥 주인한테 양해를 구할 수 있으면 집이라도 한번 볼까 하고 벨을 눌러본 거예요."

그는 고개를 끄덕이더니 나를 들어오라고 한다.

방 3개짜리의 꽤 쓸 만한 빌라였다. 맨 꼭대기 층이라 그런지 앞쪽으로 테라스가 넓다. 내가 집을 둘러보는 동안 유 선생은 마실 것을 가져온다. 그 일식집에서 헤어진 후 처음으로 보는 거다. 그 사이 그는 조금은 피곤한 기색이 가신 듯했지만, 여전히 얼굴엔 그늘이 가득했다.

나는 내 다이어리에 꽂아 두었던 은아의 편지를 꺼내 그에게 주었다.

"민 작가의 글은 아무것도 남아 있지 않죠? 최근에 보관 메일함을 뒤지다 이 메일을 발견했어요. 그래서 프린트해서 넣어가지고 다녔죠. 기념으로 드릴게요."

그는 자기 이야기가 쓰여 있는 편지를 뚫어지게 본다. 한 서너 번은 족히 읽었음 직한 시간이 간 뒤에야 편지 든 손을 무릎 위로 털썩 떨어뜨린다. 그러더니 일어서 방으로 들어갔다 나오면서 상자 하나를 들고 왔다.

"기사를 안 쓴다고만 약속하시면 은아의 다른 글들을 보여드리죠. 왠지 한 기자님께는 보여드리고 싶네요."

"쉽게 약속하긴 그런데요. 만일 유작이라도 남겼다면, 그건 기사거리니까요."

그는 고개를 흔들며, 단지 자기에게 남겨둔 편지라고 했다.

"개인적인 편지라면 기사가 되진 않죠."

내 설명을 듣고, 그는 내게 함을 밀어 주었다. 거기엔 작은 쪽지들과 몇 장의 편지가 있었다.

내가 잠들어 있더라도 내 볼에 뽀뽀하고 출근해야 해요. 사랑해요. — 은아

화 좀 내지 말아요. 내가 놀라잖아요. 주사 다 맞았어요. 제대로 다 달려 있죠? 사랑해요.

나, 오늘 우유 먹었어요. 건강해지는 기분이에요. 사랑해요. — 은아

이런 단문의 쪽지들은 꽤나 많았다. 그는 편지 한 장을 꺼내 내게 주었다. 워드로 찍어 프린트한 것이었다.

유 선생.

이제 나한테 호전이란 없어요. 당신도 알고, 나도 알고, 모두가 아는 일이에요.

당신이 그렇게 애써 부정하려는 것도 다 알기 때문이라는 걸 알아요. 이제 나한테 남은 게 뭔지. 내가 어디로 가야 하는지 당신은 알잖아요.

나는 정신이 들면 당신을 보면서 위로를 느껴요. 유 선생이 나를 만져주고, 따뜻하게 말을 걸어주니까 살아 있는 게 감사해요. 그런데 잠이 들면 나한테 달려 있는 이 모든 기계들이 나를 고문해요. 진통제를 맞는다고, 잠이 든다고 고통을 느끼지 못하는 건 아니에요. 오히려 더 생생하고 더 끔찍하게 아파요. 그나마 지금 내가 참을 수 있는 건 깨어나서 당신을 볼 수 있기 때문이에요. 유 선생이 나를 봐주고, 얘기해주니까…, 그런데 잠들면 당신 소리가 들리지 않아요.

나는 인간의 삶이란 자기 코로 숨을 쉬고, 자기 입으로 먹을 수 있을 때까지라고 생각해요. 그래요. 자기 코로 숨을 쉬지 못하고, 입으로 먹지 못하더라도 생각하고 말할 수 있다면 산 것이겠죠. 그러나 생각할 수도, 말할 수도, 숨 쉴 수도, 먹을 수도 없는 내 몸을 기계들이 지배하게 놔두는 건 인간으로 할 일이 아니에요. 수술은 나를 그렇게 만들지도 몰라요. 거기에서 나를 구해줘요.

그걸 당신이 원치 않는다면 나 혼자 강행하진 않아요. 죽어가는 사람의 마지막 의무는 살아야 할 사람에 대한 배려라고 진작부터 생각해 왔어요. 나의 배려 없음 때문에 당신의 삶이 비참해지길 원하지 않아요.

그런데 유 선생! 이젠 더 이상 애쓰지 말아요. 현실은 가혹하더라도 있는 그대로 받아들이면 그냥 버틸 수 있어요. 헛된 희망은 사람을 초라하게 하고 삶을 비참한 것으로 만들어요.

지금 당신의 현실을 담담하게 받아들여줘요.

사랑해요. ― 은아

내가 편지 읽기를 끝내고, 편지를 함에 돌려놓았을 때 그는 말했다. "저는 그때까지 '은아를 살려 달라'고 기도했어요. 그리고 기적을 믿고 싶었죠. 그래서 수술을 않겠다고 버티는 은아가 미웠어요. 그래서 아예 은아 병실에 가지 않았어요. 나중에 은아가 잠든 후에 병실로 갔더니 이 편지를 자기 손에 들고 있더군요. 그래서 퇴원시킬 수밖에 없었어요. 냉정하게 생각해보니 은아는 수술을 버틸 체력도 없더라고요. 그래서 생각했죠. 남은 기간만이라도 함께 살자고요."

그는 이내 눈물을 흘렸다. 나는 통 안에 있는 다른 편지도 집어들었다. 그녀가 마지막으로 쓴 편지라고 했다. 장례식이 끝난 뒤 집으로 돌아와 보니, 우편함에 있었다고 했다. 그 편지는 호스피스 병원의 간호사가 보냈다고 했다. 그녀에게 맡겨두고, 자기가 죽으면 유 선생에게 보내달라고 부탁했다는 것이다.

유 선생

나 먼저 갈게요.

거기서 당신이 오면 편하게 살 수 있도록 준비하고 있을게요.

아마 잘 준비하려면 시간이 꽤 걸릴 거예요.

그러니 서둘러 오면 안 돼요.

올 때 선물을 많이 가져다 줘야 해요.
내가 보지 못한 서른 살의 야망과
마흔 살의 성취와
쉰 살의 성공과
예순 살의 안정과
일흔 살의 평화와
그리고 나를 만나러 올 때 느꼈던 희망을 얘기해줘야 해요.

그날들을 무사히 살아야 해요.
내가 가져보지 못했던 아들과 딸과 손자 손녀 얘기도 꼭 해줘야 해요.

이런 선물을 준비하지 않았으면
난 유 선생을 마중 나가지 않을 거예요.

난 고통은 기억나지 않아요.
오직 행복한 기억밖에 없어요.
오직 당신으로 인해 내 삶은 너무나 행복했어요.
이제 당신의 삶을 행복하게 해줄 사람을 위해 내 축복을 남겨두고
가요.

사랑해요.
꼭 행복해야 해요. ─ 은아

'은아는 정말로 이 사람을 사랑했구나. 누가 뭐라고 하든….'
　나는 편지를 보는 동안 이것만은 느껴졌다. 그리고 그녀의 마지
막 순간을 지켜준 이 사람에게 감사한 마음이 들기도 했다. 나는 그

녀의 편지들을 모두 통 안으로 밀어 넣었다. 그는 내가 건네준 e-메일 프린트도 통 안에 함께 넣었다.

"천재작가 민은아가 세상에 남긴 글은, 이제 저한테 남긴 이 편지 몇 장이 다예요."

이 말을 듣는 순간, 편지를 읽으며 훈훈하고 따뜻해졌던 내 마음 속에 예전의 의심이 다시 고개를 번쩍 들었다. 〈초희〉를 없앤 건, 은아가 아니라 유 선생일 수도 있다는…. 민은아를 오직 자기 혼자 독점하기 위해 세상과 은아의 소통의 끈을 끊어버린 게 아닐까 하는 신파적 상상이 머릿속에 맴돌았다. 그래서 은근히 말을 꺼냈다.

"요즘 〈초희〉 문제는 조용해졌어요."

"그러네요. 아무도 그것 때문에 저를 찾아오진 않아요."

나는 나의 의심에 대해 말을 했다. 취재하면서 알게 된 것 중의 하나는, 세상 사람들은 정직하고 직선적으로 물어볼 때 대부분 최소한 거짓말은 안 하려고 노력한다는 것이다. 그래서 나는 정공법으로 물었다. 은아는 세상의 말을 혐오하는 사람이 아니라고, 그녀는 세상과 소통하고 싶어 했던 사람이라고 말이다. 정말 은아가 그 작품들을 없앤 게 맞느냐고.

그는 고개를 끄덕였다. 처음엔 몰랐는데, 고개를 끄덕이는 건 그의 습관인 듯했다. 내게 동의하는 표시가 아니라….

"장인어른이 암자에 다녀가셨어요. 그때 은아는 평화로웠어요. 우린 모두 마음을 비웠고, 병원에 있을 때보다 은아는 오히려 기력이 좋았어요. 그런데 장인어른이 느닷없이 윤 시인이 그냥 자살한 게 아니라 암에 걸렸었다고 하더라고요. 암의 가계라는 걸 은아가 알게 되면, 공포를 느낄까 봐 얘기를 안 했다고요. 그 얘기를 들은 뒤, 은아는 거의 패닉 상태에 빠졌었어요. 그리곤 이러더군요. '나는 어째서 자살한 사람의 딸로 살며, 그 죗값을 내가 치러야 한다고 믿으며, 그렇게 힘들게 살아왔을까?' 그러고 나서 그 사람은 오래 울었어요. 그 사람 몸에 있는 모든 수분이 눈물을 통해 빠져나가버리는 것 같았어요. 그리곤 기운이 모두 빠졌죠. 마지막으로 남은 기운으로 자기 글들을 모두 모아서 태우더군요. 〈초희〉도 그 참에 없어진 거죠. 그 무렵, 장인어른이 찾아왔는데도 은아는 만나지 않았어요. 상태가 악화됐고, 그래서 내가 호스피스 병원으로 데리고 갔죠."

그의 말을 들은 내 귀는 또다시 흔들린다. 그 말을 들으니 왠지 '말이 사람을 해코지하는 세상'이라는 그녀의 말이 무슨 의미인지 대충 감이 잡혔다. 그녀처럼 세상의 말에 그렇게 인권을 유린당하며 산 사람도 없었다. 그녀 엄마의 자살조차도 자신이 확인한 게 아니라 말로 전해진 것을 믿어버린 것이었다. 그녀가 믿었던 말, 한때 그녀 곁에 머물다 떠난 사람들이 세상에 대고 떠든 말, 그녀의 이름을 아는 사람들이 무심코 내던졌던 모든 말들은 그녀를 배반하는 것들이었다.

나는 이젠 털어버린다. 그녀에 대한 모든 의문을. 나는 서둘러 일어난다. 그리고 유 선생을 본다. 뭔가 미심쩍은 것이 완전히 풀리지 않았지만 이제 그만 두기로 한다. 이제 더 캐고 따질 생각이 없다.

"여기서만 이러고 있지 마세요. 민 작가가 내준 숙제를 다 하려면 앞으로 바쁘게 움직여야 될 것 같은데요."

나는 떠나며 이렇게 인사했다.

내친김에 카페 만우절로 발길을 옮겼다. 오늘은 '민은아 회고의 날'로 임시로 정해버렸다. 카페의 문 앞에는 'Good-Bye Week'라는 팻말이 붙어 있었다. 내가 들어갔을 때 이 여사는 연극배우인 연화와 함께 앉아 있었다. 연화가 나를 먼저 보고 일어나 인사하자 이 여사도 돌아보며 반색을 한다.

"여수훈 선생님이랑 무슨 연극 들어간다면서요?"

나는 연화에게 아는 척을 했다. 그녀는 배시시 웃으며, "가을부터 갈 거예요. 저희 기사 좀 잘 써주세요" 한다.

"꼭 좀 잘 써주셔야 해요" 하며 이 여사도 옆에서 거든다. 연화는 어려서 아버지가 돌아가시고 엄마와 함께 사는 여배우였다. 이 때문에 이 여사는 은아만큼은 아니지만 연화에 대해서도 살뜰하게 보살폈다. 이렇게 이 여사는 한쪽 부모가 없는 연극인들에게 특별히 애정을 쏟았다.

이 여사는 "내일까지 기다려보고 안 오시면 전화 한번 드리려고 했어요"라며 내게 자리를 권한다.

"어디를 가세요?"

"시골로요. 예전에 은아가 잠시 투병했던 암자 있죠? 그게 제 거예요. 거기로 들어가려고 해요."

"왜요?"

"글쎄요. 이젠 재미도 없고, 인생도 무상하고, 그러고 있는데 좋은 값에 여길 사겠다는 사람이 나서기에 얼른 팔아버렸어요. 금요일까지만 영업하고 다음 주에 이사 갈 거예요."

그러는데 연화가 연습하러 가야 한다며 먼저 일어선다. 이 여사는 함께 일어나 연화를 꼭 끌어안아주면서 잘 하라고 다독여준다.

"이 여사님은 꼭 엄마오리 같아요."

연화가 나간 뒤 나는 이 여사에게 말했다. 그녀는 연화가 나간 문쪽을 쳐다보며, "은아 연극으로 데뷔한 애잖아요. 은아는 인색하긴 해도 사람을 마음으로 품을 줄 아는데, 저 애는 도무지 곁을 안 줘요. 마음에 있는 말도 안 하고 예의 바르고 싹싹하기만 하고. 다들 그래서 정이 없다고 하지만, 나는 저 애를 보면 마음이 짠해요. 은아도 쟤를 보면 슬퍼진다면서 밀어내 버리더라고요. 은아나 저 애나 둘이 마음에 조금만 여유가 있었으면, 잘 통했을 텐데…. 딱한 아이들이죠" 한다.

그녀는 대낮부터 와인을 가져왔다. 떠나려고 하니 와인이 많이 남아서 다 마시고 가려고 한다는 것이다.

"한 기자님은 가끔 은아를 생각하세요?"

"아뇨, 그런데 오늘 생각이 나서 이화동 빌라에 갔다가 여기로 오는 길이에요."

"한 기자님은 초지일관 쌀쌀맞으시네요. 마음에 그렇게 여유 공간이 없으셔서…."

그녀는 뾰로통해진다. 이 여사는 '엄마 없는 딸'이라는 연대감과 동지애로 똘똘 뭉쳐 10여 년을 살아왔던 은아가 사라진 뒤의 허탈감이 너무 커 보였다. 어쩌면 그녀는 내게서도 그런 따뜻한 동지애를 기대하는 것인지도 모른다.

"민 작가가 그렇게 되고 난 뒤 허탈하신 거죠?"

내 말에 이 여사는 한숨을 푹 내쉬며, "허탈하죠" 하고 말을 받는다. 그러더니 내게 묻는다.

"참, 한 기자님은 미스터리예요. 내가 보기엔 누구보다도 은아 말을 잘 알아듣고, 말도 잘 통하고 가까우셨는데, 어떻게 그렇게 냉정하세요? 그 애를 생각하면 가슴이 안 아프세요? 나는 걔가 살아있을 때도 어떨 때는 너무 슬퍼서 자다가도 울곤 했는데요."

"이 여사님은 민 작가보다 더 나은 어린 시절을 보냈나요?"

그녀는 "네?" 하며 눈을 동그랗게 뜨고 나를 본다.

"이 여사님의 어린 시절은 민 작가보다 더 나았느냐고요?"

"글쎄요. 더 나을 것도 없었죠. 엄마는 도망가고, 아버지는 술만 먹고, 아버지가 술 먹고 깽판 부리는 날엔 할머니가 우리를 데리고 모두 도망쳐야 했으니까요. 아유~ 생각하기도 싫네요."

나는 그런 이 여사를 보고 쓰게 웃는다. 그녀는 나를 쳐다본다. 뭔가 답을 기다리는 사람처럼.

"그러면 이 여사님 자신을 생각하면 가슴이 아프고 자다가도 눈물이 나겠네요."

그녀는 고개를 갸웃한다. 그러더니 확신에 찬 목소리로 말한다.

"아뇨, 나는 약해지지 않아요. 그런 일에 울었으면, 여기까지 오

지도 못했을 거예요. 그냥 생각하기도 싫을 뿐이에요. 그래서 생각
도 안 해요."

나는 소리 내어 웃었다. 이 여사가 어리둥절한 표정으로 나를 본
다. 내가 그녀에게 대답할 차례다.

"맞아요. 무슨 일이든 자기가 겪을 때는 잘 몰라요. 가슴이 아프
지도, 슬프지도 않아요. 돌아보고 싶지도 않고요. 그런데 오히려
남이 나하고 비슷한 일을 당하는 걸 보면 가슴이 아프고 슬프더라고
요. 그걸 측은지심이라고 하더구만. 그런데 저는 그런 걸 보면, 이
런 생각이 들어요. 자기는 살아야 하기 때문에, 자기 삶이 잘못될까
봐 전전긍긍하며 붙들고 있느라고 자기의 슬픔이나 감상엔 몰입하
지 못하는 법이라고요. 감상에 빠질 틈이 없는 거죠. 엄마가 죽어
도, 사랑을 잃어도, 밤이 되면 졸리고, 다음날 아침 일어나서 밥을
먹고, 일하러 가고, 또 밤에는 잠자죠. 사람에겐 자기의 일상을 유
지하고자 하는 강력한 유전자가 있어요. 그래서 그 유전자가 일상
을 방해하려는 슬픔이나 감상에서 나를 보호해주는 거죠. 그래도
사람한텐 감정이 있는 거니까 내 일상을 방해받지 않을 만한 다른
사람들의 슬픔을 보면서 그 사람의 감상을 빌려 내 슬픔을 위로받는
데 쓰는 게 아닐까 하는 생각이 들어요. 그런데 나는 어떤 경우에라
도 감상적인 생각이 나를 지배하게 하는 게 싫어요. 내 평정상태가
깨지고 흐트러지는 게 싫어요. 그런데 가끔씩 민 작가가 그렇게 내
평정을 깨곤 했어요. 참, 곤란한 사람이었죠."

그녀는 진지한 표정으로 고개를 끄덕인다. 나는 그 모습에 또 웃

었다. 그녀는 나를 보며, "무슨 말인지는 다 못 알아듣겠지만 대충 어떤 마음인지는 알 것 같아요" 한다.

그러더니 그녀는 뜬금없이 묻는다.

"한 기자님은 드라마를 안 보세요?"

"네. 잘 안 봐요."

"아! 그러시구나. 나는 드라마를 보면서도 하도 울어서. 그런 걸 좀 보면 한 기자님의 감성도 좀 순화가 될 텐데."

"감성의 순화요? 주인공들이 자기가 슬픈 일을 당했다고 눈물을 줄줄 흘리며 슬픔을 절절히 토로하며 일상조차도 제대로 챙기지 못하는, 그 비현실적인 상황에 공감이 가세요?"

그녀는 나를 보더니 고개를 설레설레 흔든다. 나는 이제 이 얘기를 끝내기로 한다. 화제를 바꿔 나는 이 여사에게 〈초희〉에 대한 의심을 털어놨다. 그리고 오늘 유 선생을 만나고 난 뒤엔 생각이 바뀌었다는 얘기도 했다. 그녀는 그저 고개를 끄덕거릴 뿐이다.

"여기 오시는 극단 '수풀' 분들도 많이 의심했죠. 그런데 그러면 어떻고 아니면 어떻겠어요. 그게 뭐가 그리 대순가요. 사람이 죽었는데. 참! 나는 사람들을 보면 웃겨요. 이상하게 사람이 죽은 거에 대해선 크게 생각을 안 해요. 민은아 얘기가 아니라 온통 〈초희〉 얘기만 해요. 그 애가 어떻게 살았고, 그 애가 어떻게 죽었는지는 기억하지 않는 거죠. 그저 요즘처럼 뮤지컬이 되는 때에 〈초희〉는 대박거리라면서 발을 동동 구르죠. 남의 죽음을 딛고 자기 살 궁리만 하는 거예요."

이런 말을 하는 이 여사가 생소하다. 나는 그녀를 보며 웃었다. 그녀는 마음은 따뜻하지만 인생까지 얘기할 만한 지성은 없는 사람이라고 생각했었다. 그래도 연륜은 사람에게 혜안을 주는 모양이다. 그녀는 의아한 눈으로 나를 보며 "왜요?" 하고 묻는다.

"세상을 정확하게 읽으셔서요."

"뭐가요?"

"사람들에 대해서 간파하고 계시잖아요. 사람은 백 년도 못 살면서 천 년 동안 살 것처럼 살 궁리만 하죠. 그런데 그게 사람이잖아요. 그래서 사람이 귀엽기도 하고⋯."

나는 정든 카페를 둘러본다. 참 오래 됐다. 그런데 이 집이 사라지는구나. 또 이 집이 사라지면 나의 대학로 시대도 접어버려야겠다는 생각이 문득 든다. 아쉽기도 하지만 시원하기도 하다.

"아쉬워요. 이 카페. 정말 정들었는데."

내 말끝에 그녀도 카페 안을 빙 둘러본다.

"저는 더 하죠. 그런데 이젠 정을 뗐어요. 만우절이라는 이름도 이젠 더 필요 없잖아요."

문득 만우절에 죽은 민은아가 생각난다.

"그런데 참 재미있죠? 민 작가 말이에요. 늘 만우절 타령만 하고, 카페 만우절에서 살더니, 만우절에 죽고 말이죠."

그녀의 표정이 씁쓸하다. 그러더니 한마디 덧붙인다.

"그러게요. 저도 그게 은아의 의지나 운이었는지, 누구의 의지였는지 궁금해질 때가 있어요. 아까 의심에 대해서 말씀하셨죠? 나도 여기 앉아서 하도 많은 사람들의 의심에 대한 얘기들을 듣다 보니 의심이 많이 생기네요."

나는 그녀의 말을 알아들을 수 없다. 그녀를 쳐다본다. 하지만 그녀는 더 이상 말을 잇지 않는다. 다만 와인을 빈 잔에 따르고 있을 뿐이다.

에필로그 - 만우절

나는 대휴를 냈다. 주5일 근무제가 된 후 금요일과 일요일을 모두 일하면 평일에 쉬란다. 원래 있던 제도였지만, 별로 사용한 적이 없었는데 경기가 나빠지면서 휴일수당을 줄이기 위해 회사가 적극 권장한다. 대휴를 내려고 날짜를 고르다 보니 월요일이 만우절이었다. 그래서 무조건 그날을 선택했다.

'만우절'

그 말과 함께 나는 민은아를 생각했다. 지난해 만우절에 죽은 민은아. 게다가 요즘 회복불능 환자들의 죽을 권리를 인정해야 한다는 '존엄사' 법제화 문제가 표면화되고 논란이 거세지고 있는 와중이라 문득문득 민은아가 생각났었다. 민은아는 이 문제에 대한 논란거리를 남기고 죽은 사람이기도 했으므로. 나는 대휴를 내면서 민은아가 있는 추모공원에나 가볼까 하는 생각이 들었다.

그래서 나는 민은아에게 간다. 가족들은 준비하고 오려면 시간이 좀 걸릴 테니, 나는 서둘러 다녀올 참이다. 살아서 그리 애틋한 관계도 아니었지만, 그녀는 어쨌든 내 기억에 남아 이렇게 주기적으로 떠오른다. 젊고 아름다웠던 사람. 어쩌면 그 사람의 비참했던 삶으로 내 삶을 위로받는 데 썼는지도 모를 일이다.

이른 시간의 추모공원엔 사람들이 거의 없다. 나는 관리소에 간다. "저 혹시 민은아~" 하는데 관리인은 '이리로 직진, 저리로 좌회전'을 기계적으로 알려준다. 나는 피식 웃는다.

"요즘도 사람들이 많이 오나요?"

"뜸해졌지만 그래도 꽤 와요. 가끔은 단체로도 와요."

그 사람들은 뭣 때문에 민은아를 찾을까. 와선 1~2분 정도 머물며 '딱해라'만 연발하다 갈 거면서.

어쩌면 산 사람들은 비극적이었던 천재의 죽음에서 자신의 신산한 삶을 위로받으려고 하는 것인지도 모른다. 그렇게 아름답고 특별하게 태어난 사람이 그렇게 불운하게 살다 또 그렇게 일찍 고통스럽게 죽었다는 사실을 대하면, 삶이 고단한 사람들조차도 자신의 삶에 안심을 하게 될 테니 말이다.

나는 한 번 와본 적이 있던 그 길을 따라 민은아를 만나러 간다. 그러나 내가 첫 손님이 아니다. 자세히 보니 유정하 선생이다.

"유 선생님!"

내가 부르는 소리에 그는 돌아본다.

"아! 한 기자님이시군요. 이렇게 이른 시간에 어쩐 일이세요?"

"오늘이 1주기잖아요. 도저히 잊히지 않는 날이 기일이라서 …. 그래서 그냥 한번 와봤어요. 마침 휴가도 냈고 해서."

"고맙습니다."

"민 변호사님이나 다른 가족 분들은 안 오시나 봐요."

"모르겠습니다. 연락을 안 하니까요."

그와 나는 말이 없다. 그렇게 멀뚱멀뚱 시간을 보내고 있는데, 그가 불쑥 말한다.

"위패를 절로 옮길까 하고 있습니다."

"오늘요?"

"아니요. 다른 날로요. 오늘은 만우절이잖아요. 이 사람이 만우절에 내가 거짓말하는 줄 알고, 위패를 안 따라오면 어떻게 해요."

나는 유 선생과 추모공원의 산책로를 걸었다. 그리고 벤치에 앉았다. 작년에 은수와 함께 앉았던 자리다.

"작년에 이 자리에서 은수하고 앉아서 얘기했었어요. 은수는 잘 있나요?"

그는 대답이 없다. 내가 쳐다보자 마지못해 대답한다.

"잘 모르겠습니다. 연락을 안 하고 사니까요."

"왜 연락을 안 하세요?"

"할 일이 없더군요. 장인어른은 내 일자리를 마련해주시려고 하고, 뭔가 도와주려고 하고, 그게 다 부담스러워서요."

그는 완전히 닫혀 있다. 세상과 담을 쌓고 살려는 사람 같다. 예전엔 은아가 가끔씩 이렇게 나와서 사람 복장을 터지게 하더니, 이젠 그 남편까지 가세한다. 한숨이 나온다. 그에겐 오랫동안 말을 하지 못한 사람의 고독한 그림자가 서려 있다. 나는 그에게 말을 시킨다.

"민 작가를 처음 봤을 때, 정말 예쁘다고 생각했어요. 그리고 말을 시작하면서 정말 부자연스럽고 가식적이라는 생각을 했죠. 그러다 점점 알게 되면서 묘하게 내 감정을 흔들어 놓더라고요. 때로는 슬프고, 때로는 분하고, 때로는 화나게요. 나는 내 마음의 평정상태가 깨지는 걸 아주 싫어해요. 그런데 세상에서 유일하게 그 평정상태를 깨는 게 민 작가였어요. 그래서 민 작가를 만나는 게 싫었어요. 그런데도, 돌이켜보니 지난 10여 년간 민 작가를 떠난 적이 없네요, 나는. 참 묘한 매력이 있는 사람이었어요."

오랜만에 그의 얼굴에 약한 미소가 감돌았다.

"저는 은아를 처음 봤을 때 예쁜지 몰랐어요. 처음엔 얼굴이 안 보였어요. 너무 작아서. 그러다 어느 순간 그 사람이 나한테 확 꽂히면서 들어왔다고 할까요? 그냥 그랬어요. 벼락처럼 그냥 내 가슴 한복판으로 떨어져 버렸어요. 그 사람이 병원에 있는 동안 늘 그 방에 가야겠다는 생각만 들더라고요. 맞아요. 저도 원래 단단하고 평평한 사람이었는데 그 사람이 들어와선 저한테 파장을 만들었죠. 그 사람이 병원에서 떠나고, 사실은 '잘됐다'고 생각했어요. 힘들었거든요. 그 낯선 파장이 나를 가만두지 않았거든요. 다시 나의 정상 생활로 돌아온 줄 알았어요. 그런데 그때부터였어요. 늘 뭔가를 빠뜨리고 있는 것 같았고, 누군가를 기다렸고, 길을 가다가도 자꾸만 뒤를 돌아보게 됐어요. 처음엔 왜 그런지 몰랐죠. 그러다 반년이나 지났을까. 신문에 기사가 났더라고요. 그 사람 생일파티 기사요. 그걸 보는데 갑자기 왈칵 눈물이 나더라고요. 이유도 없이 불안하고 불행했던 게 그 사람 때문이었던 것 같더군요. 그래서 찾아갔어요. 그리고 여기까지 왔죠."

"그랬군요. 사실 나는 그날, 유 선생께서 무지개극장을 찾아온다고 했던 날이요. 그날 민 작가한테서 그 말을 들었어요. 그래서 나는 민 작가가 걱정이 됐어요. 그 사람한테 상처를 줄 또 한 놈이 나타나는 게 아닌가 하는 생각 때문에요. 그리고 얼마 후 유 선생도 그렇게 가버려서 은아가 아프다는 말을 듣고, 화가 났어요. 그래서 유 선생한테도 별로 감정이 안 좋았어요."

그는 고개를 끄덕끄덕 한다. 이건 그의 습관이다.

"저는 은아를 그 전엔 전혀 몰랐어요. 그래서 편견도 없었는데, 많은 사람들이 돌아가면서 말했어요. 아실 거예요. 은아를 둘러싸고 어떤 말들이 오고갔는지. 그런데 그런 편견이 확립되기 전에 그 사람의 맑은 모습이 먼저 저한테 들어왔죠. 그래서 저는 잊어버렸어요. 그 사람을 둘러싸고 돌아다녔다는 루머들을요. 그 사람을 다시 만나고, 그 사람을 팔베개해서 재워주면서 나는 비로소 이젠 떠날 수 없겠다는 생각도 했어요. 그런데 어느 날 그 사람이 나한테 자신의 옛 평판에 대해 일깨워줬어요. 그날은 가을비가 내렸어요. 나는 그 빗속을 뛰어갔고, 집에 가서 따뜻한 물에 목욕하면서도 부들부들 떨리는 기운이 진정되지 않았어요. 눈물도 났어요. 안 되겠다 싶었어요. 그래서 얼른 선을 봐서 결혼이나 해야겠다고 마음먹었어요. 그런데 그렇게 내 인생을 다시 제자리로 되돌리려는 순간 은아가 내 눈앞에 나타나더라고요. 어쩔 수 없었어요. 다시 돌아가는 수밖에. 그리고 마음을 비웠어요. 세상의 쑥덕거림이나 비웃음은 털어버리기로요."

나도 그의 습관에 전염된 듯 계속 고개를 끄덕거리며 그의 얘기를 듣는다. 그리고 나는 여전히 수그러들지 않는 연극계의 궁금증에 대해서 또 한 번 묻는다.

"〈초희〉말이에요. 연극계에선 그걸 민 작가가 스스로 없앴다는 걸 여전히 믿지 못하는 분위기더라고요. 요즘 좀 잠잠해졌지만 아마도 계속 연극계의 미스터리로 남을 것 같아요. 계속 제기되는 의문, 정말 그 작품은 민 작가가 삭제한 건가 하는 거요."

그는 퍼석한 웃음소리를 낸다.

"네. 그 사람이 없앤 것 맞아요."

그는 잠시 먼 데를 바라봤다. 그리곤 이렇게 말을 이었다.

"참, 재미있는 세상이에요. 그렇게 의심할 여지없이 명쾌한 일에 대해선 계속 의문을 제기하네요. 아마도 모두가 그 작품을 원하기 때문일 거예요. 요즘처럼 연극계가 어려운 때에 그나마 그 작품을 올리면 뭔가 될 거라고 생각하는 거죠. 그런데 나오질 않으니까 자꾸만 음모론으로 몰고 가는 것 같아요. 제가 웃긴 건 그거예요. 왜 별로 의심할 여지가 없는 일은 자꾸 의심하고, 미심쩍은 일에는 아무도 의문을 제기하지 않는 거죠?"

"미심쩍은 일이라뇨?"

그는 잠시 짬을 뒀다 불쑥 말한다.

"제가 만우절의 진실에 대해서 하나 말씀을 드릴까요?"

그러더니 그는 또다시 잠시 생각한다. 그리곤 천천히 운을 뗀다.

"만우절에만 살아야 하는 사람이 있었어요. 엄마도 없고, 아버지는 그 사람을 왕따시키고, 세상 사람들은 모두 그 사람을 구경하며 이러쿵저러쿵 말이 많았어요. 앞에선 말을 걸지 않는 사람들이 뒤에선 쑥덕거리고, 그래서 자기에게 일어나는 일이 만우절의 장난이라고 생각하며 살았죠. 그 사람은 만우절이 유일하게 진실을 말하는 날이라고 생각했어요. 사람들이 내가 지금 거짓말을 하고 있다고 털어 놓으니까요. 그래서 만우절이 좋았죠. 그러다 지독한 병에 걸렸어요. 그 사람은 그걸 받아들였죠. 그 뒤에 자기가 믿었던 진실이라는 것들이 깨져버리는 충격적인 일들이 계속 됐어요. 그래서 말했어요. '나는 만우절에 죽고 싶어요. 내가 죽었다는 것도 살았었다는 것도 모두 거짓말처럼 믿어지게 말이에요.' 그 사람을 사랑한 유일한 사람이 있었죠. 그 사람은 의사였어요. 다른 사람들의 쑥덕거림에 속아서 그 사람을 버리기도 했던 의지가 약한 사람이었죠. 그런데 그는 뭐든 그 사람한테 선물을 하고 싶었어요. 그런데 길이 없네요. 할 수 있는 거라곤 만우절에 그 사람을 갈 수 있도록 해주는 것뿐이었죠. 그래서 그 사람을 만우절까지 붙들어 놨다가 얘기해줬어요. 이젠 쉬어도 된다고요. 드디어 내일이 만우절이라고요. 그리고 만우절 날, 그날이 다 가기 전에 그 사람의 고통을 끝내주고 가도록 해줬죠."

갑자기 바람이 멈췄다. 사위는 조용해지고, 나는 세상으로부터 분리됐다. 바람소리가 다시 돌아왔을 때, 그의 소리도 들려왔다.

"그 의사는 어떻게 된 줄 아세요? 죽음이 부르러 오는 날까지, 그 사람이 없는 세상에 살아남아야 하는 벌을 받았어요. 그 죄가 얼마나 큰 것인지 알려면 얼마나 오래 살아남아야 하는지 보면 되겠죠."

그는 말과 말 사이에 잠시 짬을 둔 뒤 나를 돌아보며 묻는다.

"어때요? 만우절 기사거리가 되나요?"

나는 아무 생각도 하지 않는다. 그저 그 자리에 꽂힌 듯 앉아 있을 뿐이다. 그렇게 얼마간의 시간과 바람이 흘렀다. 그리고 나는 자리에서 일어난다. 유 선생은 나의 움직임에 아무런 관심도 보이지 않는다. 그는 그저 바람과 섞여 무심히 앉아 있을 뿐이다. 내게서 대답을 기다리는 사람의 모습도 아니다. 나는 그 자리에 그를 두고, 왔던 길을 되돌아 나와 추모공원 밖으로 빠져나온다. 경기도와 서울의 경계표석이 보이고, 나는 이내 서울 땅으로 들어선다. 그즈음에야 나는 문득 궁금해진다.

'우리나라 신문들은 왜 만우절 기사를 쓰지 않을까?'

희곡작가 민은아 1주기,
〈파랑〉 공연장서 추모식 열려

지난해 작고한 희곡작가 고 민은아를 추모하는 행사가 그의 대표작인 〈파랑〉이 공연되는 예극장에서 1일 열렸다. 이날 행사는 〈파랑〉 공연 직전 30여 분간 관객들과 함께 묵념과 회고의 시간을 갖는 것으로 꾸며졌다. 이날 추모행사에는 정희철 극단 '수풀' 대표와 고 민 작가의 아버지인 민중기 변호사, 연극계 지인 등 30여 명의 내빈과 관객 등 모두 300여 명이 참석했다. 정 대표는 "고 민 작가는 이 시대 최고의 천재작가로 기억될 것"이라며, "유작인 〈초희〉가 복원돼 〈파랑〉 이외의 작품을 만나게 되기를 바란다"고 말했다. 고 민 작가는 33세였던 지난해 척추암으로 타계했다. 또 조선 중기의 천재 여류시인 허난설헌의 일대기를 다룬 희곡, 〈초희〉를 썼지만 타계 직전, 모두 없앤 것으로 알려져 연극계 관계자들을 안타깝게 했다.

송영국 기자

〈끝〉

말(言)이 그대를 희롱할지라도

김 용 희 (문학평론가, 평택대 교수)

한때 '사랑한다'는 말을 바꾸어 부르는 것이 유행했다. 말이란 진실을 전달하기는커녕 오히려 배반하기 때문이다. 남자는 '사랑한다'는 자신의 마음을 다 드러내기엔 말이란 것이 너무 상투적이고 진부하며 천하기까지 하다는 생각을 했다. 남자는 고민 끝에 여자에게 진심을 다해 말했다.

"나는 너를 마시멜로 해."

알랭 드 보통의 소설 《왜 나는 너를 사랑하는가》에 나오는 이야기다. 말이 갖는 오해와 진부함, 음모와 배신, 잔인함과 폭력에도 불구하고 우리는 그 오해와 진실을 찾는 탐색의 과정에서 수많은 말을 해야만 한다. 말이 전하는 그 거짓을 파헤치는 것 또한 어쩌면 말로 하지 않고는 불가능한지 모른다.

신문기자란 직업은 '팩트'만을 전해야 한다. 취재원들을 인터뷰하고 또 수많은 곳에서 들려오는 갖가지 소문을 쫓아다닌다. '팩트'가 무엇인지를 찾아가는 과정이 그것이다. 해서 추리소설에 신문기자가 자주 등장한다. '팩트'를 찾아내야 한다는 기자의 갈망이 추리물의 범인을 찾아가는 탐색의 과정과 닮아 있기 때문이다. 그러나 어떤 신문기자는 사건의 '팩트'보다 '진실'을 알기를 원하기도 한다. 소설이 신문기사와 다른 점이 있다면 바로 이것이다. '팩트'가 아니라 '진실'을 탐구하려 한다는 점.

'사실'만을 보도하는 기사보다 '허구'일 뿐인 소설에 사람들이 더 큰 감동을 느끼는 이유는 무엇인가. 그것은 소설이 갖는 삶의 '리얼리티' 때문이다. 자아와 세계의 갈등을 '의미화'해 나가는 서사화 과정이 혼돈스러운 인간 세상에 어떤 질서를 던져주기 때문이다. 단지 허구뿐인 이야기가 오히려 삶의 진실에 육박해 간다는 것은 이미 아리스토텔레스의 미메시스 이론에 나온 말이다. 서사는 곧 인간학이며 존재론인 것이다. 신문기자인 양선희 작가가 '소설쓰기'에 발을 디디고자 한 것은 '팩트'보다 삶의 의미와 '진실'에 대한 목마름이 컸기 때문이리라.

작가는 오랫동안 '말'과 '글'의 홍수 속에서 살아왔다. 기자라는 직업 때문이다. 말들은 언제나 '사실'과 '사실 아님' 속에서 그 갈기를 휘날렸다. 기자는 그 수많은 말(馬)들이 내달리는 먼지 뿌연 경마장 속에서 '팩트'를 찾아 다녔다.

소설 《카페 만우절》에 나오는 한승애 기자는 작가의 분신이다. 기자는 천재 시인 윤세린의 죽음과 그 이후 그녀의 딸인 희곡작가 민은아의 죽음을 10여 년에 걸쳐 취재하게 된다. 천재 시인 윤세린은 민은아가 다섯 살 때 파리로 가 자살해 버린다. 홀로 남은 민은아는 자신의 아버지의 방임 속에서 할머니 집에서 엄마 없이 고독하고 힘들게 살아간다. 연극배우로 활동했지만 민은아는 곧 스타 희곡작가로 주목받는다. 그러나 33세로 척추암이 재발해 숨지고 만다.

취재원을 객관적으로 들여다보아야 한다는 불문율에도 불구하고 한승애 기자는 민은아에 대한 알지 못하는 연민에 휩싸인다. 엄마 없이 자라났다는 공통점 때문이다. 하지만 더 큰 이유는 민은아를 둘러싼 과거를 추적하면 할수록 거대하고 추잡한 인간의 말들이 혼란만 가중시키고 있기 때문이다.

'팩트'는 사라지고 오리무중일 뿐이다. 말은 다음 누군가의 말에 의해 전복되고 다시 말은 그 다음 누군가의 말에 의해 전복된다. 민은아의 남편 쪽 사람들은 민은아가 그녀의 주치의였던 유정하를 의도적으로 유혹했다고 말하고 〈아시아일보〉 이시후 기자는 유정하가 아내를 지극히 사랑해 암으로 죽어가는 가운데서도 끝까지 함께 있었다는 것을 강조한다. 민은아가 있었던 극단 대표 정희찬은 민은아가 죽는 순간 살아생전 단 한 번도 찾지 않던 '엄마'를 불렀다고 말한다. 민은아의 남편 유정하는 "저, 이제 쉴게요"라고 말했다고 전한다. 사람들에 의해 은아는 '예쁘면서 쉽게 자빠뜨릴 수 있는 여자'로 소문이 났고 카페 만우절 여자는 그렇지 않다고 말한다. 극단 대표는 민은아의 유고 희곡 〈초희〉가 남아 있을 것이라고 하고, 남편 유정하는 남아 있지 않고 본인이 스스로 불태웠다고 말한다.

민은아의 엄마 윤세린은 어떤가. 윤세린은 파리에서 단순히 우울

증으로 자살한 것으로 세간에 알려져 있다

하지만 윤세린은 위암 투병 중이었다. 그런 아내를 파리로 보낸 것은 남편 민중기 변호사였다. 그녀를 좀더 편안한 곳에 있게 하고 싶기 때문이었다고 말한다. 그러고 나서 그녀를 따라 파리로 건너 갈 것이었다고 말한다. 그러나 민중기는 아예 처음부터 파리로 갈 생각이 없었고 그녀를 뒤따라가지도 않았다. 결국 그녀를 자신에게서 떼어놓기 위한 작전일 수도 있었다는 것.

이 가운데 윤세린의 시어머니와 지나간 남자들의 엄마는 자신의 대단한 아들을 낚아채 간 '못된 년'을 응징하기 위해 갖은 추문을 만들어낸다. 추문은 제대로 먹혀 이 여인들은 모두 '걸레'라는 저급한 소문에 휩싸인다. 민중기 변호사는 결국 자신의 어머니가 만들어낸 추문을 믿고 자신의 자식에게 평생 냉담하게 대한다. 윤세린이 낳은 민은아를 자신의 딸로 생각하지 않은 채 경제적 지원도 거의 하지 않는다. 사람들은 민은아가 마음이 여리고 사랑에 굶주려 있다는 것을 알고 그녀를 함부로 낚아채고 또 그녀에 대한 갖은 추문을 만들어낸다. 윤세린의 죽음은 자살이 아니라 위암이 1차 원인이었고 민은아가 "꼬리친 것이 아니라" 주치의 유정하가 먼저 민은아를 결혼상대자로 선택했다. 그럼에도 소문은 왜곡되고 부풀려지며 도저히 회복 불가능할 지경으로 일파만파 번져간다.

기자가 만나는 사람들마다 이야기는 또 다른 이야기를 낳고 그리고 이야기는 또 다른 사실을 전해준다. '팩트'는 공회전하며 제자리 걸음이다. 어느 것도 '팩트'가 아니다. 부재하는 '팩트'의 공허함 속에서 분명한 것은, 사람들이 붙잡고 있는 '진실'이란 것은 처음부터 모호하며 미확정적이라는 것이다.

결국 이 소설은 이 부재하는 진실에 대한 수많은 질문의 덩어리들이었단 말인가. 말은 끝없이 겉돌고 서로 어긋나고 미끄러지고. 그리하여 말의 실체자들은 무덤 속으로 사라지고. 말들은 결국 저 '사라짐' 속으로 사라져가고. 남은 것은 숱한 추측과 자기합리화 식의 예측과 어긋난 오해일 뿐이다. 오히려 사람들은 스스로 오해라는 것을 알면서도 자신들의 쾌감을 위해 오해를 즐기고 있었는지 모른다.

작가의 말에 의하면 이 소설은 '죽음'과 '말'에 대한 소설이라고 한다. 민은아는 눈을 감으면서 "저, 이제 쉴게요"라는 말을 남긴다. 수많은 추문이 그녀를 할퀴고 지나갔고 그 추문을 자신의 죽음으로 모두 덮고 싶었다. 하지만 죽은 자는 말이 없고 산 자들은 더욱 말을 만들어낸다. 민은아가 쓴 희곡대본 〈초희〉를 과연 민은아가 불태워 없앤 것인가 그의 남편이 태워 없앤 것인가, 하는 지점들이 또 다른 논란으로 번져간다.

사람들에게 있어서 '말'은 무엇인가. 그것은 결국 '욕망'이 아닐까. 말은 자신을 이해시키고 자신을 인정해달라고 조르는 욕망의 내출혈이다. 비명이다. 인간만큼 이해받지 못해 안달하는 자들도 있을까.

그러나 동시에 인간은 말을 만들어내 무리를 집단화하고 자신들 안에 내재된 저급한 열등의식을 공유하고자 한다. 그러니까 추접한

가십성 소문을 만들어내는 것은 인간 무의식에 숨겨져 있는 근원적 가학성 때문이다.

> 사람들은 누구나 자기가 믿고 싶은 대로 믿으려 한다. 주로 자극적이고 될수록 이 매력적인 여자한테 불리한 얘기로만 말이다(84쪽).

즉, 사람들은 자신보다 잘 나고 멋진 사람에게서 비난거리를 찾아내는 것으로 자신의 평범함을 위로받고 싶어 한다. 자기정당화의 과정이 결과적으로 극단적인 폭력적인 상황, 야만적일 만큼 사람에 대한 추문을 만들어낸다. 그리고 책임지지 않는다. 말을 하는 '언중'(言衆)들은 서로 책임에서 벗어나면서 누군가에서 끝없이 책임을 떠넘긴 채 여전히 그 소문의 중심에 있고자 한다. 세상의 편견이란 결국 천재가 된 적도, 천재를 꿈꿀 수도 없는 세상의 '찌질이'들이 만들어낸 자격지심에 불과하다.

언중들의 가장 큰 공격대상은 이 사회의 약자, 주로 '여성'이며 그 여성이 '멋지면서 천재적일' 때 그들의 질투와 시기는 더욱 극에 달한다. 여성들의 질투는 당연하며 남성이라도 스스로 그 '매력적인' 여성을 차지하지 못했다는 열패감이 그녀를 '탕녀'로 만들기에 충분하다.

누군가의 추문과 스캔들을 밝히는 데 혈안이 된 것이 때로 '언론'이기도 하다. 옐로 저널리즘 말이다. 신문기자인 소설적 화자는 '신문'이 그 풍문의 중심에 어떻게 작동하고 있는가를 보여주기 위해

소설의 각 챕터마다 '신문기사'를 배치시켰다. 그것은 또한 '팩트'이 기도 하고 '팩트가 아니기'도 하다. 그런 점에서 이 소설은 신문기사에 대한 우회적 조롱을 담고 있다. 윤세린의 죽음의 비밀이나 민은아의 투병과정 등. 인터뷰 취재원들의 저의가 담긴 말들은 새롭게 윤색되며 기사화된다.

결국 《카페 만우절》은 말들이 만들어내는 비열한 욕망과 의도적으로 만든 오해, 천재 미모 예술가에 대한 범인들의 뒤틀린 열등감을 보여준다. 혹은 세상의 편견에 지쳐가며 서서히 사라져간 천재 예술가의 죽음에 대한 소설이기도 하다.

탄탄한 주제의식과 살아있는 캐릭터, 흥미로운 탐색의 플롯이 소설의 재미를 더하고 있다. 첫 장편이란 것이 믿기지 않을 만큼 읽히는 맛이 쏠쏠하다. 이 또한 진실을 탐색해가고자 하는 인지에 대한 욕망을 충족시켜주기 때문일 것이다.

첫 장편에 박수를 보내며 앞으로 작가의 행보에 큰 기대를 걸어본다.

개마고원
고승철 장편소설

개마고원에서 펼쳐지는 남북한 비밀 프로젝트!!

언론인 출신 작가의 문학적 상상력으로 빚어낸
한반도 평화구상, 개마고원을 매개로 한 '사랑'과
'평화', '한반도 미래'에 대한 다양한 변주곡!

신국판 | 408쪽 | 12,800원

사랑:
**2,042일의
아내 간병실록**
강한필

**생사의 기로에 선 아내를 간병하며 남편이
뿌리는 눈물과 감동의 투병실록!**

"사랑한다, 미안하다" 불멸의 러브레터!

신국판 | 536쪽 | 18,500원

사람향기
그리운 날엔
오태진 에세이

**보석같이 숨어 있는 우리 땅의 아름다움과
시를 찾아 떠난다!**

"활자에 오감(五感)이 배어 있다. 행간에서
사람향기, 글향기가 난다. 정갈한 문체의 힘."
– 〈조선일보〉

신국판 변형 | 448쪽 | 18,000원

태평양의 바람
김동익 장편소설

**서울역 쓰리꾼에서 미국 백악관 정보분석관이
되기까지, 임성래의 파란만장한 일생을 통해
읽는 한국 현대사 60여 년!**

격동의 한국 현대사 속 서울역 쓰리꾼에서
미국 백악관 정보분석관이 되기까지, 주인공의
파란만장한 일생을 통해 보는 한국 현대사의
모질고 거친 궤적!!

신국판 변형 | 256쪽 | 10,000원

나남
nanam

www.nanam.net | 031-955-4601